古典文藝研究輯刊

九 編

曾 永 義 主編

第 1 冊

〈九 編〉總 目

編 輯 部 編

中國古代詩學解釋學研究

鄧 新 華 著

國家圖書館出版品預行編目資料

中國古代詩學解釋學研究／鄧新華 著 — 初版 — 新北市：花
木蘭文化出版社，2014〔民103〕
目 2+156 面；19×26 公分
（古典文學研究輯刊 九編；第 1 冊）
ISBN：978-986-322-533-1（精裝）
1. 詩學 2. 詮釋學 3. 中國
820.8   103000739

ISBN-978-986-322-533-1

古典文學研究輯刊
九 編 第一冊   ISBN：978-986-322-533-1

中國古代詩學解釋學研究

作 者 鄧新華
主 編 曾永義
總 編 輯 杜潔祥
副總編輯 楊嘉樂
編 輯 許郁翎
出 版 花木蘭文化出版社
社 長 高小娟
聯絡地址 235 新北市中和區中安街七二號十三樓
        電話：02-2923-1455／傳真：02-2923-1452
網 址 http://www.huamulan.tw 信箱 hml810518@gmail.com
印 刷 普羅文化出版廣告事業
初 版 2014 年 3 月
定 價 九編 27 冊（精裝）新台幣 48,000 元

〈九 編〉總 目

編輯部 編

《古典文學研究輯刊》九編　書目

《古典文學研究輯刊》九編
各書作者簡介·提要·目次

第一冊　中國古代詩學解釋學研究

作者簡介

鄧新華，男，文學博士，三峽大學文學與傳媒學院教授，享受省政府專項津貼專家，曾任三峽大學學報主編，三峽大學藝術學院院長。現爲三峽大學文藝美學研究中心主任，文學與傳媒學院碩士生導師，兼任中國中外文學理論學會理事，湖北省高校文藝學學會副會長，宜昌市文藝理論家協會副主席。先後主持並完成多項國家和省級社科基金課題，在《文學評論》、《文藝研究》、《光明日報》、《北京大學學報》、《學術月刊》等報刊發表學術論文 90 餘篇，其中被《新華文摘》、《中國社會科學文摘》、《高等學校文科學術文摘》和人大複印報刊資料《中國古代、近代文學研究》、《文藝理論》等轉載、複印、摘要 30 餘篇，出版《中國古代接受詩學史》等學術著作 5 部，並多次獲省社科優秀成果獎。

提　要

本博士論文以西方現代闡釋學爲理論參照，在中國傳統文化的大背景下對中國古代詩學解釋學提出的一系列重要的理論命題和理論原則進行研究和闡發，以求揭示中國古代詩學解釋學獨特的理論內容和理論特徵，爲實現傳統文論的現代轉換和建構有民族特色的當代形態的文藝學提供有益的理論借鑒。

論文緒論部分基於對西方現代解釋學理論傳入中國的歷史過程的梳理和

中國本土的解釋學研究現狀的分析，明確提出「中國古代詩學解釋學研究」的博士論文選題，並對中國古代詩學解釋學研究的基本思路作了分析和闡述：中國古代詩學解釋學研究應該從詩學解釋學與經學解釋學的聯繫與區別處入手，同時還必須堅持「文化還原」、「現代闡釋」和「中西對話」的三個基本原則。

論文第一章對中國古代詩學解釋學提出的「以意逆志」和「詩無達詁」這兩大闡釋原則進行考察和辨析。「以意逆志」是一種偏於客觀的文學闡釋原則，因為它始終把「志」作為文學闡釋的根本目標。而「詩無達詁」則是一種偏於主觀的文學闡釋原則，因為它強調解釋者的「見仁見智」即參與作品意義重建的權利。但是中國古代詩學解釋學提出的「以意逆志」和「詩無達詁」這兩大闡釋原則同西方以加達默爾和赫施為代表的偏於主、客兩端的絕對二元對立的解釋學思想有著本質的差異，因為「以意逆志」和「詩無達詁」這兩大闡釋原則之間不僅不存在絕對的對立和不可溝通，反而呈現一種交叉、融合、互補與貫通的態勢，例如前者雖然偏於客觀卻不絕對排斥主觀，因為它把文學闡釋活動看成是解釋者之「意」與解釋對象之「志」通過「逆」的方式而形成新的意義的過程，而後者雖然偏於主觀卻不絕對排斥客觀，因為它在強調「從變」的同時也強調了「從義」，即解釋者對文學本文的理解和解釋必須以解釋對象的客觀內涵為依據。因此，中國古代詩學解釋學提出的「以意逆志」和「詩無達詁」這兩大闡釋原則較好地解決了西方解釋學理論無法解決的文學解釋的客觀性和有效性這兩個根本性的問題。

論文第二章對中國古代詩學解釋學提出的「品味」、「涵泳」和「自得」等三種主要的文本理解途徑進行梳理和分析。這三種文本理解途徑是古代詩學解釋學家從文學理解活動的感性實際出發，在充分考慮解釋對象、解釋主體和解釋活動的特點和規律的基礎上提出來的，因而與西方解釋學偏重對文學文本作純然的理性觀照有著極大的差異。「品味」特別強調文本理解過程的漸進性、反覆性以及解釋者審美理解的直覺性、體驗性和整體性，強調解釋者對於作品審美味的體味和把捉。「涵泳」同樣注重作品深層意蘊的探究，但它不像「品味」那樣要求解釋者必須不斷地消除自身的立場向解釋對象靠攏和趨近，而是把解釋對象納入到解釋者心中，通過自家內在意念的體悟和審查來達到與解釋對象的相契與共通。「自得」則更加高揚解釋者在文本理解過程中的獨立精神和主體意識，解釋者可以根據自己的情緒心態來自由地感受

和觸摸作品，從而對作品的思想蘊涵和審美蘊涵作出自己的領悟和理解。

論文第三章對中國古代詩學解釋學提出的「象喻」、「摘句」和「論詩詩」等三種詩性闡釋方式進行研究和闡發。「象喻」是解釋者用精心營構的各種含蓄蘊藉、意味深長的意象或意境來藝術地再現詩性文本的內在風神和整體味，從而喚起讀者對詩性文本所具有的那種非概念分析所能確定的朦朧飄渺的詩意美的真切感受和體驗。「摘句」是解釋者直接擇取原創詩作中的那些形象鮮明、清新永的詩句來闡說和舉證他們對詩意、詩理、詩法的理解和解釋。而「論詩詩」則是以中國文學文體中最具詩性特質的「詩」的文體形式、語言形式及表現手法來傳達解釋者對詩性文本的解釋和評價。中國古代詩學解釋學提出的「象喻」、「摘句」和「論詩詩」等三種闡釋方式儘管在具體方法的運用上存在些微的差別，但在思維方式上則是完全相同或相通的，這就是它們都無一例外地擯棄了西方解釋學偏於抽象說理、邏輯推導和概念論證的弊端，而採用詩性的方式也就是藝術的方式來描繪和顯現藝術，這就從根本上避免了純語言和邏輯分析對詩性作品這一特殊的解釋對象的整體審美意蘊的肢解和扼殺，從而最終達到與詩性解釋對象內在生命的相契與共通。

論文第四章著重探討中國古代詩學解釋學與儒家、道家、佛教禪宗思想的關係。中國古代詩學解釋學直接脫胎於經學解釋學，因此儒家思想對中國古代詩學解釋學的影響主要體現在經學解釋學所奉行的「依經立義」的闡釋原則上。正是這種闡釋原則直接孕育了漢儒說《詩》的政教闡釋取向、「美、刺」的理解模式和「比興」的解釋方法。道家的「言不盡意」論儘管旨在拆解封建正統的禮教名分和消解儒家的話語權力，但其中蘊涵的對於語言和意義的關係的思考，不僅直接引發了魏玄學的「言意之辨」，而且也直接影響到「得意忘言」的詩學闡釋方法的產生。而佛教禪宗思想對中國古代詩學解釋學的影響則主要體現在思維方式上——禪宗有關「悟」與「參」的修行方式和體道方式影響所及，使得「妙悟」與「活參」這兩種詩學闡釋方式具有了直覺性、整體性、非邏輯性和能動創造性的特點。

目 次

第二冊　中國梧桐審美文化研究

作者簡介

　　俞香順（1971～），男，江蘇溧水人；南京師範大學新聞與傳播學院教授，文學博士，致力於花木審美文化研究、花木名物考證。出版專著《中國荷花審美文化研究》（巴蜀書社，2005 年），這是國內首部人文意義上的荷花研究專著。發表花木研究論文四十餘篇，代表論文有《林黛玉「芙蓉」花簽考辨》、

《中國梔子審美文化探析》、《白居易花木審美特點與貢獻》、《〈愛蓮說〉主旨新探》、《荷花佛教寓意在唐宋的演變》、《「鬱金」考辨——兼論李白「蘭陵美酒鬱金香」》等。

提　要

　　《中國梧桐審美文化研究》是首部闡發梧桐人文意義的專著，總共包括六章。第一章「梧桐審美文化歷程」；梧桐審美文化內涵是一個逐漸生成、逐漸豐富的過程。第二章「梧桐審美文化內涵」。梧桐「雅俗兼賞」，而非像梅、蘭、菊、竹等更多是文人「清供」。梧桐與「比德」、音樂、愛情、民俗、宗教等有著千絲萬縷的聯繫，內涵豐富。第三章「梧桐『部件』研究」。桐花既是清明「節氣」之花，又是清明「節日」之花，地位重要；桐葉雨聲、桐葉題詩、桐葉封弟都是重要的意象、典故。此外，梧桐枝條疏朗、樹陰濃密，其各個「部件」均成為獨立的審美對象。第四章「梧桐『形態』研究」。梧桐又有井桐、雙桐、孤桐、半死桐、焦桐等名稱，「名」既不同，內涵也各有異。第五章「梧桐『製品』研究」。這一章著重於梧桐實用功能的梳理、介紹，實用功能是文化內涵的物質基礎。第六章「梧桐『朋友』研究」。中國文化中，桐梓、梧楸、桐柏、桐竹等是常見的並稱；所謂「物以類聚」，它們有著相似的外部形狀、實用功能、文化內涵等。第一章與第二章一為經、一為緯，揭明了梧桐的審美文化內涵，是總括部分。第三章至第六章是梧桐審美文化內涵的具體輻射、體現，是分論部分。

目　次

第三冊　唐代明道文學與正統歷史觀的比較研究

作者簡介

　　符懋濂，又名符名濂，祖籍海南省文昌縣，1938 年生於馬來亞丁加奴州，11 歲移居新加坡。1959 年南洋華僑中學畢業，三年後就讀於南洋大學歷史系，榮獲馬來亞瓊州會館獎學金，畢業時獲頒南大金牌獎。1976 年獲得南洋大學歷史碩士學位，2006 年獲得上海復旦大學文學博士學位。歷任立化中學、國家初級學院歷史專科教師，以及裕廊初級學院中文部主任、副院長，其間兼任南洋理工大學講師多年。退休後曾任新躍大學講師、國立教育學院導師十餘年。已完成的作品有《中學歷史新編》（合編初中課本）、《東亞史新編》（高中課本）、《辛亥革命前夕，革命派與立憲派的思想論戰》、《拈之本質及其戰法》、《唐代明道文學觀與正統歷史觀的比較研究》等。此外，還發表文章數百篇，已輯成論文集《思想碰撞的火花》、雜文集《孔夫子南遊夜郎國》、《阿Q永垂不朽》，擬將付梓問世。

提　要

透過歷代對文史本質、文史範疇與文史功能認知的比較研究，可知唐代基本文史觀的歷史定位：承前啓後，一脈相傳，其延續性與穩定性顯而易見。

文史基本功能幾乎完全重疊，是普遍存在的文化現象、特質，從而構建了十分相似的文化基因圖譜。「文史合一」就是這兩個文化基因圖譜的產物。

唐代明道文學觀是正統的，而正統歷史觀則是明道的。無論是詩教說、是明道說，其核心價值爲經世致用，即將文學作爲「修齊治平」的文化軟件；而正統歷史觀內涵中的政治大一統、王朝正統性、疏通知遠、以史爲鑒，則可歸納爲「經世致用」四字，同樣是將歷史作爲治國平天下的文化軟件。因此，在某種意義上說，經世致用便成爲唐代明道文學觀與正統歷史觀最主要的共同特徵，也是維繫兩者文化共性的堅韌紐帶。

文史合一的文化傳統在唐代得以延續與發展，其主要原因是唐代的明道文學觀和正統歷史觀含有共同的文化基因，即由儒家思想所釋放的認知功能、教育功能與借鑒功能。文中有史，史以文傳，從而構建了中國古代文史的傳統特徵。

經過五四新文化運動，新史學與新文學既然同步形成，人們不但對文史本質有了全新的界說，而且對文史範疇、功能的認知，也發生了質變。但因古今文史觀的歧异，而出現新舊文史脫軌的文化現象。

因此，作者主張：在分別建構具有民族特色的中國古今文史理論體系和實踐體系的同時，也應逐步推行舊文學與新文學、舊史學與新史學之全面接軌，以促進中國新文學與新史學的發展。

目　次

第四冊 古文細部批評研究

作者簡介

　　林明昌，1962 年生，台北市人，淡江大學中文博士。現任佛光大學文學系助理教授，兼世界華文文學研究中心主任。曾任台北「林語堂故居」執行長。

　　著有《春秋繁露的天道觀與治道思想》、《韓愈詩文新論》、《想像的投射——文藝接受美學探索》、《華語教學——理論與實務》。主編《閒情悠悠——林語堂的心靈世界》，合編《多元的交響——世華散文評析》、《視野的互涉——世界華文文學論文集》等。

提　要

　　古文經韓愈、柳宗元倡導於唐，歐陽修、三蘇、曾、王呼應於宋，規模典範於是確立。然而散行之古文畢竟不如詩歌或駢文，可講求聲律格式，古文欲論美學，只能另闢蹊徑。建立古文美學，需要典範作品、文學理論及批評方法三者具足。韓柳諸家開拓者，除創作典範文章，並試圖提出古文美學之基本理論，以為後繼之初階，至於理論之完成及相應批評方法之齊備，均有賴南宋至明清逐漸形成之細部批評。

　　細部批評是南宋以後逐漸形成的文學批評方法。細部批評之發展，初期基於實際需求，以評點技術之改進為重要目標，至明朝以後，則省覺到理論說明之必要。於是明清兩代，是細部批評理論和實務充實的時代。至於本文不用評點一詞，改以細部批評為名，是因為評點不能視為批評方法的一「類」。評點一詞，只說明批評形式，同樣運用這種形式的批評流派很多，其方法與批評理念互不相同。而且評點也不一定就是針對作品詳細分析，只是泛談感受或隨意喝采。再者，有些不以評點形式出現，卻的確屬細部批評，如文話、體則文格等等，也不應排除在外。因此改用細部批評一詞，將評點中屬於細部批評的包括進去，也把不用評點方式，但確是細部批評的包括在內，而將評點中隨意泛談者排除在外。

　　古文細部批評研究尚屬草創，蓁莽未芟，奠基為尚。因此本研究以原始資料之爬梳剔抉為務，為此新界域建立討論基礎。研究方向則分為下列數端：一是整理唐宋以後古文細部批評相關理論，二是歸納古文細部批評所使用之形式，即圈點記號及文字記號，三是就古文細部批評主要方法，深入析論，

以見古文細部批評之運用。希望以此研究之成果指明唐宋古文運動對文學批評發展之影響，並使文學批評界逐步了解細部批評的特色，成為文學批評與文學批評研究的一環，更重要的是讓此種遭到忽視的傳統文學批評方法，在文學史上獲得合理位置。

　　本研究共十章。第一章緒論，說明研究旨趣，略述章節內容。第二章討論細部批評方法的方法學意義，如細部批評方法與看文法、作文法、學文法三者的同異，評點、文話與體則文格的關係，及各種細部批評法的分類等。第三章論述細部批評理論之發展。自韓愈、柳宗元大倡古文，文學家有新的地位，文學理論也有新的展望，但若以建構細部批評理論的立場而論，韓、柳只是濫觴，必待宋元明而規模初成。然而韓、柳的文學理論與作品，對細部批評的建立有何關聯？細部批評家又如何在韓、柳的基礎上形成新的文學批評理論？這是本章關切的問題。第四章及第五章敘述細部批評之形式，即細部批評之圈點記號及批評之文字記號。並分別對此二種批評形式的發展、類別及功用以實例詳示。亦對此二種形式之優劣評價，略加分析。第六章至第九章，就各種細部批評方法依類說明，分別是第六章論風格神味，第七章說相題謀篇，第八章析安章布勢，第九章明修辭鍊字，第十章餘論，討論如何避免因太重視文法的規範性而斲傷作者的創造力，也就是分析由定法走向活法的理論路徑。

目　次

第五冊　魏晉南北朝服妖現象書寫的文化內涵

提　要

　　「服妖」一語包羅了「衣裳服飾」與「怪異之妖」兩大意義元素，敘述著史家或文人們對於看到的自然真實之描繪，在書寫時候表達了作者的理念與精神世界；而就服妖文本的閱聽者而言，藉由文本反映的真實，未必能等於現實中具體的事物但卻是我們企圖接近真實的方法與過程。

　　因此，為了闡發「服妖」一詞所蘊含的文化內涵，本文以魏晉南北朝史書〈五行志〉裡的服妖事例為主要研究對象，將服飾視為具強烈象徵意味的一種符號表徵。並且，將「服妖」事件放回當時代藉由陰陽五行、氣類感應來說災異的語境框架裡頭，以來解析及探究史家書寫服妖事例時，所採取的敘述策略、敘述結構及欲達到書寫目的。試圖從服妖的歷史論述中，解讀出其所承繼的其實乃是儒家以服制做為常服而建立的一套禮治、秩序原則；以及在史家多言怪異非常之妖服的敘述話語底下，史志所寓含的，乃是在充滿危機末世感的魏晉南北朝裡，對正常、常道的高度重視與強烈的渴求。

　　本文共分為五章，第一章為緒論，主要在撰述本論文的研究動機、目的及方法，並簡述相關的學術研究資訊。第二章為〈建構與想像：魏晉南北朝「服妖」書寫的形成語境〉，針對魏晉南北朝服妖形成的語境進行分析，即藉由考察服妖一詞的「語言環境」與「客觀環境」，來溯源、反省服妖做為一個詞語，它是如何被建構與想像的？並推究服妖發生的最根本原因乃是人的態度不恭敬、不嚴肅因而產生的奇裝異服的行為。其次，服妖是被記載於史書內的，是屬於歷史的書寫與敘述，透過敘事學理論裡的「書寫形式」與「書寫內容」兩個層面，可看到服妖的書寫乃是人為的知識，同時也是一套已存有先入意識的組織和已被架構設計的概念。

　　第三章則是〈衣裝秘境：魏晉南北朝「服妖」現象考察〉，乃藉由服妖事例中的相關服飾，描摹魏晉服飾整體的風氣與傾向，而此一服飾風氣的變化，隱微地與社會風俗、學術思想有互相呼應。本章以服妖事例做為觀看的線索，並考察此時的整體服飾文化氛圍的兩大特點：第一，以服飾的「鬆／緊」來

觀看當時「情性／禮法」之間的衝突與張力，並勾勒出魏晉時期逐漸由束緊至寬鬆的服飾變化。第二，以魏晉服飾文化裡一大特點——胡漢服飾融合，來觀察史家書寫〈五行志〉時所用的「異己」眼光，呈現了「中心」華夏與「四方」胡蠻的區別。

　　第四章為〈常服與妖服——從「常」與「非常」結構看六朝服妖事例的敘述意涵〉。此章乃藉由常／非常的結構性理論，來分梳文本裡的眾多實例，經從服妖書寫的表層敘事裡，看到服妖話語底層，實蘊含著常／非常的文化深層結構。主要的論證乃從倫理上的二元——常／非常、善／惡、是／否切入，發現相對於範式下的「常服」，「非常之妖服」顯然被當做差別和錯誤的存在，而這種界限差異以及早已寓含判斷的預設立場，所顯現的乃是魏晉南北朝一代以「服飾」為喻的特殊發聲與用語。

　　第五章為本論文的總結，即總束歸納各章的分佈要旨與趨勢，因而提出的幾點觀察與結論，其旨為：史書服妖事例的怪異書寫揭示了人們當秩序被顛覆時將會帶來的災害與危難，但是，若將服妖文本對照其所位處的〈五行志〉文本，史家所欲敘說的，乃是欲由樹「反」而立「正」的心理，也就是對於回歸「常服」的欲求和盼望。

目　次

第六冊　隋唐五代讖文學的文化闡釋

作者簡介

周睿，1979 年生於重慶。西南大學中文系副教授、碩士研究生導師。2007年在四川大學獲文學博士。2010 年在美國奧勒岡大學東亞系任訪問學人，2013年在臺灣國立屏東教育大學任客座副教授。中國杜甫研究會理事，中國唐代文學學會、中國韻文學會、四川省杜甫研究會、重慶市古代文學學會會員。重慶市首批社會科學普及專家。主持教育部、重慶市社會科學研究項目數項，目前已出版專著一部（中華書局出版），發表研究論文二十多篇。主要從事中國古代文學、傳統文化國際化與當下化、重慶地域文化等研究。想要走遍世界。

提　要

讖是對未來的吉凶有所徵兆及應驗的隱語或預言，是古代的方士、儒生編造出來的具有預言性質的文字和圖記。讖文學是文學樣式與讖的結合，是假借文學的語言物質外殼來宣揚讖的思想精神內核，並通過這種語言載體進行傳播，從而達到某種先兆的預測或某種目的。本文擬整體研究讖文學在隋唐五代的具體表徵以及隱含其中的深層次社會文化心理。首先，對讖文學的概念、範圍進行界定，簡單梳理先唐讖文學的發展演變史，指出讖文學作為獨立的文學樣式在隋唐五代文學研究中的地位和意義；其次，考察隋唐五代讖文學發生、發展的制度背景，探尋這一時期讖文學滋生和傳播的沃土。再次，探討讖與文學結合的基本內涵和文化意蘊，指出讖文學在體裁上的分類和文本類型。接下來進入到整個論著的核心所在，論述讖文學的文本實質，分別從陰陽學、心理學、民俗學、語言學、美學等角度切入，仍然以文學文本研究為核心。最後，論述讖文學的文學價值和藝術成就，從技術層面上總結讖文學的生成與傳播機制，並通過以「杜詩讖」為個案研究來管窺讖文學在中國傳統思維的印記，兼及「讖文化」對現代社會心態的影響。本文將憑

藉扎實的文獻資料論證，通過細讀和搜集散見於各種典籍中的與隋唐五代史
料相關的讖文學作品，對隋唐五代讖文學進行全面、深入、細緻的研究，力
求客觀科學地評價讖文學的文學成就和文學史地位。

目　次

第七、八冊　儒家詩教復變——以中唐詩歌為探討中心

作者簡介

　　林志敏，國立臺灣大學中文系畢業，新加坡國立大學文學碩士，中國武漢大學文學博士，現為馬來西亞拉曼大學中華研究院中文系助理教授。

提　要

　　從孔子至漢儒建構之「儒家詩教」，搭建起中國傳統文論之主架。詩教重規諷美刺政教，強調詩歌社會功能，已成中國詩學的主流話語。繼《詩》後，唐詩為詩歌史上最大放異彩之華章。此外，唐歷經國家統一、經濟繁榮、三教匯合、「詩言志」與「詩緣情」互相融合等丕變，致使文化範型轉換，而中

唐更是中國古代社會之重要變革時期。本書據此以唐詩為切入點，並以中唐為考察中心，折射出傳統詩教對古典詩歌之浸潤滲透。

宏觀的思考尚需微觀實證之支持。本書以推源溯流、社會歷史研究，以及傳記研究等方法來進行演繹歸納，並從歷時性及共時性兩個維度來開展評述唐詩與詩教之關係。

論文首章分三小節，由先秦儒家的尚用主義論及詩教意蘊，以及對漢至隋之詩教接受嬗變作必要之梳理。孔子詩論歷有集矢，本章回歸文本，引用《論語》章句，並參酌後儒注疏，指出詩教思想本質乃「思無邪」，而「溫柔敦厚」則為其運用哲學。論證目的一乃正源，二為「儒家詩教」確義。第三節則指出兩漢論詩重美刺；魏抒情式寫實而晉偏取頌美；南朝論詩雖涉教化，詩作卻趨浮靡；北朝作品徒具說教，缺藝術形式；而隋則只有微薄的詩教宣導，詩教大體經歷了由濃厚逐轉淡薄之衍化。

第二章首要論述初、盛唐人對詩教之接受。初唐貞觀君臣及《五經正義》，雖主張折衷南北，文質並取，不過更強調文學政教功能。初唐四傑則始倡復古詩教，但他們偏重「風骨」，而陳子昂並舉「風骨」與「興寄」，寓變於復，「通變」了詩教傳統。盛唐詩人質文半取中紹承詩教，在詩教影響下各展特色。李白創政教遊仙詩與抒情式政教詩，而高適則將美刺政教表現之領域擴展至邊塞。

第三至第五章則重點論述中唐詩歌與儒家詩教的關係。杜甫、元稹及白居易語言坦露，直接針砭政弊；韋應物、劉禹錫與柳宗元寫政教寓言詩；後兩者亦創作不少政治詠史詩；顧況詩歌清狂式地抒情中帶美刺寄託；而韓愈則運用奇特意象及雄奇氣勢，突破傳統平樸寫實之風格。中唐詩人意古而詞新，走出詩教的傳統表達題材與表現手法。然而元結、孟郊、元稹及白居易部分諷喻詩，質直簡樸中帶質木無文之失，失卻詩歌應有之韻味，此為極端發展詩教偏質輕文之後果。

進行歷時性考察之餘，論文第三章聚焦於共時性層面，探索中唐美刺政教詩與政治、儒學、經學，以及文學之互動關係。本書論證了中唐社會變革、儒學與經學復興，以及文學革新等多重文化因素，彼此與中唐詩人對詩教之接受相互滲透，交叉影響，形成一種多向會通之勢。

第六章則評述了晚唐五位詩人。皮日休、陸龜蒙袒露批政，聶夷中、杜荀鶴及羅隱等反少運用該變革手法。詩歌裏大量流露家國之憂患，為彼等之

共同點。不過，詩歌題材與表達手法則大體延續傳統，復古詩教中終究缺乏通變。

論文總結出詩教對唐詩的發展有「三得」與「三失」。詩教豐富了唐詩的審美藝術與相關詩論、賦予舊題材以新意義，並重塑人心道德。然而，它同時也制約了詩歌往多元化審美之發展、內容偏重說教而忽略審美，以及詩歌道德情感與審美情感失衡偏頗。

本書共剖析了廿八位唐詩人，其紹承詩教方式有二。一為延續傳統，委婉地美刺政教；其二則是堅持「思無邪」的特質，卻進行非本質性的變革，其創作偏重譏刺，直揭時弊，突破委婉之運用哲學。此外，他們開拓了詩教之表現領域，改以浪漫抒情之書寫方式關懷政教。

唐詩人兼采「傳統」與「革新」的方式來復古詩教：復中有變，變中不忘復，因此筆者視之為「復變」。先秦、漢魏六朝與唐代詩教接受之衍化，形成了「正─復─復變」三個蛻變過程。究「復變」之因，實受「儒家權變」之影響。

目　次
上　冊

第九冊　晚宋文人的心態轉變——以劉克莊爲考察中心

作者簡介

陳彥揆，一九八四年生，台灣花蓮人。私立中國文化大學中文系畢業，國立東華大學中國語文研究所碩士。

提　要

靖康之亂後，宋室南渡，在金甌殘缺、風雨飄搖的情況下，造成文人慷慨激昂的大時代氛圍，正所謂「國家不幸詩家幸，話到滄桑句便工」，南渡後的文壇，不管在詞或詩的創作上，都達到了另一波高峰，然而在權相獨擅朝政，黨同伐異的文禁、語禁下，造成文人內在的不敢言，文人遂由慷慨激昂轉趨沉默；而「三冗」所形成的財政危機，造成文人外緣的經濟壓力，遂使三位一體的文人型態解構。

開禧北伐失敗後，政治上屈辱條款的簽訂，代表著南宋由中興轉趨衰頹；文學上一連串文星的隕逝，代表著大詩人時代的終結，而劉克莊作爲一位長壽詩人，其生涯經歷南宋孝宗、光宗、寧宗、理宗、度宗五朝，並由於其政治地位，同時與上層士人及低階文人皆有來往，且交游遍及整個晚宋的詩壇，本論文透過考察劉克莊的詩詞文爲出發點，透過史料及宋人筆記的佐證，藉以掌握整個南宋的政治局勢以及社會風氣，交叉對照之下，關懷文人對於大時代的感受，希望透過劉克莊的眼睛，企圖窺見當時偏安的穩定假象，以及背後末世的感受。

劉克莊自身爲多層次處理的對象，其作品的複雜性歷來皆有討論。本文一方面欲以宏觀的角度，討論一個大時代，亦即由北宋轉南宋，再到南宋開啓北伐，爾後由南宋進入晚宋，這幾個時代的大段落。中間涉及到幾個重要的文人：陸游、辛棄疾、葉適，借劉克莊將其同時貫穿起來，討論與其交錯的議論網絡；另一方面藉由劉克莊的詩、詞、文、詩話、選詩，藉由觀察後村的獨特性，可反應出時代的普遍性，並導出時代文人的心態轉變。

目　次

第十冊　唐寅研究

作者簡介

　　買豔霞（1977），女，回族，河南周口人，文學博士，主要研究明清文學，曾在《文獻》、《山西大學學報》、《東南大學學報》、《文史知識》等刊物上發表過多篇學術論文。

提　要

　　在明代文人中，唐寅（字伯虎）的大名可謂是家喻戶曉、婦孺皆知，當

然這一切都源於「點秋香」中那個風流倜儻、滿腹文采又玩世不恭的才子形象。然而，歷史真實中的唐寅卻可謂懷才不遇、命運多舛，他自詡為「江南第一風流才子」，雖然滿腹才華、風流任性、慷慨俠義，卻終因科場受挫、仕途失意，只能在詩文書畫煙花酒月中寄託自己的抑鬱情懷，在失意困頓中英年早逝。本書採取知人論世的方法對目前學界唐寅研究中的薄弱環節做出深入探討。在唐寅生平考述中，主要對唐寅的理想、唐寅豫章之行的史實作專題研究。唐寅的理想具有鮮明的武功色彩，對俠客精神的嚮往曾是唐寅熱烈的追求。唐寅的豫章之行給唐寅的身心帶來了巨大的傷害，此行成為唐寅人生中的污點，唐寅最終為此放棄了立言傳世的想法。在唐寅的交遊考述中，主要從地域特色、身份特點、交遊關係特點來分析探討唐寅交遊圈的情況。在唐寅的文集版本考述中，重點梳理明版唐寅集之間的關係，並探討各個版本的優缺點。對署名唐寅的《六如居士尺牘》等幾本尺牘作品的真偽作甄別。在唐寅的詩文研究中，主要探討唐寅對待詩歌的創作態度並非很隨意；《詩經》對唐寅的詩歌創作有明顯的影響。我們不但要喜愛傳說中的風流才子唐伯虎，還應熟悉歷史真實中的唐伯虎。斯人已逝，幽思長存！

目　次

第十一冊　金聖嘆評點活動研究——擬結構主義的重構與解構

作者簡介

曾守仁，臺灣大學中國文學博士，現任國立暨南國際大學中國語文學系助理教授，輔仁大學中文系兼任助理教授。主要研究領域包括宋、明、清詩學與文學理論。期刊、專書論文包含：竟陵派、錢謙益、王夫之、錢澄之研究論文數篇；《金聖嘆評點活動研究——擬結構主義的重構與解構》，暨南國際大學碩士論文，1998 年，黃錦樹、高大威指導；《王夫之詩學理論重構：思文／幽明／天人之際的儒門詩教觀》，臺灣大學博士論文，2008 年，鄭毓瑜指導。

提　要

本論文主要討論明末清初之際的文評家金聖嘆，藉著描繪出他窮其一生之力所評點的才子書圖像，深究一個傳統文人如何調動／轉化自身閱讀資源，形成一套閱讀技術，以接受其時新興的小說文體；並解讀其審美趣味，以及在這被他視為畢生志業裡，所衝決、碰觸的文學建制與疆界的問題。

在論文中首先對金聖嘆所承繼的閱讀意識作一考察，因有對歷來文學讀解學作一回顧，以澄清整個為文學立法之思潮，其內部精神其實挾帶著對文章製作認知的逐漸深化——無論是技術的，還是境界的；其二，將「評點」視為一種特殊的表述形式加以考究——亦即此等散見於字裏行間的評註，如何成就一種多層次之文學意見的表達工具。

在詮釋金聖嘆閱讀理論的部份，大抵援用結構主義來解釋對象所使用之特殊語言，並進一步追問此閱讀意識所為何來，因之歸結為「對偶」原則的審美趣味。此一審美意識不斷的在其中發生作用：它是跨文類的，於詩歌、敘事文皆然；它是深層的，處於意識基底；它是對稱的，屬於古典美學；它

也是唯一的，必然不證自明，使得評點者語氣顯得無可商議的霸氣。

對象既明，其邊界也自浮現，後續的討論基調也由重構、客觀，轉爲批評的批評，在作者——文本——讀者的框架裡，描述其閱讀理論的視域以及限度，並論述在實際批評之際隱伏於其中的「危機」——將讀者主動積極的閱讀建構包裹於作者中心論的曲折與扞格。

最後，試圖將金聖嘆之閱讀理論延伸至其他的作品，探討其作爲一般詩學的效力爲何，進一步指明金聖嘆在文學史上的地位。

目 次

第十二冊　明清之際吳江葉氏家族的生活意態與文體書寫

作者簡介

　　孟羽中，女，1983 年生，河南安陽人。2005 年、2008 年分別獲鄭州大學中文系學士學位、上海大學中文系碩士學位，2011 年 7 月獲南京大學中文系博士學位，2013 年 9 月進復旦大學中文系博士後流動站工作。現爲浙江警察學院公共基礎部講師，主要從事古代散文與駢文研究、明清女性文學研究。

提　要

　　明清之際吳江葉氏家族才藻驚世，男女比肩。葉紹袁、沈宜修夫婦文雅相映，葉小鸞、葉燮等姊妹兄弟英華聯璧。葉氏合集《午夢堂集》自問世以來即享盛名，錢謙益、周亮工等文壇宿將讚賞有加。在近數十年女性文學研究及家族文學研究趨熱的學術環境下，吳江葉氏受到的關注度不可謂不高，但從族群生活意態與文體書寫關係的角度，探討葉氏家族留存於各類文體中的審美積澱，尚不多見。本書即致力於彌補這一研究面向的不足。本書在參用諸多研究視野中，較爲重視文體視野，一方面達到對葉氏運用文體類別豐富性的認識，另一方面也藉此觀察中國韻文史與散文史的進程在文人生活中的運化透顯。

　　第一章探討葉氏家族的燕居生活與文體選擇興趣的關聯。通過描述葉氏

的居所環境、家中的典藏與葉氏成員的悅讀體驗，以及幾次遊賞，勾勒出他們美意嫻情的心境。在這種具有家族審美遺傳的氣質下，逞才與遊戲成爲葉氏詩文的隱含主題。葉氏三兄弟擇賦而作，抒發對心中仙山的嚮往。女子們常選擇富於技巧性的文體以述懷，比如連環、迴文等。沈宜修、葉小鸞以身體爲書寫對象所作的豔體連珠，彰顯出她們對於女性美的妙賞，同時這些文體也都顯示出嫻於用典的特色。

第二章探討葉氏家族的生計與謀身在文體書寫上的反映。對葉氏一家的貧困及原因進行披露，瞭解其更具世俗感的生活狀態。並對葉氏貧病詩進行解讀，感知他們對於貧困的態度。另外，從更深層次分析葉氏的治生與謀道，可知其對古人高誼的崇尚，以及藉詩文以不朽的心願。葉紹袁自傳文《一松主人傳》，描述了蕭然淡泊的隱者生活，反映了他隱居獨處、不與世務交接的處世態度。

第三章探討葉氏家族的病亡經驗與文體表達的關係。描述葉氏的家族病史以及早逝成員生病時的症狀，瞭解致使葉氏病亡不斷的內因——肺病與腹瀉，外因——功名與婚嫁。親人離世，葉氏及相關懿親雅朋，用詩文述寫悲哀。這些悼念文作，很大比重是在追溯逝者的生平，創作者在寫作時，不可避免地融入了自己的想像，並在敘述中加深了對亡者的理解。葉紹袁通過所寫《亡室沈安人傳》與《百日祭亡室沈安人文》，深刻瞭解到妻子沈宜修的隱忍與委屈。江南閨秀在悼念葉紈紈、葉小鸞時，一再表達了對葉紈紈愁情的理解，以及對葉小鸞仙逝的篤定。家族內部在悼念葉世侢、葉世俗等早逝的男性成員時，表達了對他們有志無時的哀痛，並極力追憶令他們早逝的徵兆。

第四章探討葉氏家族的宗教虔信與文體創作。族內徂謝不斷，令葉氏對於世間未可知事十分篤信。夢，被他們視爲先知的化身以及溝通陰陽二界的橋梁。葉氏素有佛學信仰，早逝成員的臨終之作，反映他們內心對佛國的嚮往。葉氏與分湖祠寺來往密切，《西方庵碑記》描述了西方庵重建的過程，並於碑文末尾詳述庵產，似有保護的功用。筆記體小說《瓊花鏡》、《竊聞》、《續竊聞》全景記錄了葉氏族內幾次扶乩招魂的過程。金聖歎曾化名爲泐大師，降乩於葉氏，葉氏對於其所言篤信不疑，在金聖歎的勸說下，葉氏對佛教更爲篤信。

第五章探討葉氏家族的山中歲月與文體創作。甲申之後，葉紹袁帶子輩隱遁山林，託身於蕭寺，與其他遺民互慰忠貞，間或與抗清義兵相往還。在

這樣的遺民的語境下，葉紹袁創作了一系列史學著作。《湖隱外史》講述分湖地方的史實，文筆清麗、內容翔概，諸多條目與抗清義士相關。葉紹袁在史學著作中，內容採錄上有尚奇、珍重女史的才藝與文名等特色，也留下了耐人尋味的留白。《啓禎紀聞錄》託名於葉紹袁，記述了明末清初以蘇州爲中心的時事與風俗，具有很高的史料價值。事實上，該書與葉紹袁無關，本名《楚語秘彙》，內附有《國難睹記》、《史閣部、黃虎山殉國記》、《播遷日記》三書，分屬於不同的作者。但因該書主體部分的史學關注點，與葉紹袁以往的史學著作頗爲相似等原因，故託名於葉紹袁，流傳至今。

目　次

第十三冊　六朝小說變形觀之探究

作者簡介

　　康韻梅，臺灣大學中國文學研究所博士。現爲臺灣大學中國文學系教授，研究領域主要爲中國古典小說，近年的研究側重在唐代小說與其他時代小說的承衍關係及其敘述特色、唐代小說與唐代其他文類的交涉、唐代小說中的文化書寫、中國奇書體經典小說（《三國演義》、《水滸傳》、《西遊記》）的形成與轉化等方面。著有《六朝小說變形觀之探究》，《中國古代死亡觀之探究》、《古典文學與性別研究》（合著）、《歷代短篇小說選注》（宋元明話本卷）、《唐代小說承衍的敘事研究》，以及與研究領域相關的學術論文數十篇。

提　要

　　本書旨在探究六朝小說中的變形敘事及其所蘊含的變形觀念，期能將變形的研究由神話拓展至小說的領域，以突顯六朝小說的神異題材，並藉由六朝小說敘事文本所蘊含的變形觀念，釐析六朝小說的思想和宗教背景。根據本書探討的結果，顯示六朝小說文本中的變形敘事及其變形觀念，展現了豐富的意涵，或基於人類神話心理的塑造，或出於形上的氣化思想之詮解，或與神仙信仰和因果觀念密切相關，因而得知六朝小說文本中的變形具有逃避死亡、表現神異、追求自由、希冀長生、以及懲罰等意義。其中除了神話心理的遺留外，皆爲當代思想和宗教的反映，並十分顯著地流露出以人爲本的

進化觀，而與先秦文學的變形觀有所差異。從此也可看出六朝時人對生命、宇宙的觀點，而鑑知六朝小說文本中的變形實具有思想上的深刻性。此外，由此一議題的探究，亦可理解當時的宗教、思想如何作用於小說文本之中，體現出人類文化中大、小傳統相互依存和交流之實。

　　全書原為撰者之碩士論文，寫於 1987 年，復於 1988 年大幅修訂，今據修訂本稍作增補修正出版，並未廣集 1988 年之後相關研究的學術成果，雖不免有憾，然仍具保存當時研究樣態之意義。

目　次

第十四冊　父權體制下的女性悲劇：從婚姻、嫉妒、性慾看《金瓶梅》中的女性

作者簡介

　　馬琇芬，靜宜女子大學中國文學系畢業，國立中山大學中國文學碩士、博士。現任職實踐大學應用中文學系助理教授，曾於中山大學、台南大學、高雄醫學大學、樹德科技大學和義守大學等校擔任兼任助理教授。博士論文《鹿橋小說研究》，研究領域為古典小說、現代小說和女性小說。

提　要

　　本書以《新刻繡像批評金瓶梅》為研究版本，擬從剖析「父權體制」的角度，探討女性人物身處宗法倫理制度下所呈現的自我意識，並藉由男性作者筆下的女性形象，檢示父權體制的詮釋觀點對《金瓶梅》女性人物的評述

及論斷。

全書共分六章：

第一章「緒論」為本書之研究動機及研究方法，並針對「父權體制」提出定義。

第二章根據「婚姻架構」探討小說中女性人物的心態，從「地位」、「貞操」和「子嗣」三方面，探討女性人物如何憑恃「權力」獲得「尊重」及「寵愛」。

第三章立於婚姻架構的探討基礎上，從「嫉妒心理」分析女性人物之間的衝突現象，並探討產生衝突的原因。

第四章針對《金瓶梅》中為世人所爭論的情慾描寫予以析論，對女性人物的性生活及性心理進行深入的研究。

第五章歸納出女性在父權體制下的生活情況，從「自主意識的蒙昧」探討女性人物的價值觀，由「男尊女卑的迷思」檢示明、清之際看待女性的態度。

第六章結論，總結前述女性形象意義，反思父權體制對兩性的影響。

目　次

晚明水滸人物評論之研究—以金聖嘆評《水滸傳》為範例

作者簡介

　　林淑媛，生於臺灣高雄，少年成長於臺南，現定居臺北，高雄師範大學國文系畢業，國立中央大學中文所博士。

　　曾任清雲科技大學通識教育中心副教授，現任國立臺北商業技術學院通識教育中心中心主任並兼華語文中心主任。

　　研究方向主要為觀音信仰與文化，佛教文學、敘事學。專書出版計有《慈航普渡——觀音感應故事敘事模式析論》、《臺灣宗教文選》(與康來新教授合編)、《歷代寓言》(合著)以及期刊研討會論文等。

　　教學理念稟持懷古以開新的態度，期許將中國文化經典的生命智慧與創意思維，轉化為學生的慧命泉源。

提　要

　　《水滸傳》在晚明十分風行，受到廣泛的閱讀與引起熱烈的評論。而評論的重點幾乎集中在水滸人物身上。關於人物的評論依據本文的研究大約可分為存在意義的詮釋以及小說人物的塑造兩種範疇。

　　本論文以晚明水滸人物評論為命題，研究這兩種範疇中的觀念與意義。其中金聖歎的觀點是晚明水滸人物評論的集大成，因此特別以他為範例，了解晚明這種評論的內涵與意義。

　　論文內容共分六章十三節，以下逐項介紹章節安排的次序與目的：

　　第一章介紹晚明《水滸傳》評論的概況，研究的主題與目的，以及研究

的方法與資料的運用。

　　第二章首先論述傳統中人物識鑒的思想；其次晚明無論在政治、社會、學術思想等等方面都有劇烈變動，對人的價值判斷有新的眼光，故特別論述晚明對人性的思考；另外晚明每以英雄或俠稱呼水滸人物，故對英雄與俠的性格特徵亦予論述。本章的論述乃作爲研究晚明水滸人物評論的理論基礎。

　　第三章探討晚明一般水滸人物評論的概況，分爲存在意義的詮釋與人物塑造兩部分來討論。

　　第四章以金聖歎爲範例，分析其批評水滸人物的觀念，了解其批評的標準與方法。批評的觀念往往受批評者個人性情、際遇、對人存在的認知與時代背景等影響，因此本章先論述金聖歎的生平、思想及時代背景，而後論述他對水滸人物存在意義的詮釋。

　　第五章論述金聖歎對於小說人物的塑造觀念，金聖歎提出「性格說」作爲小說創作的核心，它的內涵爲何？本章皆加以分析論述。

　　第六章總結以上論述，並且提出水滸人物評論研究的新途徑。

目　次

第十五、十六冊　明清易代之際話本小說敘事話語的反思

作者簡介

莫瑞松，祖籍河南汜水，1968 年生於臺灣屏東。畢業於國立臺灣大學中文系、國立中興大學中文所，2013 年獲中興大學中文所博士。

學術領域爲明清話本小說研究、文學批評理論與文化研究。已發表的論文有〈「慕俠尚氣」的心理結構與兩漢復仇之關係探賾〉，〈荒涼戀歌——論蕭紅《呼蘭河傳》的悖論話語與廣場情境〉，〈縫隙中的騷動——《三言》中三姑六婆的喜劇角色與話語研究〉，〈食／色性也——試論虹影長篇小說《K》中的飢餓雙重奏〉與〈清初豆棚下敘事話語的反思〉等。對於文學創作亦保有高度興趣，作品曾獲中興湖文學獎、中縣文學獎、桃城文學獎、全國藝術教育教學設計獎等。

作者曾任教於明道中學，現爲國立臺中高工國文科專任教師，國立中正大學中文系兼任講師。

提　要

明清易代之際話本小說的話語生成，乃朝代鼎革、世變之際，群體作家對於自我生活處境的價值思考，其話語實踐（discursive practice）既有歷史文化語境的制約因素存在，亦充滿了政治性的意識形態表現。本文以滿清入關

後到清初順治、康熙年間的廿六部話本小說爲範疇，旁涉晚明話本以資參照，從敘事話語可視爲作家參與現實的一種集體欲望的文化表徵切入，探賾其可能蘊含的意指實踐與文化釋義的表現形式，並對話本小說在文藝創作中的雅／俗、中心／邊緣的融通與遞嬗諸多問題作一全面性的論述。

本論文分爲五章。首章爲緒論，說明研究動機、提出問題意識與文獻資料的回顧與展望，並將貫串本文的後現代方法論略作闡釋，最後以說明「明清易代之際」的研究背景與文本取材的範疇作結。

第二章〈末世話語〉。第一節從歷史小說的次文類——「時事話語」，觀察話本小說作家如何因應歷史新變，將許多隱微的新聞時事以小說的曲筆反映其中，裡面不僅有權力話語的弔詭與展演，更有生／死敘事、「遺民死節」的深沉辯證。第二節爲「末世話語」，筆者所謂的「末世話語」，即在於「奴變」的末世隱喻與「夷夏」之辨，以及暴力敘事的創傷話語，終以「臣死忠，婦死節」的歷史語境，證成這類的話語實乃父權延異下的婦女貞／淫二元論述。

第三章〈諧謔話語〉。第一節從易代世變下的諧謔觀開始，說明晚明意象具有多重指涉的文化意涵，除士風變異外，重情貴眞的本色姿態，爲晚明文人普遍的創作觀。第二節主要以艾衲居士的《豆棚閒話》爲討論文本，論述其對神聖人物的降格書寫，展現其諧謔話語的顛覆性與袪魅性特色。第三節專章討論明清易代之際話本小說喜劇人物的浮世繪與眾生相。

第四章〈性別話語〉。第一節旨在討論話本小說中才子佳人的閨閣話語，包括了密室效應與詩性觀照。另外，佳人模式的敘事話語——「顯揚女子、頌其異能」，說穿了，不過是邊緣失意文人於亂世中潛意識對理想範型的一種欲望投射，而小說中的佳人形塑，意味著不完全的出走與父權回歸。第二節的性別話語，藉由女性主義的論述，以貞言／淫語二元對立的形象，概述此時期的家庭小說與豔情小說，在貞女形象與文化語境嬗變上的整體脈絡考察。

第五章爲結論。綜論全文的研究概要與結果，以美國文化人類學者克利福德‧格爾茨（Clifford Geertz，1926～2006）在《文化的解釋》（The Interpretation of Culture）一書中對文化做出的定義，架構出本論文末世話語、諧謔話語與性別話語三種話語所涵蓋的明清易代的話語現象；另一方面也期望能繼續將話本小說中敘事話語的其他面向加以延伸考察，以補足

本文論述的不足。

目　次

上　冊

第十七冊　元雜劇情節結構與音樂關係之研究——以現存【中呂宮】全套樂譜之劇本為對象

作者簡介

　　林佳儀，國立政治大學中國文學系碩士（2001 年 7 月）、博士（2009 年 7 月），現任國立新竹教育大學中國語文學系助理教授。研究方向為曲學、古典戲曲、崑曲、戲曲音樂。曾任國立傳統藝術中心委託之「戲曲曲譜檢索系統建置計畫」協同主持人；國立臺灣戲曲學院兼任講師、助理教授；國立政治

大學兼任講師。著有《《納書楹曲譜》研究——以《四夢全譜》訂譜作法爲核心》（花木蘭文化出版社，2012）。其他發表之論文如：〈論張紫東家藏崑曲曲本的傳抄意義與文獻價值〉（《臺大中文學報》第 36 期，2012 年 3 月）、〈論馮起鳳《吟香堂曲譜》之編輯意識及訂譜流傳〉（《南藝學報》第 7 期，2013 年 12 月）等。

提　要

　　本書《元雜劇情節結構與音樂關係之研究——以現存【中呂宮】全套樂譜之劇本爲對象》，嘗試結合文學、音樂及劇情，作戲曲音樂之研究。選擇以【中呂宮】套曲爲對象，主要因其經常用於劇情轉變之處，且部分曲牌較具音樂特色，存譜亦多。研究方法乃從文學格律談及曲牌結構，並嘗試說明曲牌聯套現象。主要從與句式相應的點板方式，及施於韻腳的結音展開分析。

　　藉由分析【中呂】套曲，可知聯套音樂的完整性是在曲牌過接中完成，每支曲牌除了文詞內涵，還具有音樂節奏的意義，且節奏的轉變通常是以二至六曲爲一個段落，視套之長短而定，除了【快活三】等少數在曲中轉換節拍的曲牌，一般而言，變化不致太過急促。是故，可配合劇情需要的節奏，將一般多置於套末的曲牌挪前，如《梧桐雨》第二折在套的前半就用【快活三】來唱，因爲此套雖以楊貴妃霓裳樂舞爲中心，還得演後段的驚變，因此宴飲的段落不長，很快就進入樂舞的部份，此時節奏轉快，故不用較慢的【石榴花】、【鬥鵪鶉】，而用快節奏的【快活三】、【鮑老兒】等。總之，由【中呂】曲牌聯套之探討，將可初步推知：北曲聯套雖有慣用次序，但若需配合劇情，只要節奏變化穩當，曲牌支數多寡、銜接次序，仍具自由運用空間，故每套例用的首曲、次曲之後，以下曲牌，諸套多有不同。

目　次

第十八冊　元明同題戲劇的跨文化比較研究

作者簡介

　　郝青雲，女，1968 年出生，蒙古族，內蒙古民族大學文學院教授，副院長，碩士生導師，中國古代文學學科帶頭人，內蒙古自治區教壇新秀，內蒙古民族大學示範課教師、科爾沁學者。主要從事中國古典文學和民族文學關係的教學與研究。發表學術論文近 20 篇，出版學術著作一部，編纂整理古籍一部。主編和副主編教材各 1 部。主持各級科研項目 6 項，其中國家社科項目 1 項，省級項目 2 項。先後畢業於西北民族大學文學院（本科）、東北師範大學文學院（碩士）、2002 年考入中國社會科學院研究生院攻讀博士學位，師從中國社會科學院民族文學所扎拉嘎先生，2005 年畢業，本書稿係博士論文。2008 年進入中國社科學院文學所博士後流動站工作 3 年，師從楊鐮先生。

　　馬婧如，女，1985 年出生，回族，內蒙古民族大學文學院 2012 屆碩士研究生，師從郝青雲教授。2005 年考入內蒙古民族大學文學院漢語言文學專業，2007 年至 2009 年在遼寧大學進修學習，2009 年順利畢業並獲得學士學位，同年 9 月考入內蒙古民族大學文學院中國古代文學專業攻讀碩士研究生，主要研究方向是元明清文學，曾發表學術論文 1 篇。

提　要

　　元代是由蒙古族建立的政權。蒙古族是來自北方草原的游牧民族，與中原農耕文化相比，蒙古文化具有典型的游牧文化特徵。蒙古族作爲統治民族，其游牧文化在與中原農耕文化發生近距離接觸的過程中，彼此發生相互影響是很難避免的，因而形成了元代文化的多元性。1368 年明朝建立，蒙古統治者撤到長城以北。在明朝開國之初，明太祖朱元璋就著手對蒙古游牧文化進行「清除」，因而，在明代與元代之間形成一道文化「分水嶺」，由此也就開始了元明兩代文化的趨異。

　　作爲元代文學之象徵，元雜劇是在多元文化中生成的，游牧文化對元代文化的影響使元雜劇中也留下了游牧文化的痕。但元雜劇多數是漢族作家的

作品，所以孤立地看元雜劇，對其多元文化特徵的識別有一定局限。元雜劇在元末開始衰微，在戲曲舞臺上逐漸被明雜劇和明傳奇所取代。明代戲劇中有大量作品是由元雜劇改編而成的，在明代作家對元雜劇進行改寫的過程中，對元雜劇中不符合中原傳統禮教的內容進行了刪改。通過元雜劇與明代戲曲改寫本的比較研究，可以發現元明兩代的文化差異，進而證明蒙古游牧文化對元代文學的影響。

從元雜劇到明傳奇，是戲劇作品沿革的一條軌。通過《北西廂》與《南西廂》、《竇娥冤》與《金鎖記》、《青衫淚》與《青衫記》等一系列具有明顯改寫關係的作品對比研究，發現元雜劇與其明傳奇改寫本之間的確存在著明顯的文化差異。

從元雜劇到明雜劇，是戲劇作品沿革的另一條軌。元明出現了同名雜劇《曲江池》、元雜劇《漢宮秋》與明雜劇《昭君出塞》、元雜劇《千里獨行》與明雜劇《義勇辭金》、元雜劇《風花雪月》和明雜劇《辰勾月》等等，在諸多對應的改寫作品中也都帶有明顯的文化差異。

這些主要表現在：

在人物形象塑造上，明代戲劇作品不同程度地按照儒家傳統審美進行了人格重塑，突出了忠、孝、節、義等道德意識，使人物性格更符合儒家的傳統禮教。從元雜劇和明代戲劇在人物形象的差異，可以看出元雜劇在一定程度上偏離了儒家的文化傳統，因此間接地證明了游牧文化對元雜劇審美意識的影響。二、在故事情節上，元雜劇中一些情節帶有明顯的元代游牧文化特徵，明代劇作家按照明代的生活真實，對不符合儒家傳統禮教和明代生活真實的情節進行了改寫。三、在社會功能上，元雜劇偏重於娛樂功能。與元雜劇相比，明代戲劇作品更多地繼承了儒家傳統的「文以載道」，突出了戲曲的教化功能。通過比較，可以看出元雜劇與其明代戲曲改寫本之間存在著明顯的文化差異，造成這種差異的主要原因在於元代文化的多元性，其中主要是蒙古游牧文化對元代社會文化的影響。

元雜劇其明代改寫作品都是社會生活的反映，都是時代文化的折射和濃縮。作家在創作過程中都遵循了源於生活、高於生活的原則。元雜劇與其明代改寫本的文化差異，證實了蒙古游牧文化在元雜劇創作中的影響，也實證了多元文化對元代文學的影響，同時也證實了少數民族文化對中國古代文學的影響。

目　次

第十九冊　明代折子戲研究

作者簡介

　　尤海燕（1975～），祖籍安徽省阜陽市。2006 年畢業於首都師範大學文學院，獲文學博士學位，專業方向為元明清文學，主要研究明清小說、戲曲。曾在《文獻》、《戲劇》、《戲曲藝術》、《中國戲劇》等學術期刊發表《〈歌林拾翠〉刊刻年代考論——兼論奎璧齋鄭元美的刊刻活動時間》、《試論明代折子戲在淨腳演化中的作用》、《國圖本〈新鐫歌林拾翠〉考》等十餘篇論文。現供職於中國國家圖書館古籍館。

提　要

　　明代折子戲是中國戲曲從全本戲到折子戲發展的初始階段，是我們瞭解折子戲的產生、形成過程的窗口。對明代折子戲的形態、內容進行梳理、描述是對戲曲發展史的有益補充。本書第一章著重論述折子戲的產生。明代中後期由簡入奢的社會風氣和中國古代長期以來的清唱傳統是折子戲產生的外部條件。而戲曲本身的結構鬆散，篇幅冗長，是折子戲產生的內在原因。

　　本書第二章、第三章梳理、分析明代折子戲的整體狀況和自身的發展演變。以明代折子戲選本為主要參考數據，結合各種筆記、小說、方志等材料中透露出來的有關信息，以時間為主軸，將明代折子戲分成明初到嘉靖時期、明萬曆時期、明天啟崇禎時期、明代折子戲餘緒期四個階段來分別進行描述、分析，並對各階段折子戲主題、曲詞、賓白等各方面發展演化的表現、特點進行了探討和總結。

　　本書第四章分析了明代折子戲在戲曲腳色的細分及各腳色行當特色的形成中所起到的關鍵作用，特別是對「花旦」、「淨腳」這兩個行當的重要作用，同時，理出明代戲曲聲腔流行的大致線索。第五章探討明代折子戲的影響。一方面比較了明代折子戲與一折戲在形式、內容上的異同；另一方面，對明代折子戲和近現代地方戲的關係進行了探討。附錄主要是對明代折子戲選本的版本、內容進行的考辨和整理。

目　次

第二十冊　明代湯顯祖之研究

作者簡介

　　龔重謨，江西黎川人。副研究員。中國國學院大學特約研究員。畢業於中國藝術研究院戲曲理論研究班。供職於海南省級文化單位。中國戲劇家協會會員。主要論著有：《湯顯祖大傳》、《明代湯顯祖之研究》、《湯顯祖研究與輯佚》、《湯顯祖傳》（合著）；主編了國家藝術科研重點項目《中國歌謠集成·海南卷》和《海南歌謠情歌集》等。另有多篇論文和文藝作品入編有關專題

叢書。其業績入編《世界華人文學藝術界名人辭典》、《中國專家大辭典》和《中國戲劇家大辭典》等多部辭書。

提　要

　　這是湯顯祖故里作者對鄉賢的研究。有對湯氏「情」的思想和其從政作為的論述；有從時間處理研究「四夢」；有對湯氏戲曲理論特色、地位和對《紫簫記》寫作時間、地點及其價值的新探。對湯氏世系源流、居所玉茗堂、去世時間、死因及歸葬墓地作了考證；對李贄、利瑪竇、鄧渼等與湯氏的關係有一家之言；論述了湯貶官嶺南的經歷與對其思想的影響；闡明了「湯學」作為一門學科的興起與發展；分析了晚明以來戲寫湯顯祖中的湯顯祖形象；還介紹了發現與尋找湯顯祖家傳全集殘版的經過及作者在「湯學」研究中的交遊。

目　次

第二一冊　「鬧熱」及其背後的「冷清」——《長生殿》研究

作者簡介

　　陳勁松，男，1972 年 8 月生於上海。2011 年 6 月畢業於上海師範大學人文與傳播學院古代戲劇與民俗專業，獲文學博士學位。現任上海師範大學謝晉影視藝術學院副教授，碩士生導師，2006 年任韓國江陵大學客座教師。與導師翁敏華教授合作編著出版了《長生殿：精妙評點・雅致插畫》（華東師大出版社，2006 年 6 月版）、《四大名劇精讀》（上海古籍出版社，2012 年 2 月版）、《中國戲劇》（上海文藝出版社，2013 年 6 月版），並在各類刊物上發表論文多篇。

提　要

　　1688 年，洪昇的傳奇巨製《長生殿》甫一面世，便引起極大的轟動，直至今日依然盛演不衰。有關《長生殿》的評論與研究，也隨著劇作的「誕生」，從未間斷。相當長一段時間以來，學界對《長生殿》的研究，多採用文藝學的研究手法，從案頭出發，對其主題、人物及藝術特色進行分析。隨著時代的發展，《長生殿》學術研究也漸呈百花齊放之態。尤其是上世紀九十年代至今，宗教學、民俗學、人類學等方法紛紛「登場亮相」，拓寬了以往的研究思路與方法。然而，學界至今還沒有一部能把這些新的理論與方法糅合起來，進行《長生殿》研究的專著。在廿一世紀的今天，無疑是一件憾事。本人擬在吸收學界最新研究的基礎上，以「鬧熱」的戲劇觀作為研究理論與線索，從創作技巧、民俗積澱、域外傳播、演出效果等方面，多視角、多層面地對

《長生殿》這部作品，進行深入地研究和挖掘。既還原出《長生殿》表面「鬧熱」的「形」，又抓住清初江南文人處於兩難境地，無路可走的「冷清」之「魂」。

本書的研究思路分爲以下七個部分：

緒論：對《長生殿》的研究歷史與現狀進行綜述，並闡明本書的研究思路和創新點。

第一章：揭示出「鬧熱」的戲劇觀，與明清易代之際審美趣味的契合，並闡明其在戲劇史上的意義和價值。然後從作者對素材的「輕抹」與「重描」，對大眾審美心理的洞察及把握，對戲劇敘述節奏的掌控和調度等三個方面展開詳細論述，深入研究探討洪昇是如何讓《長生殿》「鬧熱」起來的。

第二章：從帝王「推崇」與節日狂歡兩個角度，對《長生殿》盛演至今的文化機理進行分析探討。《長生殿》的演出與日後產生的持續效應，凸顯了康熙在文藝政策上的政治韜略，緩和了滿漢之間的民族矛盾，對清初的政治穩定也起到了一定的作用；《長生殿》中的節日狂歡元素與民間世俗活力的釋放，也是《長生殿》熱演不衰的重要因素。《長生殿》中的四大節日，以及在節日中的民眾狂歡，無疑是《長生殿》的「鬧熱」在民間生活上的反映，和舞臺上《長生殿》的「鬧熱」相映成趣。

第三章：擺脫以往較爲單一的文藝學研究手法，在分析《長生殿》中李隆基、楊玉環這兩個人物形象時，著力將二者的文學形象、民俗形象及舞臺形象之間的互動關係闡述清楚。在具體研究過程中，運用道教文化與人類生殖文化的大視野，並結合劇中出現的節俗文化，對二人民間偶像化成因進行探討。

第四章：以白居易《長恨歌》對佛經文學的借鑒，及其在鄰國日、韓的流播爲線索，深入探討李、楊愛情及其民間信仰在文化交流中的傳承與嬗變。首先從繪畫藝術與舞臺表演的關係上，揭示李、楊形象與佛教藝術飛天之間的淵源；接著，闡述兩人形象及愛情在日、韓戲劇文化中的嬗變。

第五章：以洪昇接受的哲學思想爲突破點，從劇中的李、楊之「悔」與洪昇所述的「蘧然夢覺」（《長生殿・前言》）兩個層面，彰顯清初江南文人的兩難境地，從而揭示出《長生殿》「鬧熱」背後的「冷清」。

結語：從洪昇的遭遇出發，揭示在所謂康雍乾「盛世」的外衣底下，其愈發嚴苛的文藝政策，造成了清代士人階層的集體「失語」，《長生殿》終成絕響。清代中葉，文人創作的缺失，崑曲的衰落，使得戲曲的發展轉而向元

雜劇「藉故」（借用故事），並傳承其精神。「花部」「鬧熱」的背後，掩不住的是文人傳奇創作的大「冷清」。

目　次

第二二冊　乾嘉雜劇形態研究

作者簡介

　　趙星，文學博士。1983 年生人，現供職於平頂山學院文學院。十年來負笈四方，先後師從安徽大學胡益民、首都師範大學張燕瑾兩先生研讀古代小說與戲曲。兩先生期余以遠大，奈世事紛繁，思欲靜心讀書，每不可得。此書爲余博士畢業論文，雖付之心力，奈離吾師之期許尙遠。承花木蘭出版社美意，先期付印，將來有暇，再予更定。

提　要

　　雜劇與戲曲同爲中國古代戲曲的代表文體，其繁榮時期當在元代。關馬鄭白，實甫《西廂》，盛極一時。厥後，雜劇之體雖不爲人所重，作者卻代不乏人。其著名者如朱有燉、楊潮觀等，名傳曲史，文採斐然。

　　從元至清，雜劇之體隨時衍變。明初周憲王已啓其端，至明末，四折一楔子之體已破壞殆盡。與明劇相比，清人雜劇在體制上突破不大，在氣質上則完全不同。不管是時代環境、演出體制，還是文人遭際與心理，都對雜劇創作產生了或多或少的影響。

　　明清兩代，雜劇之體漸分爲二：一爲普通劇，文人以之寄託心靈懷抱；一爲節慶局，人們用之增添喜慶氛圍。至乾嘉時期，普通劇之刊寫與節慶劇之演出遂臻於極盛。普通劇書寫曲家自身際遇，幾與詩詞等價。節慶劇可細分出祝壽、迎鑾等形態，其功能又各有不同。普通劇少有演出之機遇，止可案頭清供。節慶劇源於節慶演出之需，非演出則不得逞其用。乾嘉兩朝，蔣士銓、厲鶚、桂馥、楊潮觀等文章巨手紛紛染指於其間，遂使雜劇之體日趨醇厚。

目 次

第二三、二四、二五、二六冊　諸葛亮民間造型之研究

作者簡介

張谷良，筆名：慕谿，1972 年生，天蠍座 B 型，台灣省雲林縣人，一個簡單樸實的文化自耕農。國立台灣大學中文系學士、碩士，國立東華大學中文系博士。學術專長領域為：通俗文學、古典小說、古期戲曲、三國魏晉人物；並偶有現代文學創作。現為國立台北商業技術學院通識教育中心專任助理教授、國立台灣大學中文系兼任助理教授。

提　要

三國名相諸葛亮，是個家喻戶曉、膾炙人口的歷史人物。其聲名遠播的程度，恐怕就連堯、舜、禹、湯、文、武、周公、孔子、孟子等，這些被標舉為儒家「聖人」之儔者，都要望塵莫及，尤其是就廣大的庶民百姓而言，他的知名度與形象更是深刻地烙印在民間，而廣泛流傳、難以抹滅。歷史人物之能夠深入民間，造成廣大影響者，除同時期的關羽外，恐怕就再也難能尋得他人，可與之相抗衡。關羽以其「勇冠三軍」、「義薄雲天」，而威震八荒；諸葛亮則因「智絕千古」、「忠烈星空」，而名垂宇宙。一文一武，一智一勇，咸得民心，各臻其趣，率皆為不同類型的典範性代表人物，而萬古流芳，互世永存。然而，當今世人心目中普遍所知所想的諸葛亮形象，卻絕難等同於歷史人物中諸葛亮的客觀真實面貌，而多半是經過一番渲染、創造、重塑等歷程後，「再現」出來的藝術形象。

本文乃是以諸葛亮整體的民間造型，作為主要的研究對象，其主旨將側重於爬梳「正史」之外，諸葛亮生平事蹟的形象，及其經由各種文藝體類所表現出來的人物造型方法與意涵。所謂的「正史」之外，包括了傳說、詩歌、小說、戲曲等，各方面以諸葛亮為題材的作品。其創造者，包含了文人雅士與庶民百姓；其流傳與影響的層面，更是「全民」的，遠超過史書對於諸葛亮這個人物的刻劃與評價。正因為「諸葛亮」是我國「民族故事」中，極具代表性的主題人物，而且，又是一個相當豐富的「文化現象」，所以，任何層面的考察，都只能得其一端，必須以整體的觀念來作統合，方能凸顯出「諸葛亮」在民間的深刻意涵。

文中經過質性與量化分析，雙管齊下的研究方法，除已將諸葛亮藝術形象的淵源、形成、發展、演變與流播的情形，給客觀地概述出來之外；同時，

也把各文藝體類中諸葛亮的外在形貌特徵與性情品格及其精神內蘊的呈顯，
都全盤地托陳點出來；並且，更揭露出了其藝術表現的造型方法與內涵意義。
相信藉此論述，當能對諸葛亮民間造型之研究，有一個完整性的認識與了解，
並提供學界若干參考之用。

目　次

第一冊

第二七冊　楊妃故事之研究

作者簡介

　　陳桂雲，台北市人，中國文化大學中國文學研究所博士，現為國立故宮博物院圖書文獻處編審，並自 1986 年任中國文化大學兼任講師。主要研究領域為清代散文、唐代文學、民俗學。已出版之著作有《清代桐城派古文之研究》，並有〈宋　李公麟　麗人行〉、〈艷質豐肌說楊妃〉、〈《論語》中顏回形象的現代闡釋〉、〈清宮的年貨大街〉等論文。

提　要

　　楊貴妃與唐明皇之韻事，是一場發生在皇家內院之帝妃愛情悲劇，其背後隱含著一樁極具震撼性的歷史變故。自〈長恨歌〉以來，迄今流傳一千兩百餘年，其間歷經加葉添枝，楊妃故事益顯多采多姿，故事傳說雖與正史不盡相合，卻為大眾津津樂道。本文乃博採正史、詔令、方志、詩文、筆記叢談、戲劇和俗曲等資料，就傳說之形成過程與情節開展方面加以探究，期以窺見千餘年來，楊妃故事演進之軌跡，並予楊妃以客觀評價，此即本文論述之旨趣所在。

　　第一章「楊妃與天寶之亂」：分四節。全章以史實為綱，探討本故事之時代背景及主要傳聞，並藉此以明瞭後代楊妃故事演變之基礎。

　　第二章「傳說中之楊妃」：本章釐分名字、籍貫、家世、才貌、婚姻五點，對楊妃的個人生命做縱的探討，從整理歷代有關作品中對楊妃個人之異說，並比較其間之差異，又進而探明其形成之原因。

　　第三章「楊妃形象之演變」：分四節。依朝代之更迭，就傳說之形成過程，分析楊妃形象轉變之緣由，且探其時代背景，明其與環境之關係。

　　第四、五兩章，乃沿著歷史長流，評析唐以後，迄於民國以來，各種有關楊妃故事為題材的作品，究其主題，探其渲染情況，用見楊妃故事在文學史上發展之歷程。

　　文末「結語」，乃總括本故事之特色及結束全文。

綜合所論，楊妃故事最具時代意識，考其發展之脈絡，率由一兩首「諷諭詩」觸發聯想而來。囿於傳統「美女國之咎」之觀念，其形象或已被嚴重歪曲，然楊妃極富傳奇色彩之一生，在文學舞台上實曾予人以「身後是非誰管得，滿村聽說蔡中郎」之淒感，永遠留給後人無盡的幽思。

目　次

序　言

中國古代詩學解釋學研究

鄧新華　著

作者簡介

鄧新華，男，文學博士，三峽大學文學與傳媒學院教授，享受省政府專項津貼專家，曾任三峽大學學報主編，三峽大學藝術學院院長。現為三峽大學文藝美學研究中心主任，文學與傳媒學院碩士生導師，兼任中國中外文學理論學會理事，湖北省高校文藝學學會副會長，宜昌市文藝理論家協會副主席。先後主持並完成多項國家和省級社科基金課題，在《文學評論》、《文藝研究》、《光明日報》、《北京大學學報》、《學術月刊》等報刊發表學術論文 90 餘篇，其中被《新華文摘》、《中國社會科學文摘》、《高等學校文科學術文摘》和人大複印報刊資料《中國古代、近代文學研究》、《文藝理論》等轉載、複印、摘要 30 餘篇，出版《中國古代接受詩學史》等學術著作 5 部，並多次獲省社科優秀成果獎。

提　　要

　　本博士論文以西方現代闡釋學為理論參照，在中國傳統文化的大背景下對中國古代詩學解釋學提出的一系列重要的理論命題和理論原則進行研究和闡發，以求揭示中國古代詩學解釋學獨特的理論內容和理論特徵，為實現傳統文論的現代轉換和建構有民族特色的當代形態的文藝學提供有益的理論借鑒。

　　論文緒論部分基於對西方現代解釋學理論傳入中國的歷史過程的梳理和中國本土的解釋學研究現狀的分析，明確提出「中國古代詩學解釋學研究」的博士論文選題，並對中國古代詩學解釋學研究的基本思路作了分析和闡述：中國古代詩學解釋學研究應該從詩學解釋學與經學解釋學的聯繫與區別處入手，同時還必須堅持「文化還原」、「現代闡釋」和「中西對話」的三個基本原則。

　　論文第一章對中國古代詩學解釋學提出的「以意逆志」和「詩無達詁」這兩大闡釋原則進行考察和辨析。「以意逆志」是一種偏於客觀的文學闡釋原則，因為它始終把「志」作為文學闡釋的根本目標。而「詩無達詁」則是一種偏於主觀的文學闡釋原則，因為它強調解釋者的「見仁見智」即參與作品意義重建的權利。但是中國古代詩學解釋學提出的「以意逆志」和「詩無達詁」這兩大闡釋原則同西方以加達默爾和赫施為代表的偏於主、客兩端的絕對二元對立的解釋學思想有著本質的差異，因為「以意逆志」和「詩無達詁」這兩大闡釋原則之間不僅不存在絕對的對立和不可溝通，反而呈現一種交叉、融合、互補與貫通的態勢，例如前者雖然偏於客觀卻不絕對排斥主觀，因為它把文學闡釋活動看成是解釋者之「意」與解釋對象之「志」通過「逆」的方式而形成新的意義的過程，而後者雖然偏於主觀卻不絕對排斥客觀，因為它在強調「從變」的同時也強調了「從義」，即解釋者對文學本文的理解和解釋必須以解釋對象的客觀內涵為依據。因此，中國古代詩學解釋學提出的「以意逆志」和「詩無達詁」這兩大闡釋原則較好地解決了西方解釋學理論無法解決的文學解釋的客觀性和有效性這兩個根本性的問題。

　　論文第二章對中國古代詩學解釋學提出的「品味」、「涵泳」和「自得」等三種主要的文本理解途徑進行梳理和分析。這三種文本理解途徑是古代詩學解釋學家從文學理解活動的感性實際出發，在充分考慮解釋對象、解釋主體和解釋活動的特點和規律的基礎上提出來的，因而與西方解釋學偏重對文學文本作純然的理性觀照有著極大的差異。「品味」特別強調文本理解過程

的漸進性、反覆性以及解釋者審美理解的直覺性、體驗性和整體性，強調解釋者對於作品審美韵味的體味和把捉。「涵泳」同樣注重作品深層意蘊的探究，但它不像「品味」那樣要求解釋者必須不斷地消除自身的立場向解釋對象靠攏和趨近，而是把解釋對象納入到解釋者心中，通過自家內在意念的體悟和審查來達到與解釋對象的相契與共通。「自得」則更加高揚解釋者在文本理解過程中的獨立精神和主體意識，解釋者可以根據自己的情緒心態來自由地感受和觸摸作品，從而對作品的思想蘊涵和審美蘊涵作出自己的領悟和理解。

論文第三章對中國古代詩學解釋學提出的「象喻」、「摘句」和「論詩詩」等三種詩性闡釋方式進行研究和闡發。「象喻」是解釋者用精心營構的各種含蓄蘊藉、意味深長的意象或意境來藝術地再現詩性文本的內在風神和整體韵味，從而喚起讀者對詩性文本所具有的那種非概念分析所能確定的朦朧飄渺的詩意美的真切感受和體驗。「摘句」是解釋者直接擇取原創詩作中的那些形象鮮明、清新雋永的詩句來闡說和舉證他們對詩意、詩理、詩法的理解和解釋。而「論詩詩」則是以中國文學文體中最具詩性特質的「詩」的文體形式、語言形式及表現手法來傳達解釋者對詩性文本的解釋和評價。中國古代詩學解釋學提出的「象喻」、「摘句」和「論詩詩」等三種闡釋方式儘管在具體方法的運用上存在些微的差別，但在思維方式上則是完全相同或相通的，這就是它們都無一例外地擯棄了西方解釋學偏於抽象說理、邏輯推導和概念論證的弊端，而採用詩性的方式也就是藝術的方式來描繪和顯現藝術，這就從根本上避免了純語言和邏輯分析對詩性作品這一特殊的解釋對象的整體審美意蘊的肢解和扼殺，從而最終達到與詩性解釋對象內在生命的相契與共通。

論文第四章著重探討中國古代詩學解釋學與儒家、道家、佛教禪宗思想的關係。中國古代詩學解釋學直接脫胎於經學解釋學，因此儒家思想對中國古代詩學解釋學的影響主要體現在經學解釋學所奉行的「依經立義」的闡釋原則上。正是這種闡釋原則直接孕育了漢儒說《詩》的政教闡釋取向、「美、刺」的理解模式和「比興」的解釋方法。道家的「言不盡意」論儘管旨在拆解封建正統的禮教名分和消解儒家的話語權力，但其中蘊涵的對於語言和意義的關係的思考，不僅直接引發了魏晉玄學的「言意之辨」，而且也直接影響到「得意忘言」的詩學闡釋方法的產生。而佛教禪宗思想對中國古代詩學解釋學的影響則主要體現在思維方式上——禪宗有關「悟」與「參」的修行方式和體道方式影響所及，使得「妙悟」與「活參」這兩種詩學闡釋方式具有了直覺性、整體性、非邏輯性和能動創造性的特點。

目

次

緒　論

一、中國解釋學的研究現狀

　　解釋學〔註1〕在西方來源於神學家對《聖經》的理解和解釋，但作爲一種美學理論和批評方法則誕生於西方近代。進入二十世紀中期以後，以德國著名的美學家加達默爾爲代表的現代解釋學異軍突起，迅速成爲西方當代美學和文藝理論批評的一種重要流派。這派理論由於一反傳統解釋學以消除誤解和追尋作者原意爲根本目標的闡釋取向，將理解的歷史性看作理解的前提和理解者參與歷史的根本方式，因而不僅使西方傳統的解釋學完成了向現代解釋學的轉向並成爲西方思想界的顯學之一，也給當代西方文學理論批評帶來新的變化和新的景觀。

　　國內學術界從 20 世紀 80 年代中期開始系統引進和紹介西方現代解釋學，1984 年張隆溪在《讀書》雜誌第 2、3 期上連續發表《神・上帝・作者——評傳統的闡釋學》、《仁者見仁，智者見智——關於闡釋學與接受美學》和張汝倫同年發表在《復旦大學學報》上的《哲學釋義學》等論文，是國內最早對西方解釋學進行介紹和評述的文章。1988 年分別由三聯書店和遼寧人民出版社出版殷鼎的《理解的命運》和張汝倫的《意義的探究——當代西方釋義學》，則對西方從施萊爾馬赫、狄爾泰一直到海德格爾、加達默爾、利科（殷譯「呂格爾」）的解釋學理論作了全面詳盡的分析和闡述。而 1994 年洪

〔註 1〕 國內學術界又譯作「詮釋學」、「闡釋學」和「釋義學」等，李幼蒸先生認爲這幾種譯名均可。參見李幼蒸《結構與意義》第 237 頁，中國社會科學出版社 1996 年版。

漢鼎翻譯的加達默爾《眞理與方法》全譯本和夏鎮平、宋建平合譯的加達默爾《哲學解釋學》由上海譯文出版社出版則可以視爲此期對西方解釋學進行引進和紹介的一個階段性的總結。

其實，還在國內學界大張旗鼓地對西方解釋學理論進行引進和紹介之前，學貫中西的錢鍾書先生就已經在默默地做著打通中西的工作了，如他在1979 年出版的《管錐篇》第一卷《左傳正義·隱公元年》條下寫道：

> 乾嘉「樸學」教人，必知字之詁，而後識句之意，識句之意，而後通全篇之義，進而窺全書之指。雖然，是特一邊耳，亦只初桄耳。復須解全篇之義乃至全書之指（「志」），庶得以定某句之意（「詞」），解全句之意，庶得以定某字之詁（「文」）；或並須曉會作者立言之宗尚、當時流行之文風，以及修詞異宜之著述體裁，方概知全篇或全書之指歸。積小以明大，而又舉大以貫小；推末以至本，而又探本以窮末；交互往復，庶幾乎義解圓足而免於偏枯，所謂「闡釋之循環」（der hermeneutische Zirkel）者是矣。〔註2〕

錢鍾書先生這段話的重要性還不僅僅在於他是國內學者中將西方解釋學重鎮狄爾泰的「解釋學循環」的理論介紹到中國來的第一人，更在於錢先生在引進西方理論時所持的一種中西文化平等「對話」的立場，即將西方的「解釋學之循環」理論與清代乾嘉「樸學」的解釋學理論互照互釋，從而發現各自的理論特點及價值。儘管錢鍾書先生很早就開了立足中國傳統文化本位的立場來引進西方理論的先河，但由於時機尚不成熟，錢先生在《談藝錄》、《管錐篇》和《七綴集》等著作中多次進行的中西解釋理論的精彩對話並沒有引起學界應有的重視。只是到了 20 世紀 80 年代中期，經過對西方解釋學理論的大張旗鼓的引進和紹介，經過一個短暫的消化過程之後，國內一些睿智的學者受西方現代闡釋學理論的啓發，開始關注並思考中國本土的解釋學理論研究應如何進行的問題。也正是在這樣一種背景之下，20 世紀 90 年代中期以後，國內學術界掀起解釋學的研究熱潮，中國本土的闡釋學研究也相應取得一些引人注目的成果。扼要地講，這些成果主要集中在三個方面：

第一，明確提出「創建中國的解釋學」的理論口號和基本的研究思路。這方面最有代表性的是著名哲學史家湯一介先生，〔註3〕他於 2000 年前後陸

〔註 2〕 錢鍾書《管錐編》第 171 頁，中華書局 1986 年版。
〔註 3〕 與湯一介先生差不多同時將解釋學與中國傳統思想文化的研究結合起來，並

續在《中國社會科學》、《社會科學戰線》、《學術月刊》、《周易研究》等多家重要學術刊物撰文呼籲創建「中國的解釋學」並提出基本的研究思路。他認爲：「真正的『中國解釋學理論』應是在充分瞭解西方解釋學，並運用西方解釋學理論與方法對中國歷史上注釋經典的問題作系統的研究，又對中國注釋經典的歷史（豐富的注釋經典的資源）進行系統的研究之後，發現與西方解釋學理論與方法有重大的甚至是根本性的不同，並自覺地把中國解釋問題作爲研究對象，這樣也許才有可能成爲一門有中國特點的解釋學理論（即與西方解釋學有相當大的不同的以研究中國對經典問題解釋的理論體系）。」〔註4〕正是按照這一基本思路，湯先生通過對先秦時期經典注釋的不同方式的深入研究，歸納出了中國古代早期經典解釋的三種方式：一是「歷史事件的解釋」，以《左傳》對《春秋經》的解釋爲代表。二是「整體性的哲學解釋」，以《繫辭》對《易經》的解釋爲代表。三是「社會政治運作型的解釋」，以《韓非子》中的《解老》、《喻老》篇對《老子》的解釋爲代表。湯先生的觀點由於表達了國內學者以西方理論爲參照來總結和弘揚本民族理論遺產的共同意願和自覺意識，加之湯先生在學術界的特殊地位和影響，因此在學術界產生極爲強烈的反響。

　　第二，對中國解釋學進行系統深入的研究和概括。這方面最有代表性的理論著作有三部：一部是周光慶教授的《中國古典解釋學導論》，該書雖然於2002 年由中華書局出版，但作者早在 1991 年就開始從事中華文化經典解釋觀念、解釋方法和解釋歷史的研究，並撰文呼籲重新建立中國古典解釋學和中國現代解釋學，〔註5〕故該書實爲作者多年從事中國古典解釋學研究的結晶。周光慶先生此書最大的特點在於：從中華文化經典的歷史存在出發，以西方解釋學理論爲參照，對中國古典解釋學發生、發展的歷史過程進行系統的梳理，對中國古典解釋學提出的「語言解釋方法論」、「歷史解釋方法論」和「心理解釋方法論」作了深入的發掘和總結，並對中國古典解釋學如何完

　　　　明確提出建立有中國特色的解釋學體系和解釋學方法的還有美籍華裔學者傅
　　　　偉勳教授、成中英教授和臺灣大學歷史系黃俊傑教授等，儘管他們各自的具
　　　　體理論主張並不完全一樣。參見景海峰《解釋學與中國哲學》，《哲學動態》
　　　　2001 年第 7 期。
〔註 4〕　湯一介《論創建中國解釋學問題》，《社會科學戰線》2001 年第 1 期。
〔註 5〕　參見周光慶《中國古典解釋學導論》第 4 頁，中華書局 2002 年出版；《中國古
　　　　典解釋學研究芻議》、《朱熹經典解釋方法論初探》，《華中師範大學學報》1993
　　　　年第 2 期；《王弼〈老子〉解釋方法論》，《中國社會科學》1998 年第 3 期。

成現代轉型這一重大問題提出極富啓發性的意見。另一部是李清良博士的《中國闡釋學》，該書分「導論」、「語境論」、「時論」、「理解根據論」、「理解過程論」和「闡釋論」等六個部分，從中國文化的基本觀念出發，運用「雙重還原法」（「本質還原法」和「存在還原法」）〔註6〕系統清理了中國的闡釋學理論，初步建立起一個自洽的且獨立於西方的中國闡釋學的基本理論框架。周裕鍇教授 2003 年出版的《中國古代闡釋學研究》則是他獨立承擔的國家社科基金項目的結題成果，作者在前言中認爲闡釋學決不只是西方學術界的專利，儘管「闡釋學」一詞來自西文，闡釋學作爲一種理論是從德國傳統中發展而來，但這並不妨礙中國文化中同樣存在著一套有關文本理解的闡釋學思路。基於這一認識，他通過收集、分析散見於先秦至清代各種典籍中有關言說和文本的理解和解釋的論述，演繹經學、玄學、佛學、禪學、理學、詩學中蘊藏著的豐富的闡釋學理論內涵，並由此揭示出中國古代闡釋學理論發展的內在邏輯以及迥異於西方闡釋學的獨特價值。〔註7〕此外，國內著名加達默爾研究專家洪漢鼎先生主編的「詮釋學與人文社會科學」叢書中分別由潘德榮博士和劉耘華博士撰著的《文字‧詮釋‧傳統》和《詮釋學與先秦儒家之意義生成》，也屬於對中國解釋學理論傳統進行反思與探索的十分有價值的理論成果。〔註8〕

第三，對中國的文學解釋學進行嘗試性的探究和總結。這方面的主要成果有：一是留美華人學者張隆溪教授的《道與邏格斯》，該書的中譯本雖然在1998 年才與國內讀者見面，但英文本早在 1992 年就公開出版了。〔註9〕該書不是一般性地探究中國的文學闡釋學理論，而是沿著錢鍾書先生開創的中西解釋學理論「對話」的路子，〔註10〕從跨文化的角度來揭示中、西方文學解釋學理論的共通點，提出了一系列重要的理論主張和理論見解，這對於打通

〔註6〕 李清良《中國闡釋學》第 20 頁，湖南師大出版社 2001 年出版。

〔註7〕 參見周裕鍇《中國古代闡釋學研究》第 1 頁～第 5 頁，上海人民出版社 2003 年版。

〔註8〕 潘德榮《文字‧詮釋‧傳統——中國詮釋傳統的現代轉化》、劉耘華《詮釋學與先秦儒家之意義生成——〈論語〉、〈孟子〉、〈荀子〉對古代傳統的解釋》，上海譯文出版社 2003 年出版。

〔註9〕 張隆溪《道與邏格斯》，馮川譯，四川人民出版社 1998 年出版。Zhang Longxi：*Tho and the logos Literary Hermeneutics, East and West Durham*, Duke University Press, 1992.

〔註10〕 張隆溪自述「錢鍾書先生的大著往往是我立論的重要依據」。參見《道與邏格斯》第 3 頁，四川人民出版社 1998 年版。

中西、展示中西方共有的解釋學關注和解釋學策略、發現中西方解釋學理論的共同規律無疑有著重要的示範意義和啓迪意義。另一部是金元浦教授的《文學解釋學》〔註11〕，雖然該書的主要篇幅是以西方現代闡釋學和接受美學爲參照來闡述文學解釋學的一般原理和問題，但其中個別章節對中國古代的文學闡釋學傳統進行了初步的梳理，粗線條地勾勒出研究者所理解的中國闡釋學的基本面貌，這對中國古代文學解釋學研究不無借鑒意義。

　　對國內目前的文學解釋學理論研究成果進行檢視，還有兩篇博士論文不容忽略：一篇是四川師範大學的李凱博士在四川大學曹順慶先生指導下完成的博士論文《儒家元典與中國詩學》〔註12〕（2002年答辯）。該博士論文共四章，其中第四章「儒家詩學闡釋學」對先秦至清代的儒家詩學解釋學思想進行了初步的梳理，大體勾勒出儒家詩學解釋學的發展脈絡。另一篇是武漢大學鄒其昌博士在陳望衡先生指導下完成的博士論文《朱熹詩經詮釋學美學研究》〔註13〕。該博士論文以朱熹的《詩集傳》爲主要研究對象，對朱熹的詩經解釋學美學思想進行了比較深入的探討。這兩篇博士論文對於深化中國文學解釋學研究無疑起了積極的推進作用。

　　儘管國內的解釋學研究已經取得引人矚目的成績，但如果從更高的要求看，我認爲仍然存在明顯的不足和問題，這主要表現在：第一，這些研究成果主要集中在哲學史和思想史的研究領域，而有關文學解釋學的研究成果則相對顯得薄弱；第二，即使在少量有關文學解釋學的研究成果中，仍然還缺少對中國古代的文學解釋學基本理論進行系統梳理和全面總結的理論著述。正是根據學術界目前的這種研究現狀，我把博士論文的選題確定爲「中國古代詩學解釋學研究」，意在以西方現代解釋學爲理論參照，在中國傳統文化的大背景下對中國古代詩學解釋學提出的一系列重要的理論原則和理論命題進行系統的研究和闡發，以求深入揭示中國古代詩學解釋學獨特的理論內容和理論特徵，爲實現中國傳統文論的現代轉換和建構有民族特色的當代形態的文藝學提供有益的理論借鑒。

〔註11〕金元浦《文學解釋學》，東北師範大學出版社1997年出版。
〔註12〕見中國學術期刊（光盤版）電子雜誌社《中國優秀博碩士學位論文全文數據庫》，該博士論文2002年答辯通過。
〔註13〕見中國學術期刊（光盤版）電子雜誌社《中國優秀博碩士學位論文全文數據庫》，該博士論文2002年答辯通過；該博士論文由商務印書館2004年出版。

二、中國古代詩學解釋學的研究對象和範圍

從最一般的意義上講，研究中國古代詩學解釋學，就是研究中國古代有關詩歌理解和解釋的種種理論和學說。但在中國古代，詩學解釋學與經學解釋學之間有一種特殊的歷史連接關係。因此，要弄清楚中國古代詩學解釋學的研究對象和範圍，首先必須對中國古代詩學解釋學與中國古代經學解釋學的這種關係作一番辨析。

這裡所說的「經學」，按照最一般的理解即「訓解或闡述儒家經典之學」，因此可以視為中國古代特有的一種文獻解釋學。〔註 14〕經學的起源，晚清今文經學家皮錫瑞斷定為「自孔子刪定『六經』為始。孔子以前，不得有經。」〔註 15〕這裡所說的「六經」即指儒家的《詩》、《書》、《禮》、《樂》、《易》、《春秋》等六部典籍。但儒家的這六部典籍真正被擡到至高無上的地位，成為中國封建社會正統思想的最高經典，則是從西漢中期武帝「罷黜百家，獨尊儒術」、將上述幾部儒家典籍法定為「經」並設立《詩經》、《書經》、《禮經》、《易經》、《春秋經》五經博士開始的。自此，對「六經」（實際是「五經」，因《樂》有聲無書，無法解釋；唐以後又逐步將儒家經典擴展為九經、乃至十三經）的訓詁、考據、理解和解釋便成為中國古代占統治地位的一門學問——「經學」，並由此而形成一整套對中國政治思想、學術文化和文學藝術發生重要影響的注經釋義的理論原則和方法。再加上《詩經》本屬於「六經」之一，經學家在對《詩經》進行訓詁、考據和解釋的過程中同樣提出了不少富有解釋學意味的理論觀點和理論命題。這樣一來，中國古代詩學解釋學就和經學解釋學有了千絲萬縷的聯繫。

首先，從中國古代詩學解釋學與經學解釋學的聯繫來看，由於中國古代詩學解釋學是從經學解釋學的母體裏孕育出來的，因此經學解釋學的一整套理論原則方法作為遺傳基因必然要存留下來並對詩學解釋學產生若干重要的影響。這種影響舉其大者，至少有三個方面：一是經學解釋學的解釋目的。儘管經學家們經常標榜他們注經的目的是為了認識和把握所謂「聖人之道」，但從根本上看，他們注經的目的則是為了維護儒家思想的正統地位，這也是中國歷代以儒教治國的統治者大力提倡「經學」的根本原因所在。經學解釋學的這種以維護政治統治和思想統治為本位的解釋目的也就內在地

〔註 14〕《辭海》哲學分冊第 230 頁，上海辭書出版社 1980 年版。
〔註 15〕皮錫瑞著、周予同注釋《經學歷史》第 1 頁，中華書局 2004 年版。

決定了，經學解釋學必然要把儒家的政治標準和道德標準作爲解釋的根本尺度，而這種由解釋目的裏挾而來的解釋標準對詩學解釋學的影響是巨大而深遠的。二是經學解釋學提出的一些基本的解釋原則，如孟子提出的「以意逆志」、「知人論世」原則，董仲舒提出的「詩無達詁」原則等等。由於這些原則大多是在討論如何理解和解釋詩性文本（《詩經》）的時候提出來的，再加上後世無數注經者的踵事增華，這些原則遂衍化爲詩學解釋學的根本解釋原則，從而對詩學解釋學產生根本性的影響。三是經學解釋學所創立的一些基本的解釋文體或解釋形式，如「傳」、「箋」、「詁」、「注」、「解故」、「故訓」、「義疏」、「正義」、「集解」等等。〔註16〕對經學解釋學自身而言，這些基本的解釋文體或解釋形式的創立有著極爲重要的意義，因爲正是有了這些解釋經典的固定的體裁和格式，經學家們對儒家經典的理解和解釋才能夠定型化並作爲中國傳統思想文化的載體而得以流傳下來，同時這也是經學解釋學走向成熟的一個外在的標誌。然而對於詩學解釋學研究來說，內容則比形式顯得更爲重要，因爲正是這些解釋文體或解釋形式所承載著的無比豐富深刻的解釋學理論和思想，才給詩學解釋學提供了十分有價值的理論資源。例如經學家焦循對於孟子的「以意逆志」和「知人論世」的解釋原則的理解和解釋〔註17〕，就是借「正義」的解釋文體或解釋形式傳達出來的，而焦循的上述思想已經成爲中國古代詩學解釋學之根本解釋原則的有機組成部分。

　　儘管中國古代詩學解釋學由於是從經學解釋學的母體裏孕育出來的從而與經學解釋學有著天然的聯繫，但由於它同時又是中國古代理論家和批評家緊密結合文學解釋活動的具體實際提出來的，其中凝聚著中國古代理論家和批評家對文學解釋活動的特點和規律的深刻認識和把握，因此它與經學解釋學又有著明顯的區別。這種區別無疑是多方面的，但其中最根本的區別在於：解釋者是把解釋對象當作文學來理解，還是當作政治道德的教科書來研究。例如在《詩經》闡釋史上長期存在的「以《詩》爲經」與「以《詩》爲

〔註16〕周光慶先生將中國經學解釋學創立的這些解釋文體或解釋形式命名爲「解釋體式」，可備一說。參見周光慶《中國古典解釋學導論》第156頁，中華書局2002年版。

〔註17〕孟子提出的「以意逆志」、「知人論世」本是兩個不同的命題，但經學家焦循卻發現這兩個命題之間的內在聯繫：「夫不論其世，欲知其人，不得也。不知其人，欲知其志，亦不得也……故必論世知人，而後逆志之說可用之。」由此可以見出經學解釋學在解釋儒家經典的過程中是如何對原典進行理論發揮的。參見焦循《孟子正義》卷九。

詩」這兩種闡釋取向的對峙，實質上就是經學解釋學與詩學解釋學的分野。所謂「以《詩》爲經」，就是把《詩》看成是儒家的經典，一味在作品中尋找政治教化的諷諭託義，從而將優美動人的文學形象歪曲爲僵化的政治道德教條。例如漢儒說《詩》就是典型的「以《詩》爲經」。在經學家那裡，明明是表現周代先民之生存景況和情緒心態且形象優美、意蘊深厚、韻味無窮的《詩三百》，卻統統被套上「思無邪」的光圈，打上「溫柔敦厚」的標記，成爲政治教化和輔成王道的「諫書」。這種置文學作品自身的詩性特徵不顧而竭力把詩性文本納入經學的企圖，無疑取消了文學，也取消了對文學的詩性解釋。因此經學解釋學的這種「以《詩》爲經」的解釋態度和解釋取向受到歷代不少理論家的尖銳批評。如宋代的詩學解釋學家朱熹就對時人以漢儒的迂腐陳見來肢解文學的做法深致不滿：「今人不以《詩》說詩，卻以《序》解《詩》，是以委曲牽合，必欲如序者之意，寧失詩人之本意不恤也。此是序者大害處！」〔註18〕清人方玉潤也指出：「說《詩》諸儒，非考據即講學兩家。兩家性情，與《詩》絕不相近。故往往穿鑿附會，膠柱鼓瑟，不失之固，即失之妄，又安能望其能得詩人言外意哉？」〔註19〕而「以《詩》爲詩」則完全不同，它是把《詩》當作文學作品來理解，它注重的是對《詩》的情感性、形象性和審美性等詩性特徵的考察。例如朱熹就明確指出：作爲解釋對象的《詩》「與今人作詩一般，其間亦自有感物道情，吟詠情性，幾時盡是譏刺他人」，〔註20〕他看重的是《詩》中各種自然情感的詩意的表現，而不是經學家硬性從藝術符號後面挖掘的美刺諷喻之義。他還基於對《詩》的審美抒情本性的認識，對《毛詩序》從政治教化角度解說「風」的含義提出批評，認爲「凡《詩》之所謂風者，多出於里巷歌謠之作，所謂男女相與詠歌，各言其情者也」，〔註21〕而與「一國之事，繫一人之本」的所謂政事善惡無關，這同樣是在強調解釋者應該把注意力放在作爲解釋對象的《詩》的審美抒情特徵上，而不是外在於詩性文本的那些政治教化的東西。

在弄清楚詩學解釋學與經學解釋學的聯繫與區別之後，現在就可以比較方便地回答前面提出的研究中國古代詩學解釋學應該從何處著手的問題

〔註18〕黎靖德編《朱子語類》卷八十，中華書局 1994 年版，以下引該書只注明卷數。
〔註19〕方玉潤《詩經原始·凡例》，中華書局 1986 年版。
〔註20〕朱熹《朱子語類》卷八十。
〔註21〕朱熹《詩集傳序》，朱熹集注《詩集傳》第 2 頁，上海古籍出版社 1980 年版。

了。在我看來結論很明確，研究中國古代詩學解釋學就應該從詩學解釋學與
經學解釋學的聯繫與區別處著手：一方面，由於詩學解釋學是從經學解釋學
的母體裏孕育出來的，所以研究中國古代詩學解釋學首先必須注重考察詩學
解釋學與經學解釋學的內在聯繫，必須從解釋目的、解釋原則和解釋方法等
根本性方面來深入考察經學解釋學所提出的一些重要的理論原則、理論命題
和方式方法如何衍化爲詩學解釋學的重要理論原則、理論命題和方式方法。
另一方面，由於詩學解釋學與經學解釋學又存在著本質的差別，它關注的是
文本對象的詩性特徵，注重的是對文本對象的詩性的闡發，所以研究中國古
代詩學解釋學絕不應該把眼光局限在經學解釋學所限定的所謂「五經」或「十
三經」這一狹窄的範圍之內，中國歷代眾多的詩歌總集、選本、注釋本和詩
話、詞話、曲話乃至小說戲劇評點等一切有關文學的詩性理解和解釋的著
述，以及中國古代理論家批評家對文學理解和解釋活動的特點、規律的理論
概括和經驗總結，都應該作爲詩學解釋學的研究對象。惟其如此，我們才有
可能眞正梳理和總結出具有理論涵蓋性和理論穿透力的中國古代詩學解釋
學。

　　討論中國古代詩學解釋學的研究對象和範圍問題，還有必要對詩學解釋
學與文學批評的關係予以說明。總起來看，作爲文學研究這一總的學科領域
內的兩個分支，詩學解釋學與文學批評既在某些方面發生重合，又有著各自
不同的側重點。從重合的方面來看，詩學解釋學與文學批評一樣，都是以具
體的作家作品作爲研究對象，都十分關注作品的詩性特徵和詩意表現，都注
重從作品形象的實際出發來展開分析和解釋。如韋勒克和沃倫就主張「將研
究具體的文學藝術作品看成『文學批評』」，〔註 22〕而加達默爾也斷言「藝
術品是解釋學的一種對象」。〔註 23〕但是詩學解釋學與文學批評又有著很不
相同的側重點：詩學解釋學側重於對文學作品的意義的理解和解釋。如埃
昂·瓦特就說過：「解釋是一個逐漸深入地揭示文學作品的內在蘊含的意義
的過程」，〔註 24〕加達默爾也認爲解釋學美學的任務「就是理解作品所說的

〔註 22〕　〔美〕韋勒克、沃倫《文學理論》第 31 頁，三聯書店 1984 年版。艾布拉姆
　　　　　斯也持相同觀點，認爲文學批評「涉及的是對特定的作品、作家的討論。」
　　　　　參見艾布拉姆斯《簡明外國文學詞典》第 72 頁，湖南人民出版社 1987 年版。
〔註 23〕　〔德〕加達默爾《哲學解釋學》第 99 頁，上海譯文出版社 1994 年版。
〔註 24〕　參見〔英〕羅吉·福勒《現代西方文學批評術語詞典》第 11 頁，四川人民出
　　　　　版社 1987 年版。

意義以及使這種意義對我們和其他人都清楚化。」正是由於詩學解釋學的理論側重點或基本任務是對於文學作品的意義的理解和解釋，所以美國學者謬勒‧沃爾莫才作出這樣的區分：「文學解釋學不是文學批評的一支，也不是文學研究的一種趨向，而是解釋藝術的理論與研究，它既提供關於作品解釋的理論基礎，也提供對有關作品解釋的各種學說的探討。」〔註 25〕也許謬勒‧沃爾莫對文學解釋學與文學研究的內在關聯有所忽視，但他將文學解釋學定性為「解釋藝術的理論與研究」的確抓住了問題的實質，這與西方現代哲學解釋學理論重鎮加達默爾將解釋學稱為「理解的藝術」在精神實質上是完全相通的。如果說詩學解釋學側重於對文學作品的理解和解釋，那麼文學批評則側重於對作家作品的評價和判斷，儘管這種評價和判斷必須建立在對作品意義的分析和解釋的基礎之上。從詞源學的角度考察，criticism（批評）一詞源出於希臘文的 krites（判斷者）和 krinein（判斷），這說明文學批評作為文學研究的一個分支，從一開始就十分注重對於作品的價值評判。羅吉‧福勒也許正是看到了這一點，他才得出這樣的結論：「當我們對某一文學作品採取批評的態度時，我們不僅要對它們進行描述並使讀者理解它，同時我們還要以明確的或隱晦的方式對它進行判斷，同時也難以避免要發表有關它的價值的意見。」他還進一步對新批評倡導的那種否認文學批評價值評判功能的所謂「客觀性」和「超功利性」的批評主張提出不同意見：「文學決非化石，即便對批評家而言也是如此；它也並非一些完全與價值無關的事實。」〔註 26〕由以上分析可以見出，在總體的文學研究領域內，詩學（文學）解釋學與文學批評的聯繫與區別是相當明確的。因此，如果我們以上述理論為依據，就可以在同中國古代文學批評的區別與聯繫中來清楚地確定中國古代詩學解釋學的研究對象和範圍了：中國古代詩學解釋學研究主要是考察和分析古代理論家批評家如何對文學作品（主要是詩歌）進行理解和解釋，以及他們對文學理解和解釋活動的特點、規律和方式方法的探索和總結，而有關文學作品本身的思想道德評判和藝術價值評判則不在研究和考察的範圍之內。

〔註 25〕〔美〕謬勒‧沃爾莫《理解與解釋：關於解釋學的定義》，轉引自王先霈、王又平主編《文學批評術語詞典》第 425 頁，上海文藝出版社 1999 年版。
〔註 26〕〔英〕羅吉‧福勒《現代西方文學批評術語詞典》第 85～87 頁，四川人民出版社 1987 年版。

三、中國古代詩學解釋學的研究原則和方法

　　作為一篇必須具有一定理論創新性的學位論文，我在「學位論文開題報告」中對研究的任務和目標作了這樣的概括：「本文以西方現代解釋學為理論參照，在中國傳統文化的大背景下對中國古代詩學解釋學提出的一系列重要的理論原則和理論命題進行系統的研究和闡發，深入揭示中國古代詩學解釋學獨特的理論內容和理論特徵，為實現中國傳統文論的現代轉換和建構有民族特色的當代形態的文藝學提供有益的理論借鑒。」而要想完成和實現上述預定的任務和目標，就必須尋找到與研究對象相適應相匹配的研究原則和研究方法，這種原則和方法在我看來主要有三個，那就是「文化還原」、「現代闡發」和「中西對話」。

　　首先，堅持「文化還原」的原則。

　　按照西方現代解釋學的觀點，絕對意義上的還原歷史是不可能的，解釋者所能「還原」的只能是他所「理解的」歷史。因此，我們這裡提出的「文化還原」的原則，並不意味著我們主張解釋者完全消除已有的文化歷史「前見」或「前理解」去重返過去，而是強調研究者應該首先將中國古代理論家批評家對文學理解和解釋活動的規律性認識和經驗總結，以及他們提出的一系列有關文學理解和解釋的概念、命題和方式方法放回到其賴以產生的歷史語境或文化母體中去，只有這樣我們才能深入探究和準確理解其原初的文化思想蘊涵和理論蘊涵。

　　例如中國古代詩學解釋學在其產生和發展的過程中，十分注意文學理解和解釋的規律的探究，並由此形成了許多重要的概念、命題和方式方法。對這些重要的詩學解釋學概念、命題和方式方法的清理和探討無疑是中國古代詩學解釋學研究的重要課題之一。然而問題的複雜性在於，這些概念、命題和方式方法往往並不是首先從文學解釋活動中總結出來，而是首先從哲學或經學領域內產生。例如「涵泳」最早就是一個純道學的概念，在宋代理學家張載和二程的心目中，「涵泳」的原初含義是指一種優游不迫的體道方式和人格修煉方式，後來朱熹將其運用於《詩經》的理解和解釋，「涵泳」才逐步衍化為中國古代詩學解釋學的一種重要的文本理解方式。儘管「涵泳」的理論內涵發生了這種由哲學（理學）向文學的轉換，但是，「涵泳」本身固有的重內省尚體驗的心性之學的理論取向卻並沒有消解，而是對「涵泳」這種內傾式的文本理解方式的形成起了決定性的作用。由此可見，如果我們將中國古

代詩學解釋學提出的諸多有關文學理解和解釋的概念、命題和方式方法放到其賴以生長的特定的歷史文化語境中進行還原性的考辨和分析，其原初的理論蘊涵及其由哲學向詩學解釋學演變的歷史過程和邏輯發展過程就有可能被清晰地揭示出來。其實不僅僅是「涵泳」，中國古代詩學解釋學提出的有關文學理解和解釋的概念、命題和方式方法還有很多，如作爲文本理解方式的「自得」、「品味」、作爲詩性闡釋方式的「象喻」、「摘句」和作爲文本理解和解釋策略的「妙悟」、「活參」、「忘言」等等，都需要運用「文化還原」的方法來加以研究，惟其如此，我們才有可能完整、準確地理解和把握其思想蘊涵和理論蘊涵。

其次，堅持「現代闡釋」的原則。

對中國古代詩學解釋學的研究如果僅僅停留在「文化還原」的層面上是遠遠不夠的，這是因爲，儘管中國古代的文論家、批評家在千百年來的文學理解和解釋的實踐中總結、概括出來的一些概念、命題和方式方法作爲一種歷史遺留物，它本身的確蘊含有許多合理的因素和眞理的顆粒，但它還不是眞理本身，它還不可避免地帶有種種局限性。因此，只有研究主體立足於當下的人文現實環境並根據現實的需要，在現代理論思維、美學觀念和方法論的統攝下對中國古代詩學解釋學的相關材料進行新的理解和新的闡釋，中國古代詩學解釋學潛在的理論價值和現代意義才能最終被開掘出來，這就是我所謂「現代闡釋」原則的基本含義。

從中國古代詩學解釋學的研究實際來看，堅持「現代闡釋」的原則的確可以給我們的研究增添許多亮色，可以發現許多以往難以發現的東西。例如孟子提出的「以意逆志」論，對於中國古代文論研究者來說，可以說是一個老而又老的問題了，對這個問題的探討似乎很難再有什麼新的突破。但是，如果我們從現代闡釋學的角度進行審視，就不難發現其中的確蘊涵有極爲豐富極有價值的詩學解釋學思想：「以意逆志」表面上以「志」爲指歸，是要恢復作者的「原意」，這與西方傳統解釋學的解釋取向似乎十分一致。但由於其間加了一個「意」字，所以這實際上是對解釋者參與作品意義重構的權力的肯定，這又與西方傳統闡釋學竭力消除由於時間間距和歷史間距所造成的解釋者對於作者的誤解的理論相悖，而與西方現代解釋學大師加達默爾「視域融合」的觀點不謀而合。因爲，孟子提出的「以意逆志」還包含一個「逆」字，這就意味著，「初始視域」下的作者之「志」和「現實視域」下的解釋者

之「意」不會自行結合，它需要一個「逆」的過程，而兩個不同視域下的「意」和「志」正是通過解釋者的主動的「逆」的過程才最終產生了契合，這不正和加達默爾「視域融合」的觀點相通嗎？由此可見，在中國古代詩學解釋學研究中只有堅持「現代闡釋」的原則，運用新的理論和新的方法去燭照，潛藏在傳統文論思想材料中的極為深刻極有價值的詩學解釋學思想才有可能被激活，才會從歷史的塵封中蘇醒過來。

　　最後，堅持「中西對話」的原則。

　　按照加達默爾的解釋，所謂「對話」就是兩種不同話語之間尋找契合點，從而形成「視域融合」，「對話」的目的是達到相互溝通和理解，「對話」因此成為當前學術研究的一種主導精神。本文主要是借助西方現代闡釋學作為理論參照來重新審視中國古代詩學解釋學的思想材料，從這一特定的研究角度來看，堅持「中西對話」的原則就顯得尤為重要。這是因為：中、西方解釋學理論擁有各自不同的思維方式和文化構架，因而二者之間必然存在著許多差異；但二者之間也並非存有一條不可逾越的鴻溝，因為中西方解釋學理論作為人類解釋實踐經驗的結晶，必然蘊含著為人類歷史發展一般規律所決定的共通性。所以中、西方解釋學理論應該是同中有異，異中有同。如果我們在研究中堅持「中西對話」的原則，就有可能在共性與個性的聯繫與區別中揭示出中國古代詩學解釋學深刻而獨特的理論蘊涵。

　　例如中、西方解釋學理論都對解釋學的基本問題——理解和解釋的問題十分重視，但是通過「中西對話」，我們很容易就會發現中、西方解釋理論的「同中之異」和「異中之同」：在西方，對理解和解釋問題的重視主要體現為一種抽象的理論探討和形而上的分析，例如西方傳統解釋學那裡，理解（understanding）、解釋（interpretation）和運用（application）被劃分為三個相對獨立的研究領域，而西方當代哲學解釋學則更重視理解、解釋和運用三者之間的內在聯繫和統一性，更把解釋看成是理解的發展和展開。而在中國，對理解和解釋的重視主要以實踐的方式表現出來，例如中國古代詩學解釋學很早就開始了對於文學闡釋活動中理解、解釋和運用這三種方式的探討，先秦時期盛行的「觀《詩》」、「說《詩》」和「用《詩》」就是理解、解釋和運用的三種典型範式。在這裡，中西方解釋理論都對解釋學的基本問題理解、解釋和運用十分重視，這是「異中之同」；但各自重視的方式又不一樣，這又是「同中之異」。如果在此基礎上將「中西對話」再繼續一步，我們就會有更重

要的發現，這就是：當西方當代一些文學批評家理論家把西方當代哲學解釋學的上述思想運用到文學研究領域的時候，西方長於理性分析的邏輯思辨傳統的弊端就顯露出來：他們在對文學作品進行「具體化」的理解和解釋的時候，往往熱衷於對解釋者的審美感知覺經驗、作品的意義乃至整個文本理解過程作純理性的解析，結果反把原本包孕著無限審美愉悅和審美心理奧秘的文學理解和解釋活動變成了一個由語言和邏輯分析所籠罩的世界，從而最終使文學理解和解釋活動失卻其活潑潑的生命而成為一種僵死的存在。與西方文學解釋學對理解與解釋問題作形而上的理論分析不同，中國古代詩學解釋學始終把作品意味的品鑒看得高於作品意義的闡釋，它在此基礎上提出的「品味」、「涵泳」、「自得」的文本理解方式和「象喻」、「摘句」和「論詩詩」的詩性闡釋方式，與作為解釋對象的詩性文本有著更為內在的契合，它從直觀感悟角度對作品整體風神韻味的玩賞和把捉，在內容的豐富性、生動性和精微性上，都遠勝於西方闡釋學那種細密繁瑣的純理性解說。顯然，這種中、西方詩學（文學）解釋學的深層差異，中國古代詩學解釋學富有東方特色和民族特色的理論蘊涵，惟有通過「中西對話」，才有可能被洞察。

第一章　中國古代詩學解釋學的
兩大闡釋原則

　　作爲一門系統研究理解和解釋的理論學科，闡釋學的發明權無疑屬於西方，但是這並不意味著中國古代就完全沒有與之相通或相似的理論觀點和思想。西方現代闡釋學大師海德格爾曾經說過：理解就是人的存在方式。當中國古代的文學理論家批評家們在面對詩性的文學作品本文的時候，毫無疑問也是以他們對詩性文學作品本文對象的理解和解釋來確證自己的存在的。同時也正是在解決如何理解和解釋詩性文學作品本文這個有關闡釋學的根本問題的時候，建立起了我們民族自己的詩學解釋學。

　　但是必須指出的是，中國古代的詩學解釋學與西方闡釋學相比在根本的理論取向上又有著很大的不同。西方闡釋學有著明顯的主、客二元對立傾向：如果把作爲客體的文本（包括文本所承載的作者的創作意圖）和作爲主體的闡釋者視爲闡釋活動的兩極，那麼西方從古到今所出現的一切闡釋學理論和流派無論在具體的理論觀點和看法上有多大的不同，實際上都是圍繞著主、客兩極在運動，它們要麼把著眼點放在作爲闡釋對象的文本上，要麼以闡釋者作爲最後的理論歸宿，二者之間毫無通融的餘地，赫施和加達默爾可以說是西方闡釋學這兩種主要理論傾向的典型代表。

　　與西方闡釋學這種偏於兩端的絕對二元對立的思維方式不同，中國古代詩學解釋學雖然也提出過「以意逆志」和「詩無達詁」這兩個在主客觀方面各有側重的文學闡釋原則，但是中國古代詩學解釋學的這兩大闡釋學原則內部不僅不存在相互之間的絕對對立和不可溝通，反而呈現出一種交叉、融合、

互補、貫通的態勢。本章將著重對中國古代詩學解釋學提出的「以意逆志」和「詩無達詁」這兩大闡釋原則進行具體的分析和考察，並將它們與西方的解釋學理論相比較，以求凸顯中國古代詩學解釋學的獨特理論品貌。

第一節 「以意逆志」論——偏於客觀的文學闡釋原則

「以意逆志」的闡釋學命題或闡釋學原則首先是由孟子在和弟子討論如何正確理解《詩》義時提出來的：

> 咸丘蒙曰：「舜之不臣堯，則吾既得聞命矣。《詩》云：『普天之下，莫非王土；率土之濱，莫非王臣。』而舜既爲天子矣，敢問瞽瞍之非臣，如何？」曰：「是詩也，非是之謂也；勞於王事而不得養父母也。曰：『此莫非王事，我獨賢勞也。』故說《詩》者，不以文害辭，不以辭害志，以意逆志，是爲得之。如以辭而已矣，《雲漢》之詩曰：『周餘黎民，靡有孑遺。』信斯言也，是周無遺民也。」（《萬章上》）

在孟子看來，咸丘蒙是一個不能正確理解《詩》義的人。咸丘蒙的疑問是：俗語說「盛德之士，君不得而臣，父不得而子」，但《北山》詩卻說普天之下都是天子的臣民，那舜的父親怎麼辦，他是否也是舜的臣民呢？孟子認爲，咸丘蒙的問題就出在「斷章取義」上，他只抓住個別的詞句，而忽略了對《詩》義的整體的理解。由此孟子提出了「以意逆志」的闡釋學命題：「不以文害辭，不以辭害志；以意逆志，是爲得之。」事實上，孟子提出的「以意逆志」的闡釋學命題不僅僅是那個特定的時代通行的一種理解和解釋《詩》義的基本原則和方法，而且經過後世諸多文學理論家、批評家的實踐和總結，它已經上昇爲中國古代詩學解釋學的一種帶有普遍性和綱領性的闡釋原則和方法，其中甚至還蘊含有某些可與西方現代解釋學理論相溝通的理論因子，對此我們應該加以認眞的清理和總結。

一、「志」——文學闡釋的根本目標

在孟子看來，文學闡釋活動絕不可以主觀任意爲之，解釋者絕不可以像天馬行空那樣爲所欲爲，恰恰相反，解釋者對作品的理解和解釋總是要圍繞一定的目標來進行的，這個目標就是「以意逆志」的「志」。不過，孟子所說的「志」究竟指什麼，目前學界有幾種不同的意見：

　　第一種意見認爲「志」爲作者之志，也就是作者的創作意圖和思想懷抱。如漢代的趙岐將「志」解釋爲「詩人志所欲之事」（《孟子注疏》卷九上），宋代的朱熹釋「志」爲「作者之志」（《孟子集注》），現代學者朱自清也以爲「志」乃「詩人之志」（《詩言志辨》）。

　　第二種意見認爲「志」爲作品之志，也即作品所傳達的思想感情。如當代美學家李澤厚和劉綱紀在《中國美學史》中就指出：「詩人的『志』不是直截了當地說出來的，而是蘊含在詩人所創造的藝術形象之中」，所以孟子所說的「志」就是「詩人在作品中所要表達的思想感情。」〔註1〕

　　第三種意見則認爲「志」是「記載」的意思，即對歷史事實的記載，如郭英德等人的《中國古典文學研究史》就持這種觀點：

　　　　「志」的本義是記憶、記錄，「詩言志」的原始意義即是向神明昭告功德、記述政治歷史大事，而不是指抒發個人志意、情感。在孟子的時代，儘管「志」已經有懷抱、情志之意，已經有「詩以言志」、詩「可以怨」、「盍各言其志」（《論語・公冶長》）等說法，但「志」的記事之意和「詩言志」的原始意義仍然保留著，將詩歌創作眞正看成個人志意的表達，還是孟子以後的事情。孟子本人的說詩方法，……恰恰是著重於詩對歷史或現實現象的說明，即詩的記事之義。〔註2〕

另外，陳望衡先生新出的《中國古典美學史》也持相同的看法：

　　　　如果把「志」訓作記載，把《詩經》的本質看作史，孟子的「說詩者，不以文害辭，不以辭害志，以意逆志，是爲得之」就好理解了。「不以文害辭」，即不因詩經用了一些誇張、比喻、象徵之類的修辭手法而影響對辭義本身的理解。……「不以辭害志」，即是說，在《詩經》主要是記事，要善於通過言辭去瞭解所記載的當時的史實，……而不要爲辭的表面意義或歧義所誤導。「以意逆志」中的……「志」是《詩經》所記載的史實……〔註3〕

那麼，關於「志」的這三種理解到底孰是孰非呢？其實在我們看來，這三

〔註 1〕 李澤厚、劉綱紀《中國美學思想史》第一卷第 193～194 頁，中國社會科學出版社 1984 年版。

〔註 2〕 郭英德等《中國古典文學研究史》第 27 頁，中華書局 1995 年版。

〔註 3〕 陳望衡《中國古典美學史》第 146～147 頁，湖南教育出版社 1998 年版。

種意見儘管有細微的差異，卻並無本質的不同。因爲無論是把「志」理解爲作者之志，還是理解爲作品之志，抑或是理解爲作品所記載的史實，從總體上看，它們都可以歸結爲作品所表達的原意。這即是說，作爲中國古代詩學解釋學的根本解釋原則，「以意逆志」是把「志」也就是作品所表達的原意當作自己探求的根本目標，而作品的原意既可能是作者的創作意圖，也可能是作品所表達的思想和情感，還有可能是作品所記載的史實。這一點，即使從孟子對《詩》的解說也可以清楚地看出來。如他批駁弟子咸丘蒙對《北山》詩的誤解，提出該詩表達的是「此莫非王事，我獨賢勞」的怨情，就是對作者之「志」即創作意圖的探求；而他不同意咸丘蒙對《雲漢》詩的誤讀，認爲詩中「周餘黎民，靡有孑遺」的描述屬於藝術誇張，旨在說明「旱甚」，而非眞的「周無遺民」，這顯然又屬於對作品所記載的歷史事實的準確理解和把握。不過應該特別指出的是，隨著歷史條件的變化和詩學解釋學理論的不斷發展，後世的理論家和批評家普遍傾向於將「以意逆志」的「志」理解爲作者的創作意圖（作者之「志」）和作者在作品中所抒發的個人情感、意志和懷抱（作品之「志」）。與此相適應，人們理想中的詩學解釋活動也往往把作者的創作意圖和作者在作品中所抒發的個人情感、意志、懷抱當作理解和解釋的根本目標，而對作爲政治歷史事實記載之義的「志」的追索也就慢慢地消弭了。清代著名的杜詩學學者、詩學解釋學家仇兆鰲在《杜詩詳注‧自序》裏就對「以意逆志」的意圖論闡釋取向有一段十分精彩的描述：

> 是故注杜者必反覆沉潛，求其歸宿所在，又從而句櫛字比之，庶幾得作者苦心於千百年之上，恍然如身歷其世，面接其人，而概乎有餘悲，悄乎有餘思也。〔註4〕

這段話實際代表了中國古代的詩學解釋學家和批評家對文學闡釋活動的根本目標的普遍看法：在他們看來，文學闡釋的目的就是爲了探求和尋找作品的原意。爲了實現這個目標，解釋者必須「反覆沉潛」於作品之中，深入到作者的內心世界，追溯出作者創作時的精神狀態，一直達到「恍然如身歷其事，面接其人」的程度，否則就無法做出符合作者創作意圖和作品原意的解釋。由此可見，作爲中國古代詩學解釋學提出的綱領性的理論命題和方法論原

〔註 4〕仇兆鰲《杜詩詳注》第 2 頁，中華書局 1979 年版。

則，「以意逆志」是十分重視對客觀之「志」即作者創作意圖和作品原意的追尋和探求的。也正是在這個意義上，我們才認定中國古代詩學解釋學提出的「以意逆志」論是一種偏於客觀的文學闡釋原則。

二、「意」——文學闡釋的主體意識

　　儘管如上所言，孟子提出的「以意逆志」的闡釋原則將作者之「志」作爲探求的根本目標而明顯帶有客觀論的闡釋傾向，但是，它又沒有像西方的客觀解釋學那樣走極端，完全忽視主體在闡釋活動中的重要性，竭力消除由於時間間距所造成的闡釋者對於作品的誤解，而是對解釋者在文學闡釋活動中的主體地位與能動作用予以高度的重視，這一思想主要是通過「以意逆志」這一闡釋學原則中的「意」字體現出來的，對此我們不妨再作進一步的分析。

　　孟子提出的「以意逆志」的「意」究竟應該怎樣理解，學術界長期以來存在兩種不同的意見：一種意見認爲，「以意逆志」之「意」是作者之「意」，也就是作者的創作意圖和思想情感。如清代學者吳淇《六朝選詩定論緣起·以意逆志節》就將「以意逆志」理解爲「以古人之意求古人之志。」今人趙則誠等主編的《中國古代文學理論辭典》和彭會資主編的《中國文論大辭典》等也持此這種觀點。〔註5〕但這種觀點頗有令人疑惑之處，因爲如果按照吳淇的解釋，既然解釋者已經弄清楚了古人之「意」，那麼解釋者對作品所傳達的古人之「志」的把握就是水到渠成的事情了。然而對於文學解釋者來說，事情遠沒有這樣簡單，因爲從文學闡釋活動的實際情況來看，由於年代的久遠、作者的湮滅、歷史背景的模糊等諸多因素的影響，在多數時候對於文學作品的接受者和闡釋者來說，所謂「古人之意」是並不清楚而且難以弄清楚的，在這種情況下談「以古人之意逆古人之志」當然是不可能的，所以我們不贊同把「意」理解爲作者的情感和志意。

　　另一種意見則認爲，「以意逆志」的「意」乃說詩者也即解釋者之「意」，漢宋兩代的學者大多持這種看法，現當代也有一些學者對這種看法表示認同，如漢代趙岐解釋說：

〔註 5〕趙則誠、張連弟、畢萬忱主編《中國古代文學理論辭典》第 376 頁，吉林文史出版社 1985 年版。彭會資主編《中國文論大辭典》第 700～701 頁，百花文藝出版社 1990 年版。

意，學者之心意也。

人情不遠，以己之意，逆詩人之志，是爲得其實矣。〔註6〕

宋代朱熹《孟子集注》云：

當以己意迎取作者之志乃可得之。〔註7〕

近人朱自清《詩言志辨》云：

以己之意『迎受』詩人之志而加以「鉤考」。〔註8〕

今人李澤厚、劉綱紀的《中國美學史》亦云：

「意」是讀詩者主觀方面所具有的東西，……所謂「以意逆志」，
就是根據自己對作品的主觀感受，通過想像、體驗、理解的活動，
去把握詩人在作品中所要表達的思想感情。〔註9〕

需要特別補充說明的是，近年來王先霈和賴力行二位先生又對「以意逆志」
的文學釋義方法提出一種極富啓發性的新見解，他們認爲：「以意逆志」中的
「意」不應該作爲名詞訓釋爲志意，而應該作爲動詞理解爲意度、揣測和體
悟，「以意逆志」就是指解釋者用推想、推理、玩味、體悟的方法來獲取詩人
的創作旨趣。其基本理由有三：第一，「意」在《孟子》一書中共出現兩次，
除了《萬章》上篇外，還有《離婁》上篇「我不意子學古之道而以餔啜也」。
此句中的「意」即爲意度、揣測之意。第二，在先秦典籍中，「意」作爲動詞
訓作意度、揣測，也不乏其例。如《論語·子罕》篇云：「子絕四：毋意，毋
必，毋固，毋我」，《論語》中僅見的這一「意」字也是意度、揣測的意思。
此外，《莊子·胠篋》篇「妄意室中之藏」一句中的「意」字亦屬同一類型。
第三，在後人「以意逆志」的文學闡釋實踐中，「意」也往往指的是一種玩味、
體悟，反覆沉潛的心理體驗活動。〔註10〕二位先生的見解無疑有助於我們對
「以意逆志」闡釋原則和方法的理論本義做出更爲精確的把握。

那麼，對上述有關「意」的理論含義的諸種看法究竟應該做怎樣的評價

〔註6〕 趙岐注、孫奭疏《孟子注疏》卷九，第2735頁，《十三經注疏本》，上海古籍
出版社1997年影印本。

〔註7〕 朱熹《四書集注》第385頁，嶽麓書社1985年版。

〔註8〕 朱自清《詩言志辨》，《朱自清選集》第二卷第167頁，河北教育出版社1989
年版。

〔註9〕 李澤厚、劉綱紀《中國美學史》第一卷第194頁，中國社會科學出版社1984
年版。

〔註10〕王先霈《圓形批評論》第103～104頁，華中師範大學出版社1994年版。賴
力行《中國文學批評學》第96～97頁，華中師範大學出版社1991年版。

呢？我們認為，把「意」理解為解釋者的心意，或者理解為解釋者對作品的意度、推想和體味，都是基本符合孟子的理論本義的，因為孟子自己的文學解釋實踐已經證明了這一點。如在《孟子·萬章上》中，孟子和咸丘蒙討論《詩經》中的《北山》和《雲漢》，在《孟子·告子下》中，孟子和公孫丑討論《詩經》中的《小弁》和《凱風》，都是根據「己意」即作為解釋者的孟子自己對作品的意度、推想和體悟來糾正咸丘蒙和公孫丑的片面看法，從而達到對作品意旨的正確理解和解釋的。

　　更為重要的是，孟子提出以「己意」來探求作品的意旨，反映了他對文學闡釋活動的特點和規律有相當深刻的認識和把握。因為文學闡釋活動從來就是一種主體性的活動，完全沒有解釋者主體意識的介入是不可能的。在文學闡釋的過程中，解釋者總是要根據自己的生活經驗、知識閱歷、思想情感和審美需求對作品進行感知、體驗、思考和評價，解釋者對作品意旨的理解和解釋也總要打上自己思想的印痕。所以從這個意義上看，任何文學闡釋活動最終所獲得的都只能是「己意」，而決不是「他意」。孟子以後的許多文學批評家和文學解釋學家正是從這個方面來理解和運用「以意逆志」的文學闡釋原則的，如宋人朱熹說：「書用你去自讀，道理用你自去究索。」〔註11〕清人章學誠亦云：「文章的妙處，貴在讀者的自得。如食品甘美，衣服輕暖，各自領會，難以告人。只能讓人自己去品味，自會得到甘美的味道；自己去穿著，自會產生輕暖的感覺。」〔註12〕

　　總起來看，孟子及其後學強調以「己意」來意度、推想和體味作品的意旨，是對解釋者的主體意識的高揚：它強調了解釋者在理解和解釋活動中主體意識的介入和參與，突出了解釋者在文學闡釋活動中的主體地位和主觀能動性的發揮，肯定了解釋者參與作品意義重構的權力，這種解釋學思想與西方傳統解釋學崇尚的純客觀的解釋學思想的區別是相當明顯的。

三、「逆」──現實視域與初始視域的融合

　　如前所論，從孟子開始的中國古代詩學解釋學就已經認識到，在文學闡釋活動中存在著兩個方面的基本要素：一方面是作為解釋客體的「志」（作品的原意），一方面是作為解釋主體的「意」（讀者之心意或讀者對作品的意

─────────────────────

〔註11〕《朱子語類》卷十三。
〔註12〕章學誠《文史通義·文理》。

度和體悟），沒有這兩個基本要素，文學闡釋活動就無法進行。但是，從文學闡釋活動的實際來看，僅有「志」和「意」這兩方面的要素仍然是不行的，這是因爲在文學闡釋的過程中，解釋者與解釋對象之間由於時間、環境和文化背景等方面的原因，往往會存在著一定的距離，因此解釋者要求得對作品原意的理解和把握，絕非易事。也因於此，中國古代的理論家批評家們才普遍發出「知音難覓」的慨歎：

> 知音其難哉，音實難知，知實難逢，逢其知音，千載其一乎！
> （劉勰《文心雕龍·知音》）

> 僕之爲文，每自測意中以爲好，則人必以爲惡矣。小稱意，人亦小怪之；大稱意，人必大怪之也。（韓愈《與馮宿論文書》）〔註13〕

> 昔梅聖俞作詩，獨以吾爲知音，吾亦自謂舉世之人知梅詩者莫吾若也。吾嘗問渠最得意處，渠誦數句，皆非吾賞者。以此知披圖所賞，未必得秉筆之人本意也。（歐陽修《唐薛稷書》）〔註14〕

由此可見，要使文學闡釋活動正常而有效地展開，解釋者必須消除與解釋對象之間不可避免地存在的這種時間間距和文化間距。孟子顯然意識到了解釋者與解釋對象之間存在的這種時間間距和歷史文化間距，所以他才提出了「逆」的文學理解方式和解釋方式。

什麼是「逆」的文學理解方式和解釋方式呢？《說文》注云：「逆，迎也。」《說文解字注》云：「逆迎二字通用。」《周禮·地官鄉師》鄭玄注云：「逆，猶鈎考也。」總起來看，根據前人的解釋，「逆」大體上有三個義項：一是迎受、接納，二是鈎考、探究，三是追溯、反求。按照「逆」的上述三個義項，「逆」作爲一種特有的解釋方式至少蘊涵有如下三個方面的思想：第一，「以意逆志」的活動，是一種以作者的創作意圖和作品的原意作爲旨歸的文學解釋活動，因此它首先要求解釋者必須充分地尊重解釋對象，以自己全部的熱情和智慧去迎受和接納解釋對象，從而對解釋對象做出正確、合理的理解和解釋。後來朱熹曾這樣解釋「逆」：「逆是前去追迎之意，盍是將自家意思去前面等候詩人之志來。」〔註15〕朱熹在這裡顯然強調的是「追

〔註13〕董浩等《全唐文》卷五五三，第5597頁，中華書局1983年版。
〔註14〕《歐陽文忠公文集》卷一三八，第1095頁，《四部叢刊初編縮本》，上海商務印書館1936年版。
〔註15〕《朱子語類》卷三十六。

迎」、「等候」，即在解釋者與作為解釋對象的文本之間，文學文本居於主導、支配的地位，解釋者必須充分尊重作者的創作意圖和作品的原意，這種解釋完全符合孟子的理論本義。第二，「以意逆志」的活動又是一種極富探究性的文學解釋活動，在這一活動過程中，解釋者被給予極為自由的闡釋空間，他們可以充分發揮自己的主觀能動性，可以調動自己的一切生活積累、藝術經驗和審美心理功能對解釋對象做出主動性的探究和創造性的闡釋。第三、更為重要的是，「以意逆志」的活動還是一種追溯和反求性的活動。不過在我們看來，這種追溯和反求並不像研究者通常所理解的那樣簡單，僅僅是指對創作過程的逆反，它實際上還包含有解釋者立場和視角的逆向性變化。這即是說，孟子所理解的文學解釋活動正是通過「逆」這一特定的行為方式（即解釋者的立場和視角的逆向性變化）來溝通讀者之「意」和作品之「志」，從而達到對解釋對象的理解和解釋的。孟子對「逆」的這一層理論意蘊的理解，無意中暗合了西方現代哲學闡釋學大師加達默爾「視域融合」的觀點。根據加達默爾的看法，任何解釋對象（包括各種文本和典籍）都蘊含有原作者的一定的視域，他把這種視域稱之為「初始的視域」。這一視域反映了作者思考問題的獨特的範圍和角度，它是由當時的歷史情境所賦予的。而一個試圖去理解前人典籍或文本的後來的解釋者，也有著在現今的具體歷史情境中形成起來的獨特的視域，加達默爾稱之為「現在的視域」。顯然，蘊含在「文本」或典籍中的原作者的「初始的視域」與作為解釋者的今人的「現在的視域」之間是存在著很大的差異的。這種差異是由時間間距和歷史情境的變化所引起的，是任何解釋者都無法迴避的。因此，加達默爾主張，理解不應該像古典解釋學要求的那樣，完全拋棄自己「現在的視域」而置身於解釋對象「初始的視域」，也不能把理解對象「初始的視域」簡單地納入自己「現在的視域」，而應該把這兩種不同的視域融合起來，形成一個新的視域。這個全新的視域把二者完全融為一體，不分彼此，超越了各自獨立的狀態和相互間的距離，從而形成新的意義。所以，在加達默爾看來，「理解其實總是這樣一些被誤認為是獨立存在的視域的融合過程。」〔註16〕孟子當然不可能使用「視域融合」的概念，但他以「逆」的方式來溝通解釋者與解釋對象，認為只有通過「逆」，才能消除解釋者和解釋對象之間在時間和歷史情境方面的距離，才能最終獲得對作品意義的正確理解和解釋，這與加達默爾「視

〔註16〕〔德〕加達默爾著、洪漢鼎譯《真理與方法》第 393 頁，上海譯文出版社 1999年版。

域融合」的理論觀點在精神實質上無疑是相通的。孟子以後，我國有許多解
釋學家批評家都按照這種思路來理解文學闡釋活動，如清代的浦起龍在《讀
杜心解・發凡》中說：

> 吾讀杜十年，索杜於杜，弗得；索杜於百氏詮釋之杜，愈益弗
> 得。既乃攝吾之心，印杜之心，吾之心悶悶然而往，杜之心活活然
> 而來，邂逅於無何有之鄉，而吾之解出矣。〔註17〕

浦起龍的話完全可以視爲對他自己成功地運用中國古代詩學解釋學提出的
「以意逆志」的原則進行文學闡釋活動的生動、形象的總結：他在以「己意」
「逆」作者和作品之「志」的過程中，既沒有完全拋棄自己「現在的視域」，
也沒有把理解對象「初始的視域」簡單地納入自己「現在的視域」，而是把
這兩種不同的視域融合起來——「吾之心悶悶然而往，杜之心活活然而來」，
二者相互交融形成一個全新的視域，——「吾之解出矣」，從而最後完成對
作品的理解和解釋。

　　總而言之，孟子提出的「以意逆志」的文學解釋原則既大力強調了文學
解釋活動不能背離對作者創作意圖（作者原意和作品原意）——「志」的理
解和把握，又充分尊重解釋者的主體意識——「意」的獲得和發揮，並且把
文學解釋活動看成是解釋者之「意」與解釋對象之「志」通過「逆」的方式
相互交融而形成新的意義的過程，這種文學解釋學思想即使在今天看來也仍
然有其不容忽視的意義和價值。

第二節 「詩無達詁」論——偏於主觀的文學闡釋原則

　　「詩無達詁」的詩學解釋學原則首先是由西漢的董仲舒在《春秋繁露・
精華》篇裏提出來的：

> 所聞《詩》無達詁，《易》無達占，《春秋》無達辭。從變從義，
> 而一以奉人。〔註18〕

這裡的《詩》，指《詩經》；詁，則是用今言釋古言，〔註19〕指對《詩經》詞

〔註17〕浦起龍《讀杜心解》第 5 頁，中華書局 1961 年版。
〔註18〕董仲舒《春秋繁露》卷三，第 19 頁，《四部叢刊初編縮本》，上海商務印書館
　　　　1936 年版。
〔註19〕《說文》云：「詁，訓詁言也。」段注云：「釋故言以教之是之謂故。」《說文
　　　　通訓定聲》引《毛詩・周南・關雎》故訓傳疏：「詁者，古也，古今異言，通
　　　　之使人知也。」由此可見，「詁」即是以今言來解釋古言。

句意義的解釋，也兼指對《詩經》的題旨和意義的理解和解釋。在董仲舒看來，正像《周易》無法達到占卜的意圖，《春秋》的微言大義無法用文辭完全表達出來一樣，對《詩經》的題旨和意義也無法做出通達、確定的解釋。董仲舒「《詩》無達詁」論的提出本來是爲了給漢儒以正統的思想曲解《詩》意提供一種歷史的參照和理論上的依據，但由於它觸及到文學理解和解釋活動的根本規律，所以被後世的理論家和批評家普遍接受並加以改造，從而使「《詩》無達詁」走向「詩無達詁」而最終成爲中國古代詩學解釋學的又一重要原則和方法。〔註20〕

一、「詩無達詁」——作品「原意」說的破除

「詩無達詁」作爲中國古代詩學解釋學提出的一種重要的解釋學命題和原則，其目的與「以意逆志」的詩學解釋學原則一樣，都是爲了正確有效地理解和解釋作品的意義，但二者又有很大的不同：如果說「以意逆志」是以承認作品有一個既定的確定不變的原意（「志」）爲前提，並以對這種原意的探求和追尋（「逆」）爲理想的目標的話，那麼，「詩無達詁」則恰好相反，它認爲文學作品並沒有一個確定不變的原意，也沒有一種確定不變的理解和解釋。清代著名的文學解釋學家方玉潤就對「以意逆志」這種追求作品原意的解釋方法的有效性提出過質疑：

> 詩辭與文辭迥異。文辭多明白顯易，故即辭可以得志。詩辭多隱約微婉，不肯明言，或寄託以寓志，或甚言而驚人，皆非其志之所立。若徒泥辭以求，鮮有不害辭者。孟子斯言，可謂善讀《詩》矣，然而自古至今，能以己意逆詩人之志者，誰哉？〔註21〕

在這裡，方玉潤是從詩歌語言的特性入手來討論作者原意可否探求的問題的。在方玉潤看來，詩歌的語言與散文的語言有很大的不同：散文的語言「明白顯易」，而詩歌的語言則「隱約微婉」。對於「明白顯易」的散文而言，解釋者當然可以「即辭而得志」，而對於「隱約微婉」的詩歌來說，解釋者想要尋求作者的原意自然就是十分困難的了。

〔註20〕關於「《詩》無達詁」由經學釋義學原則演變爲文學釋義學原則的歷史發展過程的描述可參見孫立《「詩無達詁」與中國古代學術史的關係》一文，載《學術研究》1993 年第 1 期。

〔註21〕方玉潤《詩經原始》第 44～45 頁，中華書局 1986 年版。

如果說方玉潤還僅僅是從詩歌的語言特性這一個方面來否定探求作者或作品原意的可能性和有效性的話,那麼還有更多的理論家和批評家則是從詩歌作品自身思想蘊涵和審美蘊涵的多義性來看待這一問題的。如清代學者盧文昭在《校本韓詩外傳序》裏說:

> 夫《詩》有意中之情,亦有言外之旨,讀《詩》者有因詩人之情,而忽觸乎己之情,亦有己之情本不同乎詩人之情,而遠者忽近焉,離者忽合焉。《詩》無定形,讀《詩》者亦無定解。試觀公卿所贈答,經傳所援引,各有取義而不必盡符本旨。〔註22〕

為什麼盧文昭對經傳「各有取義而不必盡符本旨」的解釋方法表示認可呢?在他看來就因為《詩經》這樣的文學作品其內涵豐富無比,既有「意中之情」,又有「言外之旨」,而《詩》的思想蘊涵的這種「無定形」也就決定了解釋者對它的「無定解」。這也就是說,《詩》中本來就不存在一個確定不變的原意,當然也就不可能有對這種原意(「本旨」)的確定不變的理解和解釋了。清人薛雪也對作品「原意」說持否定態度:

> 杜少陵詩,止可讀,不可解。何也?公詩如溟渤,無流不納;如日月,無幽不燭;如大圓鏡,無物不現,如何可解?小而言之,如《陰符》,《道德》,兵家讀之為兵,道家讀之為道,治天下國家者讀之為政,無往不可。所以解之者不下數百餘家,總無全璧。楊誠齋云:「可以意解,而不可以辭解。必不得已而解之,可以一句一首解,而不可以全帙解。全帙解,必有牽強不通處,反為作者之累。」余又謂:「可讀,不可解。夫讀之既熟,思之既久,神將通之,不落言詮,自明妙理,何必斷斷然論今道古耶?」〔註23〕

薛雪所說的杜詩「如溟渤,無流不納;如日月,無幽不燭;如大圓鏡,無物不現」,即是強調作品思想蘊涵和審美蘊涵的多義性。在他看來,正是作品的這種多義性決定了作品原意的不可追尋。

清代著名的詩歌理論家王夫之在評唐代詩人楊巨源的《長安春遊》時也提出「詩無達志」的理論主張,〔註24〕楊巨源的原詩如下:

〔註22〕盧文昭《校本韓詩外傳序》,《抱經堂文集》卷三,第 33 頁,《四部叢刊初編縮本》,上海商務印書館 1936 年版。

〔註23〕薛雪《一瓢詩話》,丁福保編《清詩話》第 714 頁,上海古籍出版社 1978 年新 1 版。

〔註24〕王夫之《唐詩評選》卷四,楊巨源《長安春遊》評語,文化藝術出版社 1997

風城春報曲江頭，上客年年是勝遊。

日暖雲山當廣陌，天清絲管在高樓。

龍蔥樹色分仙閣，飄渺花香泛御溝。

桂壁朱門新邸地，漢家恩澤問酇侯。

這首詩是詩人春遊長安的即景之作：那數不清的廣陌高樓、蔥蘢的樹色、飄渺的花香，富麗的宴樂，構成一幅動人的春景圖。詩的尾聯「桂壁朱門新邸地，漢家恩澤問酇侯」，採用以漢比唐的手法，輕輕點出在這人間仙境中生活著的是一些當朝權臣勢家。詩人敘述的語氣相當的冷靜、平和，表達的意念也十分含蓄委婉，詩人對詩中描繪的生活場景到底是欣喜、羨慕、譏諷、誡喻，還是其他的什麼態度，實在是難以確指。也正是因為這首詩的思想蘊涵和審美蘊涵具有多義性，誰也無法從中尋找某種單一、確定的原意，所以王夫之才認為這首詩可以「廣通諸情」，並由此總結出「詩無達志」的詩學解釋學理論主張。

難能可貴的是，王夫之不僅提出了「詩無達志」的詩學解釋學理論主張，而且還以自己的解釋實踐來印證自己有關詩的多義性的理論，他對《詩經·小雅·出車》的分析就是十分典型的一例：

> 唐人《少年行》云：「白馬金鞍從武皇，旌旗十萬獵長楊。樓頭少婦鳴箏坐，遙見飛塵入建章。」想知少婦遙望之情，以自矜得意，此善於取影者也。「春日遲遲，卉木萋萋；倉庚喈喈，采蘩祁祁。執訊獲醜，薄言還歸。赫赫南仲，玁狁于夷。」其妙正在此。訓詁家不能領悟，謂婦方采蘩而見歸師，旨趣索然矣。建旌旗，舉矛戟，車馬喧闐，凱樂競奏之下，倉庚何能不驚飛，而尚聞其喈喈？六師在道，雖曰無擾，采蘩之婦亦何事暴面於三軍之側邪？征人歸矣，度其婦方采蘩，而聞歸師之凱旋。故遲遲之日，萋萋之草，鳥鳴之和，皆為助喜。而南仲之功，震於閨閣，室家之欣喜，遙想其然，而征人之意得可知矣。乃以此而稱南仲，又影中取影，曲盡人情之極至者也。〔註25〕

可以肯定的是，在正統的訓詁家眼中，王夫之這樣解釋《詩經》是大有問題

　　年版。
〔註25〕王夫之《薑齋詩話·詩譯》「五條」，郭紹虞主編《四溟詩話·薑齋詩話》第140～141頁，人民文學出版社1961年版。

的，但平心而論，你又不能不承認他的解釋也有他的道理。而一旦你承認了這一點，你便在無意中放棄了單一的原意說而接受他的多義說。

由此可見，在中國古代，確有相當一批文學理論家和批評家都認同「詩無達詁」的文學解釋原則，都否認作品有一個單一確定的原意，都反對把文學解釋活動簡單地看成是一種對作品單一確定的原意的探求和尋覓。

二、「見仁見智」——解釋者的能動參與

當「詩無達詁」的詩學解釋學理論從文學作品的多義性出發對「原意」說作出否定的時候，實際上也就承認了文學作品對讀者的開放性和解釋者對文學作品多重理解的合理性。這樣一來，解釋者在文學解釋活動中的能動參與就是必然的了。漢代以後許多理論家和批評家就是從這個意義上來接受、理解和闡發「詩無達詁」的詩學解釋學理論原則的。

總起來看，漢以後的理論家和批評家對解釋者在文學闡釋活動中的主體地位和能動作用的強調，首先表現為對解釋者以「己意」介入文學解釋活動的認可。

在中國古代文學理論批評史上，曾有一些文學理論家和批評家是反對解釋者以「己意」介入文學釋義活動的，因為在他們看來，作品的意義就是作者寄託在作品中的原意，而文學釋義活動實質上就是一種恢復和重建作者原意的活動，所以這種容易給釋義活動帶來誤解的「己意」是不可靠的，是應該毫不留情地予以消除的。《四庫全書提要》在評價歐陽修的《毛詩本義》時就表達了這種見解：「修作是書，本出於和氣平心，以意逆志，故其立論未嘗輕議二家，而亦不曲徇二家，其所訓釋，往往得詩人之本志。」〔註26〕在這裡，所謂「和氣平心」、「未嘗輕議」和「亦不曲徇」即是指歐陽修在釋義活動中對「己意」的完全消除，而「得詩人之本旨」則是對歐陽修的文學釋義活動達到理想目標的最高評價，「以意逆志」的文學釋義方式的闡釋取向於此可見一斑。

其實，按照現代解釋學的理論來看，文學闡釋活動中解釋者的這種「私意」不僅不應該被消除，它還是理解活動得以進行的一個必要前提和基礎。西方現代本體論解釋學的創始人海德格爾就把解釋活動中解釋者的這種「私

〔註26〕《景印文淵閣四庫全書》70 冊第 182 頁，上海古籍出版社 1987 年影印本。

意」稱作「前理解」和「先入之見」，他認為任何理解和解釋都依賴於理解者和解釋者的這種「前理解」和「先入之見」：

　　　　把某某東西作為某某東西加以解釋，這在本質上是通過先行具有、先行見到與先行掌握來起作用的。解釋從來就不是對先行給定的東西所作的無前提的把握。準確的經典注疏可以拿來當作解釋的一種特殊的具體化，它固然喜歡援引「有典可稽」的東西，然而最先的「有典可稽」的東西，原不過是解釋者的不言自明、無可爭議的先入之見。任何解釋工作之初都必須有這種先入之見，它作為隨著解釋就已經「設定了的」東西是先行給定了的，這就是說，是在先行具有、先行見到和先行掌握中先行給定了的。〔註27〕

海德格爾的上述看法有著相當的合理性，因為從文學解釋活動的實際情況來看，任何一位解釋者，總是生活在一定的歷史環境之中，也總是有著自己特定的思想觀點和藝術觀點。在這樣一種情況之下，要解釋者「置心平易」，完全消除「私意」或「己意」，而以一種透徹澄明之心去求得對作品原意的理解和把握事實上是不可能的。且不說對過去的作家、作品難以做到，就是對同一時代的作家、作品，要解釋者完全消除「己意」而求得對作品原意的理解也是十分困難的，歐陽修對此就深有體會：

　　　　畫之為物尤難識，其精粗真偽，非一言可達。得者各以其意，披圖欣賞未必是稟筆之意也。昔梅聖俞作詩，獨以吾為知音，吾亦自謂舉世之人知梅詩者莫若吾也。吾嘗問渠最得意處，渠誦數句，皆非吾賞者。以此知披圖所賞，未必得稟筆之人本意也。〔註28〕

歐陽修與梅聖俞是同時代的兩位相互引為知音的著名詩人，應該說歐陽修是能夠對梅聖俞的詩作予以正確的理解和解釋的，可歐陽修卻說他「未必得稟筆之人本意也」。也正是由於看到了這一點，所以歐陽修才提出「得者各以其意」的理論主張，對解釋者以「己意」介入文學解讀活動予以充分的肯定。清人沈德潛也是從這一角度來理解和發揮董仲舒提出的「詩無達詁」說的：

　　　　讀書者心平氣和，涵泳浸漬，則意味自出，不宜自立意見，勉

〔註27〕〔德〕海德格爾著，陳嘉映、王慶節合譯《存在與時間》第184頁，三聯書店1987年版。

〔註28〕歐陽修《唐薛稷書》，《歐陽文忠公文集》卷一三八，第1095頁，《四部叢刊初編縮本》，上海商務印書館1936年版。

強求合也。況古人之言包含無盡，後人讀之，隨其性情淺深高下，各有會心。如好《晨風》而慈父感悟，講《鹿鳴》而兄弟同食，斯爲得之。董子云：「詩無達詁」，此物此志也，評占箋釋，皆後人方偶之見。〔註29〕

沈德潛在這裡所說的「隨其性情淺深高下，各有會心」與歐陽修所說的「得者各以其意」是一個意思，都是對解釋者能動參與文學釋義活動的一種認可。其實，在中國古代，有相當多的理論家和批評家都表達了類似的主張和見解。如楊時說：「仲素問詩如何看？曰：『詩極難卒說。大抵須要人體會，不在推尋文義。……惟體會得，故看詩有味，至於有味，則詩之用在我矣。』」〔註30〕朱熹說：「古人說：『詩可以興』，須是讀了有興起處，方是讀詩。若不能興起，便不是讀詩。」〔註31〕羅大經說：「大抵古人好詩，在人如何看，在人把做甚麼用。」〔註32〕王夫之亦云：「作者用一致之思，讀者各以其情而自得。……人情之遊也無涯，而各以其情遇，斯所貴於有詩。」〔註33〕總之，宋清兩代的理論家和批評家對解釋者在文學釋義活動中的主體地位和能動作用予以高度的重視，允許解釋者依據「己意」即解釋者自己的生活經驗、藝術經驗和情感體驗對釋義對象進行能動的感受和創造性的發揮，從而賦予解釋者參與作品意義重建和生成的權力。

　　主張和堅持「詩無達詁」說的理論家和批評家不僅允許解釋者以「己意」參與作品的釋義活動，而且還進一步對解釋者在文學釋義活動中的創造性「誤讀」也予以充分的肯定，如宋人劉辰翁提出的「觀詩各隨所得，別自有用」的理論主張，〔註34〕清代常州詞派的中堅譚獻提出的「作者之用心未必然，而讀者之用心何必不然」的說詞方式等。〔註35〕

〔註29〕 沈德潛《唐詩別裁集》第 3 頁，中華書局 1975 年版。

〔註30〕 楊時《龜山先生語錄》，《龜山集》卷十二，《景印文淵閣四庫全書》1125 冊第 231～232 頁，上海古籍出版社 1987 年影印本。

〔註31〕 《朱子語類》卷八十。

〔註32〕 羅大經《鶴林玉露》卷八，《景印文淵閣四庫全書》865 冊第 325 頁，上海古籍出版社 1987 年影印本。

〔註33〕 王夫之《薑齋詩話·詩繹》，郭紹虞主編《四溟詩話·薑齋詩話》第 139～140 頁，人民文學出版社 1961 年版。

〔註34〕 劉辰翁《須溪集》卷六《題劉玉田選杜詩》，《景印文淵閣四庫全書》1186 冊第 544 頁，上海古籍出版社 1987 年影印本。

〔註35〕 譚獻《復堂詞話》第 19 頁，人民文學出版社 1959 年版。

三、「從變從義」──文學解釋的自由與限制

　　後人引用董仲舒的「詩無達詁」說，往往忽略了後文的「從變從義，而一以奉人」這句話，其實正如有的研究者所指出的，這句話恰恰是董仲舒提出的解決「無達詁」的一種方法。〔註 36〕在董仲舒那裡，所謂「從變」是指解釋者可以依據自己所處的歷史語境對解釋對象進行靈活自由的理解和解釋，而「從義」則是強調解釋者對解釋對象的主觀理解和解釋又必須顧及作品本文的客觀內涵和基本旨義。由此可見，董仲舒所提倡的「《詩》無達詁」的確並不像人們一般所理解的那樣純粹是一種主觀隨意性的解釋原則和解釋方法，恰恰相反，它對解釋者的自由理解和解釋是有某種限度的，儘管從實際的情況來看這種限度是以儒家的倫理道德作為標準來確定的。

　　如果說由於儒家正統思想的影響，董仲舒提出的「《詩》無達詁」的解釋學原則對解釋者與解釋對象的關係的理解其終極目的是為了給漢儒以正統的思想曲解《詩》意提供一種歷史的參照和理論上的依據，那麼，後世一些理論家和批評家則跳出這一狹窄的圈子，完全從文學的角度來闡發「詩無達詁」論對解釋者和解釋對象的辯證關係的理解和認識，我們不妨以朱熹和王夫之提出的有關理論觀點為例來說明這個問題：

　　朱熹是一個精通文學、有著長期的文學解釋實踐並深諳文學解釋規律的學者，他提出過大量有關讀詩解詩的理論主張。如「解詩，多是類推得之」，又云：「古人說：『詩可以興』，須是讀了有興起處，方是讀《詩》。若不能興起，便不是讀詩。」〔註 37〕朱熹把讀者之興和類推作為文學解釋活動得以存在和展開的基本前提，說明他對讀者在文學解釋活動中的主體地位和能動作用的高度重視。他在評論《詩‧鄭風‧溱洧》一詩時又說：「彼雖以有邪之思作之，而我以無邪之思讀之，則彼之自狀其醜者，乃所以為吾警懼懲創之資耶？」〔註 38〕他強調讀詩解詩應該靠自家去體味辨析、取捨判斷，這說明他已賦予解釋者參與作品意義重建的權力。

　　但必須指出的是，儘管朱熹主張解釋者應該對作品進行自由的感發聯想，高揚解釋主體在文學解釋活動中的能動作用和創造精神，但他並沒有走

〔註 36〕 孫立《「詩無達詁」論》，《文學遺產》1992 年第 6 期。

〔註 37〕 《朱子語類》卷八十。

〔註 38〕 朱熹《讀呂氏詩記桑中》，《朱文公文集》卷七十，第 1280 頁，《四部叢刊初編縮本》，上海商務印書館 1936 年版。

極端，把文學解釋活動視爲不受作品任何約束的主體性活動。恰恰相反，朱熹認爲解釋者對文學作品的理解和感發應該受到作品本文客觀內涵的制約，而不應該像天馬行空那樣無所依傍。所以他說：讀者應該「就詩上理會意思」，「若但即其詩之本文而各以其一說反覆讀之，則其訓義之顯晦疏密，意味之厚薄淺深，可以不待考證而判然於胸中矣。此又讀《詩》之間要直訣，學者不可不知也。」〔註39〕他還打比喻說，讀詩「如入人城郭，須是逐街坊里巷，屋廬臺樹，車馬人物，一一看過，方是。」〔註40〕在朱熹看來，《詩經》乃至整個文學作品的意義就蘊含在作品的本文之中，它有著自身的客觀規定性，儘管解釋者可以據此展開自己的感發和聯想，但這種感發和聯想必須建立在對作品本文客觀內涵充分佔有的基礎之上，並且在作品客觀內涵所允許的範圍之內進行。朱熹的上述看法與董仲舒的「從變從義」說在精神實質上無疑是相通的。

王夫之同樣對解釋者在文學釋義活動中的主體地位和能動作用予以高度的重視，這就是他在討論傳統的「興」、「觀」、「群」、「怨」說時提出的「作者用一致之思，而讀者各以其情而自得」的理論主張。在我們看來，王夫之提出的「讀者以情自得」說最基本的含義就是指解釋者在文學解釋的過程中，完全可以不受漢儒解詩以某詩爲「興」某詩爲「觀」的成見，而應該根據自己的情緒心態來自由地感受和觸摸作品，從而對作品的審美蘊涵和美學功能作出自己的理解和解釋。但王夫之提出的「讀者以情自得」的文學解釋方法並沒有把解釋者的權力誇大到不恰當的地步，而是認爲解釋者的「以情自得」歸根到底要受作品客觀內涵的影響和制約，它並不是絕對的自由的，這就是他提出的詩歌無「定形」卻有「定質」的理論觀點。在他看來，作品的「定質」就是詩人在作品中所傳達的情感和情緒，他認爲解釋者必須牢牢抓住作品的「定質」，在作品所表現的情感、情緒的閾限內作出自己的理解和發揮，唯其如此，解釋者才能求得對作品的正確理解和解釋。

總而言之，中國古代文學理論家和批評家所倡導的「詩無達詁」的詩學解釋學理論原則既賦予解釋者積極主動地參與作品意義重建的權力，又要求解釋者的理解和解釋必須以解釋對象的客觀內涵爲依據，既要「從變」，又要

〔註39〕周卜商撰、朱熹辨說《詩序》，《景印文淵閣四庫全書》69 冊第 37～38 頁，上海古籍出版社 1987 年影印本。
〔註40〕《朱子語類》卷八十。

「從義」，二者的辯證統一，才是「詩無達詁」這種詩學解釋學方法的理論精髓之所在。

第三節　中西詩學解釋學比較

中國古代詩學解釋學是在中國傳統文化的土壤裏滋生出來的，因而它必然要打上自己民族的印痕，也必然帶有自己民族的理論特點，而所有這一切，只有當我們把它與西方同類理論進行對照的時候，才會看得更加清楚。因此，對中西方不同的文學釋義理論的比較，就成爲我們討論的題中應有之意。又由於中國古代存在著「以意逆志」和「詩無達詁」這兩種不同向度的文學釋義理論和方法，而這兩種有著不同向度的文學釋義理論和方法恰恰又與西方以赫施爲代表的客觀釋義學和以加達默爾爲代表的主觀釋義學這兩種不同的文學釋義理論和方法有著某種理論上的對應關係，所以我們對中西文學釋義理論的比較就自然分成如下的兩個方面：一是「以意逆志」的文學釋義方式與赫施的客觀釋義學理論的比較，一是「詩無達詁」的文學釋義方式與加達默爾的主觀釋義學理論的比較。〔註41〕

一、「以意逆志」論與西方客觀解釋學理論

西方客觀解釋學的最初形態早在古希臘時代就已產生。作爲一種單純的解釋文獻的具體方法，它主要被用來對荷馬及其他詩人的作品作文字的解釋。到了中世紀，它則專門用來對《聖經》經文、法典和其他年代久遠而難以理解的文獻進行研究和考辨，從而發展成爲一種專門的「文獻學」。十八世紀末到十九世紀初，德國的神學家施萊爾馬赫則第一次把解釋古代文獻的解釋學傳統與解釋聖經的神學傳統統一起來，建立起總體的解釋學。施萊爾馬赫認爲，由於作者和解釋者之間的時間距離，作者當時的用語、詞義乃至整個時代背景都可能發生變化，所以「誤解便自然會產生，而理解必須在每一步都作爲目的去爭取。」〔註42〕這樣一來，避免誤解就成了施萊爾馬赫的解釋學理論要解決的核心問題，而這一點，正是西方傳統解釋學與現代解釋學

〔註41〕西方客觀解釋學又稱傳統解釋學和方法論解釋學，而西方主觀解釋學又稱哲學解釋學和本體論解釋學。

〔註42〕〔德〕施萊爾馬赫《釋義學》，轉引自張隆溪《二十世紀西方文論述評》第175頁，三聯書店986年版。

的根本區別之所在。美國批評家赫施正是西方傳統解釋學理論在現代文論中的典型代表，他在《解釋的有效性》這部著作中系統闡述了他的解釋學理論。把中國古代詩學解釋學提出的「以意逆志」論與赫施的解釋學理論相比較，我們可以發現這兩種來自不同國度不同時段的理論既有相通之處，也有明顯的區別。

首先，中國古代詩學解釋學的「以意逆志」論與赫施的解釋學理論一樣，都把作者或作品的原意作爲解釋的根本目標，都把對解釋過程中解釋者所持有的種種誤解的避免和消除作爲達到闡釋目標的基本途徑。

赫施作爲西方客觀解釋學在現代文論的代表，他最突出的一點就是主張以作者的原義作爲文學闡釋的根本目標，他以「保衛作者」作爲《解釋的有效性》第一章的標題就再充分不過地顯示出這一點。赫施認爲，唯一能決定作品本文含義的只能是創造該本文的作者：「一件本文只能復現某個陳述者或作者的言語，或者換句話說，沒有任何一個含義能離開它的創造者而存在。」〔註43〕也正是在這個意義上，赫施才斷定作者的原意才是本文真正的意義，「本文含義就是作者意指含義。」〔註44〕他還說：「如果我們回顧一下，對本文的驗證直接地就在於確定，我們揭示爲本文含義的東西可能就是作者所指的東西，那麼，我們就幾乎不會對此感到驚訝：所有上述這些標準最終都涉及某種心理揭示。解釋者的首要任務就是在自身去重建作者的「邏輯」、他的態度、他的文化的給定性，簡言之，也就是去重建作者的世界。」〔註45〕在赫施看來，解釋者在文學闡釋的過程中唯一要做的就是完全消除自我包括自我對本文的種種誤解和曲解，而進入一個真正的精神世界——作者的意圖和心境之中。

中國古代詩學解釋學提出的「以意逆志」的文學闡釋原則和赫施的解釋學理論在精神實質上是相當接近的，它也把作者之「志」即作者的創作意圖或作品所表達的原意當作自己的探求的根本目標，本章第一節我們曾以文學解釋學家仇兆鰲在《杜詩詳注·自序》裏講的一段話作爲例說明這個問題，在這裡我們再以宋代學者姚勉的一段話爲例對這個問題作進一步的說明。姚勉在闡發孟子的「以意逆志」說時講過如下一段話：

〔註43〕〔美〕赫施著、王才勇譯《解釋的有效性》第269頁，三聯書店1991年版。
〔註44〕〔美〕赫施著、王才勇譯《解釋的有效性》第35頁，三聯書店1991年版。
〔註45〕〔美〕赫施著、王才勇譯《解釋的有效性》第279頁，三聯書店1991年版。

> 孟子曰：「說詩者，不以文害辭，不以辭害志，以意逆志，是爲
> 得之。」文之爲言，字也。辭之爲言，句也。意者，詩之所以爲詩
> 也。在心爲志，發言爲詩。詩者，志之所之也。《書》曰：「詩言志。」
> 其此之謂乎？古今人殊，而人之所以爲心則同也。心同，志斯同矣。
> 是故以學詩者今日之意，逆做詩者昔日之志，吾意如此，則詩之志
> 必如此矣。《詩》雖三百，其志則一也。雖然，不可以私意逆之也。
> 橫渠張先生曰：「置心平易始知詩。」夫惟置心於平易，則可以逆志
> 矣。不然，鑿吾意以求詩，果詩矣乎！〔註46〕

在這裡，姚勉對解釋者在文學闡釋活動中可能出現的「私意」作了徹底的否
定。姚勉所謂「私意」，其實就是指解釋者個人一己之心意。爲什麼姚勉如此
排斥「私意」呢？道理很簡單，就因爲解釋者的這種「私意」是得作詩者之
本意的最大障礙，是產生誤解和偏見的根源，所以必須堅決予以摒棄。爲此，
姚勉提出了「置心平易」之法，而他所謂「置心平易」之法，即是指解釋者
消除個人的主觀成見以透徹澄明之心去重現作者的原意，這其實還是從另一
側面對解釋者「私意」的否定。由此可見，中國傳統的「以意逆志」的詩學
解釋學原則與赫施的解釋學理論在追求作者原意這一點上是完全相通或相似
的。

　　但是，中國傳統的「以意逆志」的詩學解釋學原則與赫施的文學解釋理
論又存在明顯的差異，這主要體現在兩種解釋理論對作品含義和意義的不同
側重上。

　　赫施爲了捍衛作者原意的存在，他在《解釋的有效性》這部著作中所做
的一個主要工作就是對「含義」和「意義」的區分，他有一段話集中討論這
個問題：

> 　　一件文本具有著特定的含義，這特定的含義就存在於作者用一
> 系列符號系統所要表達的事物中，因此，這個含義也就能被符號所
> 復現；而意義則是指含義與某個人、某個系統、某個情境或與某個
> 完全任意的事物之間的關係。像所有其他人一樣，在時間行程中作
> 者的態度、感情、觀點和價值標準都會發生變化，因此，他經常是
> 在一個新的視野中去看待其作品的。毫無疑問，對作者來說發生變

〔註46〕姚勉《雪坡集》卷三十七《詩意序》，《景印文淵閣四庫全書》1184 冊第 252
　　　　頁，上海古籍出版社 1987 年影印本。

> 化的並不是作品的含義，而是作者對作品含義的關係。因此，意義
> 總是包含著一種關係，這種關係的一個固定的、不會發生變化的極
> 點就是本文含義。迄今爲止，解釋學理論中所出現的巨大混亂，其
> 根源之一就是沒有作出這個簡單的然而是主要的區分。〔註47〕

在赫施看來，「含義」即指包含在文本中的作者原意，而「意義」則指解釋者
在對含義的歷史性理解中生發的新意；「含義」是恒定不變的，而「意義」則
變動不居。赫施認爲，對作者原意的客觀存在性的否定主要起因於批評家對
作品的含義和意義的混淆，所以他明確提出，文學闡釋的目標不應該是分析
意義，而是複製含義。這樣一來，赫施的解釋學理論就把追求恒定不變的作
者本意當作了文學闡釋的終極目標，而這一點正如我們在前面所論述的是無
法做到的，它永遠只能是一種天眞的幻想。

　　中國古代文學理論家和批評家所信奉的「以意逆志」的詩學解釋學原則
則不同，雖然它看起來也把作者之「志」即作者和作品原意作爲自己探求的
根本目標，但在具體的解釋活動中，富有智慧的中國古代批評家們並沒有把
本文的意義牢牢地栓在作者身上，而是非常注重對作品「意味」（即本文所包
含的超出於作者創作意圖之外的思想意蘊和審美意蘊）的探求和挖掘。中國
古代文學理論家和批評家提出的逆志於「言外」、「味外」等理論口號即是明
證。如明人徐師曾《文體明辨序說·文章綱領·論詩》引皇甫汸云：「評詩者，
須玩理於趣中，逆志於言外。」清人葉矯然《龍性堂詩話初集》亦云：

> 詩有爲而作，自有所指，然不可拘於所指，要使人臨文而思，
> 掩卷而歎，恍然相遇於語言文字之外，是爲善作。讀詩者自當尋作
> 者所指，然不必拘某句是指某物，當於斷續迷離之處，而得其精神
> 要妙，是爲善讀。

南朝齊梁時代著名的文學理論家劉勰在《文心雕龍》一書中則對這個問題作
了更爲全面、深入的探討，我們不妨對此作稍微具體一點的分析。從總體傾
向來看，劉勰有關文學批評與解釋的理論見解無疑屬於「以意逆志」的客觀
解釋派，因爲他把文學闡釋的目標明確鎖定在作者的原意上，這就是他在《文
心雕龍·知音》篇所說的：「夫綴文者情動而辭發，觀文者披文以入情；沿波
討源，雖幽必顯。世遠莫見其面，覘文輒見其心。」清代學者包世臣在《藝

〔註47〕〔美〕赫施著、王才勇譯《解釋的有效性》第 16～17 頁，三聯書店 1991 年
　　　　版。

舟雙楫》序裏也正是根據這一點才斷定《文心雕龍》「大而全編，小而一字，莫不以意逆志，得作者用心所在。」但是，劉勰卻沒有像赫施那樣把作品的意義完全等同於作者的原意，更沒有像赫施那樣看重「含義」而忽視作品的「意義」，而是恰好相反。在劉勰那裡，赫施所說的「含義」（即作者的原意）被稱爲「志」，而赫施所說的「意義」（即解釋者依據自己的歷史境況對作者原意的理解）則被稱作「味」，《體性》篇在評價揚雄時所說的「志隱而味深」表達的就是這個意思。在劉勰看來，優秀的文學作品所表達的作者之「志」通常是以暗示和象徵的方式來加以表現的，所以它往往隱而不彰。而文學作品正是由於有了這種暗示性和象徵性，它才給解釋者提供了更爲廣闊的理解和解釋的空間，也才更加耐人尋味。《隱秀》篇講「深文隱蔚，餘味曲包」，《鍊字》篇講「趣幽旨深」，《原道》篇講「符采復隱，精義堅深」，都是強調的這一點。由此可見，在「含義」和「意義」二者之間，劉勰更看重的是作品的「意義」即「意味」。中國古代的文學理論家和批評家普遍認爲作品的「意味」高於作品的「含義」，把對作品「意味」的探求和追尋視爲文學闡釋的最高目標，這種看法比赫施只看重作者「含義」而忽視作品「意義」的解釋學理論無疑更切近文學藝術的眞諦。

二、「詩無達詁」論與西方主觀解釋學理論

　　西方系統的現代哲學解釋學是由海德格爾的學生加達默爾建立起來的，他的哲學解釋學理論與西方傳統的方法論解釋學有著完全不同的理論向度：西方傳統解釋學的代表人物施萊爾馬赫及其在現代的代表人物赫施的共同的思想基礎是客觀主義，他們的解釋學都是力主解釋者擺脫自己的「偏見」而達到與被解釋對象相統一的立場；而在加達默爾看來這實際上是不可能的，因爲解釋者總是站在他自身所處的那個時代以及他所處的環境的立場去看待一切，理解一切，解釋一切。解釋者所具有的這種特殊性和歷史局限性正是解釋本身所固有的特性，故而是永遠無法消除的。所以加達默爾才說：「理解甚至根本不能被認爲是一種主體性的行爲，而要被人認爲是一種置自身於傳統過程中的行爲，在這過程中過去和現在經常地得以中介。」〔註48〕加達默爾所說的理解的歷史性即是指理解者和理解活動所處的不同於理解對象的特

〔註48〕〔德〕加達默爾著、洪漢鼎譯《眞理與方法》第372頁，上海譯文出版社1999年版。

定的歷史環境、歷史條件和歷史地位，這些因素必然要影響和制約理解者對「文本」的理解和解釋。在加達默爾看來，既然任何理解和解釋都無法擺脫歷史的局限性，都是一種歷史現象，那麼理解就必然會帶有某種主觀性和創造性，這也就是加達默爾強調的：「理解就不只是一種複製的行爲，而始終是一種創造性的行爲。」〔註49〕對於文學解釋活動來說，加達默爾上述關於理解的歷史性的思想實際上就意味著解釋者對文學作品的理解和解釋並不是一種被動的行爲，而是一種積極主動的、富有創造性的行爲；同時也意味著承認作品的意義並非作者所給定的原意，而「總是同時由解釋者的歷史環境所規定的，因而也是由整個客觀的歷史進程所規定的。」〔註50〕

中國古代詩學解釋學提出的「詩無達詁」的闡釋原則與加達默爾的上述理論十分相似，也蘊涵有文學理解的歷史性的思想。如「從變從義」作為董仲舒提出的解決詩無達詁問題的理論原則，其中的「從變」即涉及文學理解的歷史性問題。在董仲舒看來，這種「變」不僅僅指隨著時間的推移詩語和詩義方面所發生的變化，而且也包括隨著時代的變遷解釋者所處的歷史文化語境所發生的變更而帶來的理解的變化。因此，董仲舒所說的「從變」，實際上是爲「詩無達詁」這一文學闡釋方法制定的理解的歷史性原則。按照這個原則，解釋者在文學解釋的活動中，就可以不必過於拘泥於作者的原意，而從自己所處的歷史文化背景出發，充分調動自己的生活經驗、藝術經驗以及想像力和知解力，對作品作出創造性的理解和發揮。中國古代許多文學理論家和批評家正是從這個方面來理解和運用「詩無達詁」的詩學解釋學方法的。如黃庭堅談及自己閱讀陶淵明某首詩的感受時這樣說：「血氣方剛時讀此詩，如嚼枯木。及綿歷世事，如決定無所用智，每觀此篇，如渴飲水，如欲寐得啜茗，如饑啖湯餅。今人亦有能同味者乎？但恐嚼不破耳。」〔註51〕這充分說明，隨著時間的推移和解釋者的年齡、教養、經歷、環境的歷史性改變，對作品意義的理解和解釋也會發生變化，那種完美無缺、絕對權威的理解和解釋是永遠不可能存在的，解釋者只要是從自己特定的歷史文化背景出發，

〔註49〕〔德〕加達默爾著、洪漢鼎譯《眞理與方法》第380頁，上海譯文出版社1999年版。

〔註50〕〔德〕加達默爾著、洪漢鼎譯《眞理與方法》第380頁，上海譯文出版社1999年版。

〔註51〕黃庭堅《書陶淵明詩後寄王吉老》，劉琳等校點《黃庭堅全集》第1404頁，四川大學出版社2001年版。

並調動自己的生活經驗、審美經驗和藝術感受力、知解力，就完全可以對作品作出創造性的理解和解釋。

但是，加達默爾關於理解的歷史性的思想也不是完全沒有問題的，因為按照加達默爾的這一思想，任何一個歷史流傳物都將對所有可能的理解開放，而每一種可能的有效理解都源出於傳統，都有自己的合理性，並不存在孰優孰劣的問題，也更不存在所謂客觀有效的唯一合法解釋。這樣一來，就正如赫施所指責的，加達默爾事實上就完全取消了理解和解釋的客觀性和有效性而陷入相對主義的泥淖之中。

中國古代詩學解釋學提出的「詩無達詁」的文學闡釋方式則不同，儘管這種文學闡釋方式允許解釋者「從變」，即允許解釋者從自己所處的歷史文化語境出發對解釋對象作出創造性的理解和發揮，承認解釋者積極參與理解和重建作品意義的權力，但是另一方面又認為解釋者的這種權力不是絕對自由的，而是有一定的限度的，這個限度就是董仲舒所說的「從義」（符合文學本文的基本旨義）、朱熹所說的「就詩上理會意思」和王夫之所說的詩的「定質」。金人王若虛也說過如下一段話：

> 聖人之意，或不盡於言，亦不外乎言也。不盡於言，而執其言以求之，宜其失之不及也。不外於言，而離其言以求之，宜其傷於太過也。〔註52〕

這段話本來談的是如何理解「聖人之言」的問題，但卻很好的代表了中國古代那些推崇「詩無達詁」的詩學解釋學原則的文學理論家和批評家對解釋者與解釋對象之間辯證關係的正確理解。在他們看來，文學解釋活動是自由與限制的和諧統一：一方面解釋者應該「不盡於言」——即不是被作家筆下的語言文辭所束縛，而是在作品語言文辭的基礎上展開豐富的想像、聯想和積極主動的藝術再創造活動；另一方面解釋者又「不外於言」——即解釋者對作品的創造性理解和發揮又不脫離作品本文的客觀內涵。由此可見，中國古代詩學解釋學提出的「詩無達詁」的闡釋原則對解釋者與解釋對象之間關係的理解比起加達默爾的理解來要顯得全面得多，也辯證得多。

以上分析說明，圍繞「以意逆志」和「詩無達詁」這兩大綱領性的解釋學原則，中國古代詩學解釋學對文學理解和解釋活動的特點和規律的確進行

〔註52〕王若虛《滹南集》卷三《論語辨惑自序》，《景印文淵閣四庫全書》1190 冊第290 頁，上海古籍出版社 1987 年影印本。

了相當深入的思考，他們不僅高揚解釋者在文學闡釋活動中的主體地位和能動作用，賦予解釋者參與作品意義重建的權力，而且也能正確地認識解釋活動中解釋者與解釋對象之間的辯證關係，從而較好地解決了西方解釋學理論無法解決的文學闡釋的客觀性和有效性的問題。這是我們祖先留下的一份珍貴的民族理論遺產，應當引起我們足夠的重視。

第二章　中國古代詩學解釋學的
文本理解途徑

　　理解（understanding）、解釋（interpretation）和運用（application）一直是西方解釋學的基本命題和範疇，也是西方當代哲學解釋學與傳統解釋學分歧的理論焦點所在。在西方傳統解釋學那裡，理解、解釋和運用被劃分爲三個相對獨立的研究領域。例如德國語文學家厄斯特就認爲「『理解』只涉及字面意思，而『解釋』則涉及精神意義。」〔註1〕其后德國哲學家思想家狄爾泰則把理解與人生密切聯繫起來，認爲理解自身即是人生，由此他在發現自然科學與人文科學致知方式的差異的基礎上，進一步闡述了二者的區別和對立：「自然界需要解釋說明，對人則必須去理解。」〔註2〕而到了當代哲學解釋學那裡，理解、解釋和運用三者之間的內在聯繫和內在統一性則更加受到重視，例如加達默爾就明確表示：「解釋不是一種是在理解之後的偶爾的附加行爲，正相反，理解總是解釋，因而解釋總是理解的表現形式。……我們不僅把理解和解釋，而且也把應用認爲是一個統一過程的組成要素。」〔註3〕西方解釋學理論有關理解、解釋和運用三者之間關係的深入探討對於我們的中國古代詩學解釋學研究無疑具有重要的啓迪意義。

　　中國古代詩學解釋學很早就開始了對於文學闡釋活動中理解、解釋和

〔註1〕　轉引自王先霈、王又平主編《文學批評術語詞典》第 428 頁，上海文藝出版社 1999 年版。

〔註2〕　轉引自殷鼎《理解的命運》第 240 頁，三聯書店 1988 年版。

〔註3〕　〔德〕加達默爾著、洪漢鼎譯《眞理與方法》第 395 頁，上海譯文出版社 1999 年版。

運用這三種方式的探討，〔註4〕但是與西方解釋學對理解與解釋問題作形而上的理論分析不同，受中國實踐理性精神的影響，中國古代詩學解釋學從文學理解和解釋活動的實際出發，在充分考慮解釋對象、解釋主體和解釋過程的特點和規律的基礎上提出了「品味」、「涵泳」和「自得」的文本理解方式，為中國古代詩學解釋學尋找到了十分有效的文本理解途徑，這是中國古代詩學解釋學奉獻的一份彌足珍貴的理論遺產，理應引起我們的高度重視。本章將分別對中國古代詩學解釋學提出的「品味」、「涵泳」、「自得」等三種基本的文本理解方式的特點及其蘊涵的詩學解釋學思想進行挖掘、清理和闡發。

第一節 「品味」──作品整體韻味的把捉

中國古代詩學解釋學向來把對作品「意味」的品鑒看得高於作品「意義」的闡釋，鍾嶸的「滋味」說和司空圖的「辨於味而後可以言詩」的理論主張就是這種理論取向的典型代表。而實際上中國古代詩學解釋學的這種理論取向在涉及文學文本的理解問題時就已顯露端倪，這就是它不主張像西方解釋學那樣對文學文本作純理性的觀照和分析，而是常用「品味」、「體味」、「咀味」、「尋味」、「玩味」等概念來表示對詩性文本的理解和把玩，並由此形成「品味」這種極富民族特色的東方式的超邏輯的文本理解方式。作為中國古代詩學解釋學提出的一種重要的文本理解方式，「品味」大體包含如下三個方面的理論蘊含。

一、「品味」的文本理解過程

有一種觀點認為，中國古典文論和美學不注重文學文本的理解過程，只注重理解的結果，其實這種看法是不確切的。「品味」作為一種與中國古典詩性文本的多層結構相對應、且有著深度審美期待的文本理解方式，它非但不忽視文本理解的過程，而且還特別強調這一過程的漸進性和反覆性。在中國古代美學家的眼中，「品味」的理解活動和理解方式的展開過程包含有三個重要的心理時段。

〔註4〕 參見拙文《觀詩、用詩與說詩──先秦時期文學接受的三種方式》，《江蘇社會科學》2000 年第 5 期。

1、「觀」

在中國古典文論和美學裏，「觀」通常被看作是一個表示藝術欣賞和藝術理解的概念。例如中國古代一直十分流行「觀詩」、「觀畫」、「觀樂」的說法，所以在中國古典美學中，對詩歌、書畫、音樂等不同的藝術文本進行「觀」的過程其實就是對不同的藝術文本進行藝術接受和藝術理解的過程。但是，當「觀」被用來表示在藝術理解的初始階段對作品進行審美感知的心理活動時，它已被賦予了特定的審美心理內容：

第一，「觀，外觀也」（《墨子・辭過》）。「觀」在先秦文獻中的這一詞義被引申到詩學解釋學領域，即指闡釋者對藝術作品外觀形式美和形象美的審美感知和把握。譬如劉勰就提出過著名的「觀文入情」說，而他此說所強調的「觀」的對象——「六觀」（位體、置辭、通變、奇正、事義、宮商），主要就是指文學作品的外觀形式美。古代理論家把對於藝術作品外觀形式美的審美感知作爲「品味」活動的起點有著重要的意義，因爲中國古典藝術特別是古典詩歌實際上是以某種隱喻象徵的方式來表達作者對宇宙、社會和人生的感悟與體驗的符號系統，故而欣賞者只有首先接觸作品藝術符號，感知作品的外觀形式美和形象美，才能由「觀文」而「入情」、「觀畫」而「入理」、「觀樂」以「即心」，從而最終把握作品外觀形式美所蘊含的情趣和韻味。

第二，「觀」作爲解釋者在玩味初始階段的審美感知活動，它要調動的並不是主體一般的視、聽覺能力，而是接受者經過長期的審美欣賞實踐後形成的一種能夠敏銳地感知作品形式美和形象美的能力，這也就是《淮南子》講的「師曠之耳」（《泰族訓》），嚴羽講的「隻眼」（《滄浪詩話・詩評》），張懷瓘講的「獨聞之聽」、「獨見之明」（《書斷・法書要錄》）。正是由於有了這樣一種敏銳的審美感知能力，高明的欣賞者在「觀」這一藝術接受的初始階段，往往勿需思慮就猝然和作品的外觀形式相接，直接感知作品在色彩、構圖、文辭、音韻等外在形式方面的美。古人所說的「義味騰躍而生，辭氣叢雜而至，視之則錦繪，聽之則絲簧，味之則甘腴」（《文心雕龍・總術》），「詞採蔥倩，音韻鏗鏘，使人味之，娓娓不倦」（《詩品》），正是對解釋者的審美感知能力在「觀」的過程中得以實現和確證的形象的描述。

第三，作爲玩味初始階段的「觀」，並不限於闡釋者以視、聽等審美感官對藝術作品進行直接的審美感知，對於以語言爲媒介塑造形象的文學作品而言，它還指闡釋者發揮想像和聯想的心理功能，將作品的語言符號轉化爲內

心的視覺形象，從而對作品進行間接的審美感知。劉勰所說的「瞻言見貌」(《物色》)，況周頤提出的「讀詞之法，取前人名句意境絕佳者，將此意境締構於吾想望中」(《蕙風詞話》)，正是「觀」的這一層心理內容的具體說明：闡釋者只有以作品的語言符號作爲中介和誘導，引發自己的想像和聯想，才能最終在頭腦中形成鮮明的藝術形象。

這樣，在「品味」的初始階段，闡釋主體積極調動自身的審美感知力和想像力，使本以色彩、線條、韻律、詞語等凝固的形式存在的藝術作品又以形象的形式生動鮮活地復現在自己的腦海之中。

2、「味」

然而，中國古典美學提出的「品味」的文本理解方式並不滿足於闡釋主體一時的感官愉悅或在作品的表層徜徉，而是把審美的觸角進一步向藝術作品的深層延伸。許多古代文藝家、美學家對此發表了相當精闢的見解。蘇軾說：「夫詩者，不可以言語求而得，必將深觀其意焉」(《既醉備五福論》)，張懷瓘亦云：「深識書者，唯觀神采，不見字形……從心者爲上，從眼者爲下」(《書斷‧法書要錄》)。爲什麼古代理論家們在反覆強調玩味的初始階段「觀」(即對作品形式美的感知)的重要性之後，又對它加以棄絕呢？因爲他們深知，中國古典藝術雖然十分注重作品形式美的營造和構置(如古典詩詞中語言的錘鍊和意象的營構，古典繪畫、書法中的筆法、用色和構圖等)，但其目的絕不在於藝術形式本身，而是藉此來實現藝術家對深層意蘊的開掘和精神上無限象徵意義的追求。正由於中國古典藝術的「本文」以此爲特徵，因而與之相適應，對作品外觀形式背後那深遠悠長的情趣韻味和無限深邃的藝術底蘊的探求和追尋，便成爲「品味」的藝術接受方式的獨特的接受指向。沈括曾不無遺憾地說：「世上觀畫者，多指謫其間形象、位置、彩色瑕疵而已，至於奧理冥造者，罕見其人。」(《夢溪筆談》)這種不滿足於對作品外觀形式美和形象美的感知，而注重作品深層意味探究的接受態度，正是古代文藝家、美學家所普遍具有的。

關於闡釋者對藝術作品的深層意蘊進行探究這一審美心理活動和過程，古代文藝家、美學家普遍用「味」這個更具感受性和體驗性的概念來表示，如「體味」、「玩味」、「咀味」、「尋味」、「研味」等等。雖然上述用語之間存在著細微的差別，但「味」作爲品味過程中一個特定的心理活動階段，作爲「觀」的發展與深化，其基本涵義就是指闡釋主體在對藝術作品的咀嚼玩味

和反覆吟詠中，求得對作品深層意蘊的把握。

　　具體說來，「味」作爲藝術理解過程第二階段的審美心理活動，它對闡釋主體至少有三個方面的要求：一曰「細」。王昱認爲賞畫者「細視之則氣韻生動，尋味無窮」（《東莊論畫》），張炎提出對作品應「精加玩味」（《詞源》），華翼倫亦云：「賞鑒精則心目與古人相契」（《畫說》）。所謂「細」，從審美心理學上看，這是一個審美注意的問題，其實質是要求解釋者在欣賞過程中對各種無關的心理活動特別是功利欲求之心進行排除和抑制，並以這種積極的抑制來促使解釋者的審美注意力高度集中到欣賞對象上來。在「味」的心理活動階段，解釋者一旦具有了這種高度集中的注意力和精心細緻的欣賞態度，那麼，就像上述理論家所指出的，他就有可能獲得一種藝術的透視力：不僅可以體味到作品的藝術眞趣（「視之則氣韻生動」），還可以揣摩到作者爲文之用心（「心目與古人相契」）。二曰「久」。嚴羽論詩說：「讀《騷》之久，方識眞味」（《滄浪詩話‧詩評》），張炎論詞說：「秦少游詞……咀嚼無滓，久而有味」（《詞源》）歐陽修論書亦云：「余始得李邕書，不甚好之，……及看久之，遂爲他書少及者。得之最晚，好之尤篤」（《試筆‧李邕書》）。古代理論家所說的「久」包含兩個方面的要義：一方面，它強調了「玩味」這一藝術理解過程的漸進性特徵，解釋者只有長久地沉潛於作品的詩性空間，才能夠自然滋生對作品整體韻味的眞切精深的感受與體驗。另一方面，它則涉及心理學上注意的穩定性問題。所謂穩定注意，就其基本涵義而言，是指某個人把自己有關的心理活動在長時間內充分地指向和集中於同一事物。但是，這種穩定注意不應該簡單地看成是一種單一呆板的心理活動，恰恰相反，它「在一定範圍內運動著，彷彿在沿客體移動，從而提示其中的一些新的方面。」〔註5〕古代理論家提出的「久」，正包含著這一重要心理學思想，它要求解釋者把審美注意力長久而穩定地集中在欣賞對象中，從而在積極主動的心理探求活動中對欣賞對象的精深微妙之處不斷地做出新的發現和領悟。三曰「復」。朱熹提出詩「須反覆讀，使書與人相乳入，自然有感發處」（《詩傳遺說》），陸游要求對作品「一讀再讀至十百讀，乃見其妙」（《何君墓表》），賀貽孫也認爲接受者如果「反覆詠誦，至數十百過」，便會收到「滋味無窮，咀嚼不盡的效果」（《詩筏》）。古代理論家所說的「復」，同樣也可以從兩個方面做出分析：

〔註5〕〔蘇〕彼得羅夫斯基《普通心理學》第214頁，人民教育出版社1981年版。

一方面，它強調了玩味的藝術理解過程的反覆性，解釋者只有在反覆咀嚼作品的基礎上才能一層深一層地接近作品的情趣和韻味。另一方面，從心理學上看，所謂「復」實際上是解釋主體對自己頭腦中形成的「閱讀後象」進行回味和反思的一種回溯性的心理活動。心理學認爲：人對事物的感覺並不是隨著刺激物的作用的終止而同時消失的，而是以「後象」的形式保持下來。〔註6〕同樣，在藝術理解的過程中也存在著這種閱讀後象的現象。不過同純粹的感覺後象相比，閱讀後象要複雜得多，它既包含有解釋者對作品形式美的感知，更包含有解釋者對作品所傳達的情感的體驗和理性內容的思考。因此，當解釋者對作品進行反覆閱讀和咀嚼的時候，他實際上是在心中對先前閱讀中形成的閱讀後象不斷地進行返觀和回味。這種針對閱讀後象而進行的回溯性的審美心理活動不僅可以使解釋者獲得一種餘音繞梁、三日不絕的審美感受，而且還可以修正解釋者在先前的閱讀中出現的錯覺和偏差。郭若虛《圖畫見聞志》記載：「唐閻立本至荆州，觀張僧繇舊迹，曰：『虛得名耳』。明日又往，曰：『猶是近代佳手』。明日往，曰：『名下無虛士』。坐臥觀之，留宿其下，十餘日不能去。」閻立本觀畫的實例說明，「復」作爲解釋者對閱讀後象不斷回溯的心理活動，的確有助於解釋者突破先前的局限，對作品的審美內涵做出更準確的把握。

要之，在「味」這個階段，解釋者自然涵泳於作品所提供的藝術情境之中，去體味、捕捉和追尋作品悠長的情趣韻味和深厚的藝術底蘊。這是一個解釋主體與對象反覆耦合的心理活動過程，也是一個需要解釋主體調動和發揮穩定的注意力、豐富的想像力、細微的藝術體味能力和敏銳的心靈感應能力的心理活動階段。

3、「悟」

這是品味的藝術理解過程的最後一個階段，也是極富審美心理成果的一刹那。在這一階段，解釋者的心靈與解釋對象所傳達的內在生命結構產生深層的契合，從而使主體進入一種豁然開朗、心領神會、賞心怡情的境界。在這一瞬之間，解釋者不僅體味、把捉到了作品微妙至深的情趣和韻味，而且也實現了對作品的「最高靈境」即藝術所表現的那個通達萬物、流行億野、含囊陰陽的「道」的把握。〔註7〕對這一美妙的頃刻，古代文藝家、美學家普

〔註6〕〔蘇〕彼得羅夫斯基《普通心理學》第259頁，人民教育出版社1981年版。
〔註7〕宗白華《美學散步》第63頁，上海人民出版社1981年版。

遍借用一個禪宗的術語「悟」來表示，韓駒曰：「學者當如初學禪，未悟且遍參諸方，一朝悟罷正法眼，信手拈出皆成章」（《贈趙伯魚》）；吳可曰：「學詩渾似學參禪，竹榻蒲團不計年，直待自家都了得，等閒拈出便超然」（《學詩詩》）；胡應麟亦云：「嚴氏以禪喻詩，旨哉！禪則一悟之後，萬法皆空，棒喝怒呵，無非至理；詩則一悟之後，萬象冥會，呻吟咳唾，動觸天眞」（《詩藪》）。雖然禪宗所講的「悟」是指自心對絕對眞實的神秘本體——佛理的契合與領會，其本身帶有唯心主義的性質，但古代理論家用它來比喻藝術欣賞和藝術理解活動的極致，確乎道出了「品味」的藝術理解過程中某些隱微精深的審美心理規律。過去學術界有人指責以禪論詩是宣揚神秘主義的不可知論，看來並不是很客觀的評價。

　　上述由「觀」到「味」再到「悟」的三個階段清晰地顯示出：「品味」的藝術理解活動是由初級層次向高級層次、由作品外部向作品內部、由淺層欣賞向深層欣賞逐步深入的遞進過程。中國古代詩學解釋學對「品味」的審美心理過程的理解，既符合人類認識活動的一般規律，又從一個側面反映出我們民族的思維品格。

二、「品味」的審美心理特徵

　　由以上分析不難看出，「品味」的文本理解方式的確包含有極爲有價值的審美心理學思想。但是，這還僅僅是對「品味」的文本理解過程的一般性描述，還看不出「品味」作爲中國古代特有的文本理解方式在審美心理方面的總體特徵，故而下面著重從總體的角度來展開論述。

　　「品味」的文本理解方式是中國古代詩學解釋學理論中的一個能夠充分顯示民族文化特色和思維特色的理論成果。作爲中國古代詩學解釋學提出的文本理解方式，其根本的特徵就在於它不受邏輯名理知識的羈控，以東方式的直覺智慧去把握審美對象，從而保全闡釋主體與對象的氣足神完。「品味」又是一種深度的審美期待行爲，它追求的不是對象的外表和聲光形色所構成的形式美感，而是對作品那醇厚的情愫和那情愫中所蘊含的深層意味的洞照和掘發。「品味」還是一種生命的投入，它要求闡釋者全身心全人格地進入作品之中，最終與對象所傳達的內在生命達到相契與共通。按著這一基本理解，我們將「品味」的文本理解方式的總體的審美心理特徵概括爲直覺性、體驗性和整體性三個方面。

1、直覺性

中國古典藝術是以某種有意味的形式（如詩歌中的比興、象徵手法；繪畫中的空白；書法中的飛白等）來傳達藝術家對歷史、人生和宇宙的深層體驗的，因而它必然呈現出一種特殊的樣態。對中國藝術的特殊存在樣態，嚴羽稱之爲「不涉理路，不落言筌」，「羚羊掛角，無迹可求」，「透澈玲瓏，不可湊泊」（《滄浪詩話・詩辨》）。葉燮則進一步概括爲「含蓄無垠，思致微妙，其寄託在可言不可言之間，其指歸在可解不可解之會，言在此而意在彼，泯端倪而離形象，絕議論而窮思維，引人入冥漠恍惚之中」（《原詩》）。顯然，對本身就具有含蓄朦朧、不受道理言語障蔽特點的中國古典藝術，解釋者如果硬用分肌擘理的分解方法，是無法獲得其隱微精深的藝術底蘊的。因此，古代文藝家、美學家對純邏輯概念的思維方法予以堅決的摒棄。方東樹說：「賞詩，不可以知解求者」（《昭昧詹言》），張裕釗亦云：解釋者「若夫專以沉思力索爲事者，固時亦可以得其意，然與夫心凝神釋，冥合於言意之表者，則或有間矣」（《答吳至甫書》）。

那麼，解釋者怎樣才能透過「有意味的形式」去把捉作品深層的韻味呢？古代理論家對此有獨特的理解。虞世南說：「書道玄妙，必資神遇，不可以力求也；機巧必須心悟，不可以目取也」（《筆髓論》）；沈括說：「書畫之妙，當以神會，難可以形器求也：（《夢溪筆談》）；王士禎亦認爲「妙在象外」的詩歌，「讀者當以神會，庶幾遇之」（《古夫於亭雜錄》）。表面上看，我們的古人對如何把握中國古典藝術的思維方式說得有點玄虛含混，如「神遇」、「心悟」、「神會」等等；實際上他們提出的正是一種富有東方智慧的藝術直覺方法。在古代理論家看來，這種藝術直覺方法的特點就在於：它既不需要邏輯的分析和推論（葉夢得《石林詩話》云：「苦思言難者，往往不悟」），也用不著知性的解說（王維《山水訣》云：「妙悟者不在多言」）。解釋者憑籍一種特殊的藝術領悟力，就可以對作品的情趣韻味和深層隱奧作直接的領會和把握。陶淵明《五柳先生傳》說：「好讀書不求甚解；每有會意，便欣然忘食。」薛雪《一瓢詩話》說：「讀之既熟，思之既久，神將通之，不落言筌自明妙理」，都是對解釋者在「品味」過程中憑藉藝術直覺的方法來豁然洞察作品藝術底蘊的客觀描述。

值得注意的是，古代文藝家、美學家不僅強調了「品味」的直覺性特徵，而且還進一步對藝術直覺產生的機製作出了比較合理的解釋。首先，解釋者

的藝術直覺能力是在潛心欣賞、玩味優秀作品和積累藝術經驗的基礎上形成的。呂本中說：「悟入之理，正在功夫勤惰間耳。如張長史見公孫大娘舞劍，頓悟筆法。如張者，專意此事，未嘗少忘胸中，故能遇事有得，遂造神妙；使它人觀舞劍，有何干涉」（《與曾吉甫論詩第一帖》）。嚴羽也提出，對漢魏、盛唐之作要反覆「熟讀」、「熟參」，甚至達到「朝夕諷詠」、「枕藉觀之」的地步，這樣經歷久久，便會自然悟入（《滄浪詩話·詩辨》）。其次，解釋者的社會閱歷和生活經驗對藝術直覺的產生也有重要作用。周紫芝《竹坡詩話》裏敘述他「暑中瀕溪，與客納涼，時夕陽在山，蟬聲滿樹，觀二人洗馬於溪中。曰，此少陵所謂『晚涼看洗馬，森木亂鳴蟬』者也。此詩平日誦之，不見其工，惟當日所見處，乃始知其爲妙。」周氏的悟詩經驗表明，當解釋者的生活經驗與藝術作品表現的內容相似或相通時，往往能使解釋主體產生藝術直覺而頓悟作品的妙處。這一點，古代理論家們屢屢予以論及，如瞿祐說：「必須實歷此境，方見其妙」（《歸田詩話》）；董其昌也說：「古人詩語之妙，有不可與冊子參者，唯當境方知之」（《畫禪室隨筆》）。再次，藝術直覺的產生與理性思維也有著不可分割的聯繫。中國古代的文藝家美學家普遍認爲，「品味」活動中的藝術直覺雖然有超邏輯、超思維的一面，但是，他們沒有像西方美學家如克羅齊那樣走極端，把藝術直覺看作是「離理智作用而獨立自主的」東西，〔註8〕而是認爲藝術直覺的思維形式中仍然積澱著理性思維的內容。這就是古人們時常說起的：「以無思無慮而得者，乃所以深思而得之也」，〔註9〕「深思之久，方能於無思無慮忽然撞著」。〔註10〕

2、體驗性

　　中國古典藝術不僅十分注重情感的表現，如「詩之爲學，情性而已」（劉熙載《藝概·文概》），「言，心聲也；書，心畫也」（揚雄《法言·問神》），「凡音之起，由人心生也」（《樂記》）等等，而且認爲藝術的審美功用也在於以情感人，如湯顯祖說：「塡詞皆尚眞色，所以入人最深，遂令後世之聽者淚，讀者顰，無情者心動，有情者腸裂」（《焚香記總評》）。惲南田也說：「作畫者在攝情，不可使鑒畫者不生情」（《南田畫跋》）。中國古典藝術的這種表情性特徵內在地規定了解釋者對藝術作品的欣賞和品味不能採用知性分解的方法，

〔註8〕〔意〕克羅齊《美學原理·美學綱要》第18頁，外國文學出版社1983年版。
〔註9〕程頤語，見《宋元學案》第604頁，中華書局1986年版。
〔註10〕黃百家語，見《宋元學案》第604頁，中華書局1986年版。

而只能選擇情感（心靈）體驗的方式。古代文藝家、美學家們深諳此理，朱熹說：「看詩不須著意去裏邊分解，但是平平地涵泳自好」（《詩人玉屑》引），楊時也說：「詩極難卒說，大抵要人體會。不在推尋文義」（《龜山語錄》），他們都頗具慧眼地看到了「品味」這種特殊的藝術欣賞活動和藝術理解方式的體驗性特徵。

那麼，在品味的實際過程中，解釋者應該怎樣去體驗藝術作品呢？古代文藝家、美學家們對此亦有很好的理解。況周頤曰：「善讀者，約略身入境中。便知其妙」（《蕙風詞話》），董子雲曰：「當於吟詠之時，先揣知作者當時所處之境遇，然後以我之心求無象於窈冥恍惚之間」（《野鴻詩的》），劉開亦云：讀詩「不惟得之於心，而必驗之於身」（《清詩說中》）。在古代理論家們看來，所謂體驗，就是指解釋者消除主體自身的褊狹，泯滅主客體的對立，進入藝術作品所提供的藝術情境之中；解釋者不但要「設身處地」、「驗之於身」，而且還要「以心換心」。概言之，是解釋主體全身心、全人格、全靈魂地進入作品之中，最終與對象所傳達的內在生命結構達到相契與共通。這正如錢穆先生所概括的：「中國文學，必求讀者反之己身，反之己心，一聞睢鳩之關關，即可心領神會。」〔註11〕總之，在品味的過程中，須臾也離不開體驗這種審美心理活動的方式，解釋者一旦對作品有了深入內裏的心靈體驗和情感體驗，他就可以感同身受地體察到文藝家的情感脈動，直探作品的藝術底蘊。這也就是嚴羽所說的：「須歌之抑揚，涕洟滿襟，然後爲識真《離騷》」（《滄浪詩話‧詩評》）。

在古代理論家的心目中，體驗不僅僅是品味活動中必要的一種審美思維活動方式，它本身又是品味的藝術欣賞和藝術理解活動所達到的一種極高境界。古代許多高明的鑒賞家、美學家者把臻於此種境界作爲藝術理解的最高追求。張彥遠說：「遍觀眾畫，唯顧生畫古賢，得其妙理，對之令人終日不倦，凝神遐想，妙悟自然，物我兩忘，離形去智。身固可使如槁木，心固可使如死灰，不亦臻於妙理哉」（《論畫體工用拓寫》），胡應麟盛讚王維的詩「讀之身世兩忘，萬念俱寂」（《詩藪》），金聖歎則自述他讀《西廂記》「悄然廢書而臥者三四日，此眞活人於此可死，死人於此可活。悟人於此可迷，迷人於此可悟。不知此日聖歎是死是活，是迷是悟，總之悄然一臥至三四日，不茶不飯，不言不語，如石沉海，如火滅盡」（《第六才子書》）。古人對藝術作品的

〔註11〕錢穆《現代中國學術論衡》第 229 頁，嶽麓書社 1986 年版。

品賞玩味居然達到「忘身」的地步，這看起來似乎令人難以置信，可實際上並無半點誇張。美國著名心理學家馬斯洛曾提出「高峰體驗」這個概念，在他看來，所謂「高峰體驗」實際上是一種具有強烈認同意識的體驗。在這種體驗到來之時，「自我有可能迷醉於對象，或者完全『傾注到』對象之中，從而消失得無影無蹤」。〔註12〕將馬斯洛對「高峰體驗」的解釋移之於藝術欣賞體驗中的「忘身」現象，也是完全適用的。金聖歎等人對作品的體味玩賞所以能夠達到「忘身」的境界，正是因爲他們已經完全消除了主體自身的褊狹，全身心全人格地「傾注到」藝術作品所描繪的情境之中。

3、整體性

　　中國藝術歷來注重作品的整體效果，這突出地表現在繪畫、書法和詩歌的藝術意境的營造上。如張懷瓘論畫說：「顧公（顧愷之）遠思精微，襟靈莫測，雖寄迹翰墨，其神氣飄然在煙霄之上，不可以圖畫間求。」（《引自〈歷代名畫記〉》）這種「飄然在煙霄之上」的神氣正是該幅作品超越「圖畫間」的藝術眞髓之所在。它雖然離不開「圖畫間」，但又不屬於「圖畫間」的任何一部分，它是作品的藝術境界所顯示出來的整體美。嚴羽論詩也說：「盛唐人惟在興趣，羚羊掛角，無迹可求。故其妙處，瑩澈玲瓏，不可湊泊」（《滄浪詩話・詩辨》），這同樣說明，好的藝術作品，其藝術境界應該渾融圓整，毫無拼湊痕迹，應該具有一種超越各局部、要素之上的整體美。正因爲中國藝術這樣注重藝術創造的整體效果和整體美，所以品味的文本理解方式要求解釋者不應該謹毛失貌，以摘字尋句的方式去肢解作品，而應該從意象和意境總體來把握審美對象，將作品當作一個生氣貫注的有機整體來對待。嚴羽說：「漢魏古詩，氣象混沌，難以句摘」，「建安之作，全在氣象，不可尋枝摘葉」，「胡笳十八拍混然天成，絕無痕迹」（《滄浪詩話・詩評》）；胡應麟說：「蓄神奇於溫厚，寓感愴於和平，意愈淺愈深，詞愈近愈遠，篇不可句摘，句不可字求」（《詩藪》）；薛雪亦云：「詩有通首貫看者，不可拘泥一偏」（《一瓢詩話》）。顯然，他們都認爲那種動輒句摘的文本理解方式破壞了作品意境和風格的整體美，而傾向運用整體觀照的方法。

　　解釋者在品味的過程中究竟應該怎樣對作品進行整體的審美觀照呢？梁章鉅《浪迹叢談》中有一段有關他品味謝靈運詩句的文字對此作了十分具體

〔註12〕〔美〕馬斯洛《自我實現的人》第286頁，三聯書店1987年版。

的說明：「謝康樂『池塘生春草，園柳變鳴禽』之句，自謂語有神助。後人譽之者遂以爲妙處不可言傳；而李元庸又謂，反覆此句實未見有過人處，皆膚淺之見也。記得前人有評此詩者，謂此句之根在四句以前。其云『臥疴對空床，衾影昧節候』乃其根也。『褰開暫窺明』以下歷言所見之景，至『池塘生春草』，始知爲臥病前所未見者，而時節流換可知矣，次句即從上句生出，自是確論。」一般的欣賞者僅僅孤立地看待詩中「池塘」這一名句，而忽視了該詩句與詩中其它句子的關係，這樣不僅難以體味到謝靈運整個詩作的妙處，而且還由於這種尋章摘句、分肌擘理的分割破壞了作品的整體生命。梁章鉅則不同，他以整體的觀念來看待謝靈運的詩作，注重考察「池塘」這一名句與前面數句所描寫的詩人的生理狀況和心理情緒的內在聯繫，從而比較完整地領悟了謝靈運詩作（包括「池塘」這一名句）的蘊義，並作出較爲公正的評價。梁章鉅對謝靈運詩作的玩味與品賞，可以說是古代高明的解釋者對藝術作品進行整體性的審美理解和把握的一個成功的範例。

當然，在古代的藝術解釋實踐中，還存在另一種「細讀」式的理解，例如元好問就說過：「文須字字作，亦要字字讀，咀嚼有餘味，百過良未足」（《與張中傑郎中論文》）。他認爲解釋者只有逐字逐句地去細細體味作品，才能把捉其藝術眞趣。其實，這種「細讀」式的理解方式與整體性審美觀照的方式並不矛盾，而且後者恰恰以前者爲基礎。古代高明的解釋者所具有的那種整體把握的審美觀照能力，實際上正是在長期「細讀」的基礎上形成的。嚴羽曾不無誇耀地說，如果把幾十首隱去作者姓名的詩作放在一塊兒他能夠一下子就辨認出每篇作品的體制和風格。他這種整體把握的審美識別能力，顯然得益於他對作品長期的「細讀」和「熟參」。

三、「品味」的詩學解釋學效應

「品味」作爲中國古代特有的文本理解方式，它還包含有第三層要義，即它並不是藝術成品的消極性的心理適應和被動的感受、復原和描摹，而是一種極富創造力的審美建構活動，其詩學解釋學效應表現爲如下幾個方面：

1、解釋者通過「品味」的文本理解方式將作品由文本形態提升到審美形態

古代文藝家、美學家普遍認識到，美的事物的產生，固然要以事物的客

觀審美屬性作為基礎，但更離不開主體的審美活動，客觀事物中的美的要素只有經過主體的審美活動才能顯示出來。比如葉燮《集唐詩序》裏說：「凡物之美者，盈天地間皆是也，然必待人之神明才慧而見」，〔註13〕袁枚《隨園後記》也認為：「夫物雖佳，手不致者不愛也；味雖美，不親嘗者不甘也」。〔註14〕而劉勰則直接從藝術接受和理解的角度來談論這個問題，這就是他在《文心雕龍・知音》篇提出的「書亦國華，玩繹方美」說。在劉勰看來，作為文藝家審美意識物化形態的文學藝術作品，雖然其中凝聚著文藝家的審美創造，具有某些方面的審美屬性，但是，在它沒有納入藝術接受和理解活動、沒有與解釋者建立起審美聯繫之前，它還僅僅處在一種由語言符號和筆墨形式所構成的文本形態之中（「書亦國華」）。而只有當文藝作品被納入藝術接受和理解活動，即經過解釋者的閱讀、體驗、理解和玩味，它的美才能夠真正顯示出來，從而由文本形態提升到審美形態（「玩繹方美」）。

　　劉勰「書亦國華，玩繹方美」說的理論內涵是十分深刻的，他對「品味」的提升功能的理解不僅與現代美學家杜夫海納提出的「審美對象只有在知覺中才能完成」的理論相通，〔註15〕而且也為我們如何區分藝術作品的文本形態和審美形態提供了一個基本的線索。這就是，第一，藝術作品的文本形態是一種以語言形式或筆墨形式為表徵的凝固的無生命的存在；而藝術作品的審美形態則是經由解釋者對作品的「品味」從而活躍在他頭腦中的一種流動的有生命的存在。第二，藝術作品的文本形態僅僅是藝術家審美經驗和意識的結晶，而藝術作品的審美形態則是解釋者調動直覺、想像、體驗、啟悟等心理功能，對作品進行二度創造的產物，它既在總體上符合作品審美意蘊的基本指向，同時又融進了解釋者的審美創造，因而它又不完全等同於作品的文本形態，它是審美主、客體相感、相交、相融、相合的結果。

2、解釋者通過「品味」的文本理解方式使處於潛在狀態的詩味和意境轉化為現實的存在

　　中國古代的文藝家、美學家普遍認為，真正有詩味和意境的作品，應該

〔註13〕北京大學哲學系美學教研室《中國美學史資料選編》第324頁，中華書局1981年版。

〔註14〕北京大學哲學系美學教研室《中國美學史資料選編》第362頁，中華書局1981年版。

〔註15〕〔法〕米蓋爾・杜夫海納《美學與哲學》第54頁，中國社會科學出版社1985年版。

意蘊深厚、含而不露、耐人咀嚼、餘味無窮，而不應像一潭清水那樣讓人一覽無餘。我國古代藝術理論常常用「象外」、「景外」、「意外」、「味外」來表示作品那隱微精深、含蓄無垠的「詩味」或「意境」。所謂「文已盡而意有餘」（鍾嶸《詩品序》），「境生於象外」（劉禹錫《董氏武陵記》），「象外之象，景外之景」（司空圖《與極浦書》）等等，都形象地說明，作品的詩味或意境並不僅僅就是作品所描繪的那個歷歷在目的「實境」，而是在這「實境」之外的那個「可言不可言」、「可解不可解」的「虛境」。但是，在中國古典藝術中，這種詩味和意境並沒有直接地呈現出來，而是借助語言和筆墨形式象徵和暗示給讀者的。因而，對解釋者來說，它還處在一種潛在的狀態，還是一個類似於伊瑟爾所說的那些種有待於讀者去完成的「召喚結構」，所以，只有通過解釋者對作品的理解與玩味，並以自身的審美想像和審美經驗對其加以創造性的豐富和補充，才能將這「象外」、「言外」、「意外」的東西化虛為實、變無為有，從而使詩味或意境由潛在的可能變為現實的存在。司馬光說：「古人為詩，貴於意在言外，使人思而得之」（《溫公續詩話》），元好問、魏泰也認為作品「咀嚼有餘味」（《與張促傑郎中論文》），「咀之味愈長」（《臨漢隱居詩話》），這些看法代表了古代理論家們對品味的實現功能的普遍性的肯定與張揚。臺灣當代詩論家葉維廉則站在現代理論的高度對此作了更為透徹的闡發，他認為中國古典詩歌「在一種互立並存的空間關係之下，形成一種氣氛，一種環境，一種只喚起某種感受但並不將之說明的境界，任讀者移入出現，作一瞬間的停駐，然後溶入境中，並參與完成這強烈感受的一瞬之美感經驗。」〔註16〕

3、解釋者通過「品味」的文本理解方式使作品的審美意蘊不斷有新的方面被揭示出來。

在中國古代文藝家、美學家的眼中，藝術作品的審美意蘊並不是一種先在的凝定物，而是在解釋者的反覆涵泳、欣賞、體味中不斷生成和超越的。王夫之以人們對《詩經》的不同解讀為例深入闡發了這一思想。他說：「作者用一致之思，讀者各以其情而自得。故《關雎》，興也；康王晏朝，而即為冰鑒。『吁謨定命，遠猷辰告』，觀也；謝安欣賞，而增其遐心」（《詩繹》）。《毛詩序》認為《關雎》頌揚的是「后妃之德」，是「樂得淑女以配君子，憂在進

〔註16〕溫儒敏、李細堯編《尋求跨中西文化的共同文學規律——葉維廉比較文學論文選》第 57 頁，北京大學出版社 1986 年版。

賢，不淫其色，哀窈窕，思賢才，而無傷善之心焉。」而齊、魯、韓三家卻認爲《關雎》是諷刺周康王晏朝荒政的作品。「圩謨」句見於《大雅・抑》，詩本義是敘說統治者應該如何治理國家，故從中可以考見政治的得失，而東晉名臣謝安卻認爲此詩「偏有雅人深致」（《世說新語・文學》）。王夫之引用這個賞詩的例子意在說明：藝術作品的審美意蘊本是一個流動的範疇，不同時代具有不同文化心理結構和審美經驗的讀者面對同一作品，完全可以作出各自不同的解說，這也就是王夫之所說的「各以其情而自得」。王夫之的這一認識我們可以爲之找到現代心理學的依據，這就是皮亞傑提出的認識主體對認識客體的「同化」作用的理論。皮亞傑這樣解釋所謂「同化」：「主體對客體的刺激會採取調整、改變、使之符合主體的接受框架」。這即是說，認識主體只接受符合其認識框架的刺激，而對那些有違其認識框架的刺激，則採取改變、調整甚至不接受的做法。可以看到，古代文藝家、美學家在論及解釋者如何把捉藝術作品的審美意蘊時，普遍看重這種主體對客體的「同化」作用。他們認爲，不同時代不同的讀者對同一作品產生不同的感受，不僅不會損害作品的價值和意義，相反，它還有利於拓展作品的思維空間、加深作品的審美蘊含，增強作品的藝術張力，從而對作品原有的審美意蘊獲得新的超越。這也就是古代理論家們常說的「但文字之佳勝，正貴讀者之自得」（章學誠《文史通義・文理》），「古人之言包含無盡，後人讀之，隨其性情淺深高下，各有會心」（沈德潛《唐詩別裁集・凡例》），「必有所興，但不知其何所指，讀者各以意會可也」（陳廷焯《白雨齋詞話》）。

綜上所論，中國古典詩學解釋學提出的「品味」的文本理解方式不僅具有精深的理論內涵和鮮明的民族文化特色，而且還蘊含一些可與當代美學理論溝通的理論因子。因此，在系統研究和總結的基礎上進一步採用融鑄中西的方法對其加以拓展，以現代美學的新知去引發古典理論的智慧，使我們民族古老的美學理論重新放射出理論光芒，正是時代賦予我們的一項偉大使命。

第二節　「涵泳」──作品深層意蘊的探究

「涵泳」是中國古代詩學解釋學提出的又一種文本理解方式，它與「品味」的文本理解方式有許多相似和相通之處，例如它們都強調對詩性文本的超邏輯的整體的審美直觀，都注重對文學文本詩意和韻味的把捉。但是由於

「涵泳」和「品味」的理論來源不同，所以二者又存在細微的差別：「品味」的文本理解方式與中國古代以「味」為美的觀念直接相關，我們的古人很早就把味覺快感同審美聯繫起來，例如《說文》就訓「美」為「甘也，從羊大，羊在六畜主給膳也。」先秦以來又流行以「味」論詩、論文、論樂，發展到後來又有鍾嶸的「滋味」說和司空圖「韻味」說的提出，這種以「味」或「韻味」來指稱詩性文本內在審美特質的詩學觀念無疑給「品味」的文本理解方式先在地規定了一種理論取向：解釋者必須不斷地向作為客觀解釋對象的詩性文本（「滋味」）靠攏和趨近，從而最終達到對詩性文本所蘊含的情趣和韻味的理解和領悟。正是從這個意義上，我們說「品味」是一種外傾型的文本理解方式。而「涵泳」的文本理解方式則與宋代的理學直接相關，因為「涵泳」最早在理學家張載和程頤程灝那裡是一個純道學概念，原意是指一種優游不迫的體道方式和人格修練方式，後來理學大師朱熹將其運用於《詩經》的理解和解釋，「涵泳」才被提升為一個有著特定理論蘊含的詩學解釋學概念。儘管如此，「涵泳」本身固有的重內省尚體驗的心性之學的理論取向卻並沒有消解，而這種理論取向也作為一種原型力量左右著「涵泳」的理論趨向：不是像「品味」那樣要求解釋者必須不斷地消除自身的立場而向作為客觀解釋對象的詩性文本靠攏和趨近，而是把作為客觀解釋對象的詩性文本納入到自家的心中，通過對自己內在意念的體悟和審查來達到與詩性文本所蘊含的「味外之旨」的相契與共通。也正是從這個意義上，我們把「涵泳」視作一種內傾型的文本理解方式。

由於宋代的理學大師朱熹對「涵泳」這種文本理解方式有過集中的論述，加之他又是一位精通文學、有著長期的詩學解釋學實踐和文本理解經驗並深諳文學理解規律的學者，因此他的相關闡釋也代表了中國古代詩學解釋學在這方面的最高理論成果，所以本節著重對朱熹提出的「涵泳」的文本理解方式作出分析和闡述。

一、「曉得意思好處」——文本理解的深度模式

中國古代的文學創作特別是詩歌創作普遍具有一種形而上的品格，作家、詩人在自己的作品中往往寄寓著深層的思想意蘊和精神上的無限象徵意義，中國文學的這種精神品格內在地決定了，解讀者在文本理解的過程中，必須透過作品語言文字的表層意義去體會和領悟作品的深層蘊含，唯其如

此，解讀者才能最終把捉到作品的藝術精髓。朱熹深諳此理，他提出一種與中國文學內在精神品格相一致的文本理解模式：

> 大凡物事須要說得有滋味，方見有功。而今隨文解義，誰人不解？須要見古人好處。如昔人賦梅云：「疏影橫斜水清淺，暗香浮動月黃昏。」這十四個字，誰人不曉得？然而前輩直恁地稱歎，說他形容得好，是如何？這個便是難說，須要自得言外之意始得。……這個有兩重：曉得文義是一重，曉得意思好處是一重。若只曉得外面一重，不識得他好底意思，此是一件大病。〔註17〕

朱熹所舉的詩句取自於宋代詩人林逋的《山園小梅》，《宋史・隱逸傳》稱林逋「性恬淡好古，弗趨榮利」，「初放遊江、淮間，久之，歸杭州，結廬西湖之孤山，二十年足不及城市」。〔註18〕《山園小梅》這首詩就是詩人以梅花的品格來自喻其超脫塵世的幽逸之趣。誠如朱熹所言，林逋詩中「疏影橫斜水清淺，暗香浮動月黃昏」這兩句詩的字面意義並不難理解，但這首詩的「意思好處」並不在這裡，而在詩人借梅花的精神來暗喻自己高潔的品格。《彥周詩話》稱「此兩句尤奇麗」，《溫公續詩話》亦稱其「曲盡梅之體態」，一個從文辭上著眼，一個限於對外在形象的把握，顯然都未能領會到這首詩的深層韻味。所以朱熹對這種淺層的文本理解方式提出尖銳的批評：「若只曉得外面一重，不識得他好底意思，此是一件大病。」又說：文學作品的「言語一重又一重，須入深處看，若只見皮膚，便有差錯，須深沉方有所得。」〔註19〕

朱熹倡導的則是一種深度的文本理解模式，用他的話來說就是讀書要「曉得意思好處」。在朱熹的心目中，真正優秀的文學作品是由外在和內在兩個層次構成的：外在的層次是由音韻、訓詁、名件、文體等因素構成的。〔註20〕對於文學解讀者來說，把握這個層次的構成及含義是必要的，這就是朱熹所說的：「看《詩》須並叶韻讀，便見得他語自整齊。又更略知葉韻所由來，甚善。」〔註21〕道理很簡單，因為如果沒有對作品的音韻等外在層次的構成及含義的瞭解，對作品內在蘊涵的解讀就無從進行。但是，朱熹認為，如果僅

〔註17〕黎靖德編《朱子語類》卷一百十四，第 2775 頁，中華書局 1986 年版。下引該書只注明卷數。
〔註18〕脫脫等撰《宋史》卷四百五十七，第 13432 頁，中華書局 1977 年版。
〔註19〕《朱子語類》卷一百十四。
〔註20〕《朱子語類》卷八十。
〔註21〕《朱子語類》卷八十。

僅停留在這個層次，又是很不夠的。因為在朱熹看來，文學解讀的目的並不在於弄清作品外層要素的構成及其表層的含義，而在於「入深處看」，〔註22〕去曉得「裏面曲折」，〔註23〕「識得他好底意思」，這其實就是作品借助文字音韻及其它藝術表現手法所暗示、所象徵的深層思想意蘊和審美意蘊，也即朱熹所說的文學作品的內在層次。由此可見，朱熹提出的是一種具有深度性的文本理解方法和模式。

為什麼朱熹要倡導這種深度的文學理解方法和模式呢？前面曾論及朱熹已經認識到這與文學作品特別是詩歌作品言近旨遠的表達方式、含蓄深邃的意境以及詩人所運用的比興、寄託、象徵等藝術表現手法有關。在這裡我們再結合北宋的黃庭堅曾經舉過兩個十分有趣的例子，來具體說明一下朱熹何以要提出深度的文學理解模式。據胡仔《漁隱叢話》前集卷三記載：

> 山谷云，陶淵明《責子》詩曰：「白髮批兩鬢，肌膚不復實。雖有五男兒，總不好紙筆：阿舒已二八，懶惰故無匹；阿宣行志學，而不愛文術；雍、端年十三，不識六與七；通子垂九齡，但覓梨與栗。天運苟如此，且進杯中物。」觀淵明此詩，想見其人慈祥戲謔可觀也。俗人便謂淵明諸子皆不慧，而淵明愁歎見於詩耳。

> 又云，杜子美詩：「陶潛避俗翁，未必能達道。觀其著詩篇，頗亦恨枯槁。達生豈是足，默識蓋不早。生子賢與愚，何其掛懷抱。」子美困頓於山川，蓋為不知者詬病，以為拙於生事，又往往譏議宗文宗武失學，故聊解嘲耳，其詩名曰《遣興》，可解也。俗人便為譏病淵明，所謂癡人前不得說夢也。〔註24〕

在這裡，黃庭堅把不能理解作品深層意蘊的解釋者稱之為「癡人」和「俗人」，這種僅僅滿足於初通文意而不曉得意思好處的文學解讀方法的乖謬與可笑於此可見一斑。明於此，我們也就不難理解，為什麼朱熹要極力倡導那種深度的文學解讀模式。

解讀者應該透過作品的表層而抵達作品的深層的文本理解方法和模式，在朱熹之前就已經有理論家提出過，如北宋的詩論家蘇軾《〈既醉〉備五福論〉》就提出著名的「深觀其意」說：「夫詩者，不可以言語求而得，必將深觀其意

〔註22〕 《朱子語類》卷一百十四。

〔註23〕 《朱子語類》卷八十。

〔註24〕 胡仔《漁隱叢話》，《景印文淵閣四庫全書》1480 冊第 60 頁，上海古籍出版社 1987 年影印本。

焉。」〔註25〕蘇軾所說的「不可言語求而得」,是說解讀者在接受和解讀詩歌作品的時候,不應該簡單地從詩句及其字面意義去探尋詩的本意,因為這樣是談不上對詩意的真正理解的。蘇軾所說的「以言語求」,其實就是朱熹所說的「隨文解義」,即僅僅瞭解作品語言文字所傳達的字面意義,對這種文本理解方法,他們都是反對的。而蘇軾所說的「深觀其意」與朱熹所說的「曉得意思好處」也是同一個意思,即要求讀者透過作品的字面意義去進一步把捉作品的深層意蘊。必須指出的是,對於解讀者怎樣才能「深觀其意」,蘇軾並未作進一步的理論說明,這個問題在朱熹手裏才最後得到解決,這就是朱熹提出的「涵泳」的文本理解方法與途徑。

二、「涵泳」──文本理解的具體途徑

　　「涵泳」這個概念首先是由宋代的道學家張載、二程等人提出的,但在他們那裏「涵泳」並不是一個純詩學的概念,而是一個道學的概念,試看以下幾例:

> 要見聖人,無如《論》、《孟》為要。《論》、《孟》二書於學者大足,只是須涵泳。(張載《經學理窟》)

> 學者須敬守此心,不可急迫,當栽培深厚,涵泳於其間,然後可以自得。但急迫求之,只是私己,終不可以達道。(《河南程氏遺書》)

> 為學不可以不讀書,而讀書之法又當熟讀深思,反覆涵泳,銖積寸累,久自見功。不惟理明,心亦自定。(清張伯行編《濂洛關閩書》)

在這裏,道學家們所說的「涵泳」看起來是指讀書的方法,其實他們並不是一般地談論讀書,而是側重指儒家主體通過閱讀儒學典籍來追求理想的人格境界時所進行的一種特有的心理活動:即從容平和地優游於儒學典籍的大澤深淵之中,通過對自身內在意念的體悟與審查來達到提升自己的人格境界和心靈境界的目的。

　　在朱熹手裏,「涵泳」則完全由道學的理論話語轉化為詩學的理論話語,我們看他如下的一段話:

〔註25〕《蘇軾文集》卷九十八,曾棗莊、舒大剛主編《三蘇全書》第十四冊第 130頁,語文出版社 2001 年版。

「倬彼雲漢」則「爲章於天」矣。「周王壽考」，則「何不作人」
乎？此等語言自有個血脈流通處，但涵泳久之，自然見得條暢浹洽，
不必多引外來道理言語，卻壅滯卻詩人活底意思也。周王既是壽考，
豈不作成人材？此事已自分明，更著個「倬彼雲漢，爲章於天」，喚
起來，便愈見活潑潑底。此六義所謂「興」也。「興」乃興起之義，
凡言「興」者，皆當以此例觀之。《易》以言不盡意而立象以盡意，
蓋亦如此。〔註26〕

朱熹在這裡所引的詩句出自《詩經・大雅・棫樸》的第四章，「周王壽考」的
意思是說周王長壽，「何不作人」的意思是說爲何不培養新人啊，這兩句詩的
原義是歌頌周王注重人材的培養。但原詩在這兩句之前卻又加上「倬彼雲漢，
爲章於天」兩句，意思是說天河十分廣大，就像鋪在天上的花紋一樣。原詩
是以廣大的天河成爲天上的花紋來引出所詠之辭，朱熹認爲這就是「立象以
盡意」的「興」，也正是由於有了這個「興」，《棫樸》這首詩才具有了活潑潑
的生命。既然詩的意象是一個活潑潑的生命整體，內部有著血脈流通，那麼，
詩的解讀者就應該沉潛到作品的深處，對作品做反覆的涵泳，唯其如此，他
才能把握這個活潑潑的意象和它內部的血脈流通，也才能最終感受、領悟到
作品的藝術眞髓。相反，如果用「外來道理」強行對作品進行純理性的分解，
就必然會扼殺作品活潑潑的生命，也無法眞正理解和把握作品深層的思想蘊
含和審美蘊含。朱熹在《詩集傳序》裏也表達了同樣的意思：「本之《二南》
以求其端，參之列國以儘其變，正之於《雅》以大其規，和之於《頌》以要
其止，此學詩之大旨也。於是乎章句以綱之，訓詁以紀之，諷詠以昌之，涵
濡以體之。」〔註27〕可見，在朱熹那裡，「涵泳」已經由一個道學概念轉化成
爲一個詩學概念，其基本含義是指解讀者沉潛到作品的深處，對詩的意象進
行整體的反覆的感受和體味，從而最終獲得對意象活潑潑的生命和作品深層
審美韻味的把握。

必須指出的是，朱熹對文學解讀理論的貢獻並不僅僅在於把「涵泳」由
道學概念提升爲詩學概念，而且還在於他把「涵泳」視爲解釋者對作品進行
解讀的有效途徑。縱觀朱熹的有關論述，他提出的作爲文本理解具體方法和
途徑的「涵泳」主要包含以下幾層意思：

〔註26〕朱熹《答何叔京》，《朱文公文集》卷四十，《四部叢刊初編》本第 678 頁，上
　　　海商務印書館縮印明刊本，1936 年版。
〔註27〕朱熹《詩集傳》第 2 頁，上海古籍出版社 1980 年新 1 版。

第一，「涵泳」是以虛靜的接受心境爲先決條件的。朱熹十分重視解讀者的接受心理和心境，一再強調解讀者應該虛心靜慮，「虛心平氣本文之下，打疊交空蕩蕩地。」〔註28〕「患學者不能平心和氣，從容諷詠，以求之情性之中耳。」〔註29〕他還說：

> 今人所以事事做得不好者，緣不識之故。只如箇詩，舉世之人盡命去奔做，只是無一個人做得成詩，他是不識，好底將做不好底，不好底將做好底。這箇只是心裏鬧不虛靜之故。不虛不靜，故不明，不明，故不識，若虛靜而明，便識好物事。雖百工技藝做得精者，也是他心虛理明，所以做得來精。心裏鬧如何見得！〔註30〕

朱熹所說的「虛心平氣」、「平心和氣」、「虛靜而明」云云，實質上是強調通過對無關的事物和無關的心理活動的排除來達到對作爲解讀對象的文學作品的凝神專注，從而形成一種最佳的審美心境和接受心境，這其實就是「涵泳」的開始。朱熹對「涵泳」初始階段的這種虛靜的審美接受心境的強調，無意中暗合了波蘭的美學家羅曼‧英伽登的「預備情緒」論。英伽登認爲，審美主體在審美活動展開之前通常會產生一種審美經驗的「預備情緒」，這種「預備情緒」的出現「首先中斷了關於周圍物質世界的事物中的『正常的』經驗和活動，在此之前吸引著我們，對我們十分重要的東西突然失去其重要性，變得無足輕重。我們會停止（雖然這停止可能是短暫的一瞬）正在進行的活動，因爲就是在這種活動過程中一種特質（它通常與一對象相聯繫）吸引了我們的注意力，喚起了我們的預備情緒。」〔註31〕不過，受我國傳統的思維方式的影響，朱熹對文學解讀者的這種審美經驗的「預備情緒」也即虛靜的審美心境和接受心境並未作煩瑣的純理性分析，而是憑著一種深刻的「直觀領悟」，〔註32〕覺察到這種心理轉換和心理準備對於審美的接受態度的獲得的重要性，並反覆加以強調。在朱熹看來，解讀者如果有了一個明淨澄澈、虛

〔註28〕朱熹《答呂子約》，《朱子文集》卷三，《叢書集成初編》本第96頁，上海商務印書館1936年版。
〔註29〕朱熹《答陳體仁》，《朱文公文集》卷三十七，《四部叢刊初編》本第607頁，上海商務印書館縮印明刊本，1936年版。
〔註30〕朱熹《清邃閣論詩》，郭紹虞、王文生《中國歷代文論選》第413頁，上海古籍出版社1979年版。
〔註31〕〔波〕羅曼‧英伽登《審美經驗與審美對象》，李普曼《當代美學》第291頁、295頁，光明日報出版社1986年版。
〔註32〕參見李澤厚《莊玄禪宗漫述》，《中國古代思想史論》，人民出版社1986年版。

靈不昧的精神空間，他的主體精神、性靈乃至審美潛能才有可能夠被激活，他也才有可能進入到作品所提供的藝術境界之中，與作品產生生命的交流與融會。

第二、「涵泳」的文本理解方法和途徑還包含著解讀者對作品有聲的「諷誦」和「熟讀」。如前所言，朱熹將文學作品分為「外面的皮殼」和「裏面的骨髓」兩個層次，前者是由音韻、文字、名物、文體等組成的，它處在作品的表層；後者是由前者所暗示的情趣和韻味，它處在作品的深層。文學作品的這種結構方式內在地決定了解讀者只能通過對作品表層的語言、文字以及音韻、節奏、聲調和韻律的「諷誦」和「熟讀」來最終獲得對作品深層的情趣和韻味的領悟和把捉。所以朱熹反覆強調「讀《詩》，惟是諷誦之功」，〔註33〕「大凡讀書，多在諷誦中見義理，況詩又全在諷誦之功。所謂清廟之瑟，一唱而三歎，一人唱之，三人和之，方有意思。又如今詩曲，若只讀過，也無意思，須是歌起來方見好處。」〔註34〕「當時解詩時，且讀本文四五十遍，已得六七分，卻看諸人說與我意如何，大綱都得之。又讀三四十遍，則道理流通自得矣。」〔註35〕為什麼讀《詩》需要諷誦？為什麼詩曲須是歌起來方見好處？又為什麼解詩須要反覆多遍地讀？就因為解讀者按照作品語言的節奏、聲調、韻律去高吟低唱，急諷慢誦，就可以在詠哦中逐漸體味和領悟作品深層的情趣和韻味，詠者之心與作者之心也就會猝然相遇而冥然契合。

第三、「涵泳」的過程實際上就是解讀者對作品進行審美體驗的過程。朱熹說：「讀書，須要切己體驗，不可只作文字看。」〔註36〕又說：讀詩「須是沉潛諷詠，玩味義理，咀嚼滋味，方有所益。」「看詩不須得著意去裏面訓解，但只平平地涵泳自好。」〔註37〕朱熹所說的「切己體驗」、「沉潛諷詠」和「平平地涵泳」，其實就是一種不同於邏輯思考的審美體驗，它強調的是解讀者全身心全人格地投入到作品所創設的藝術情境之中，並最終與作品傳達的情意達到相契與共通。朱熹還打過一個生動的比喻：「須是踏翻了船，通身在那水中，方看得出。」〔註38〕這個比喻再生動不過地說明了「涵泳」的體驗性特

〔註33〕《朱子語類》卷一百四。
〔註34〕《朱子語類》卷一百十四。
〔註35〕《朱子語類》卷八十。
〔註36〕《朱子語類》卷十一。
〔註37〕《朱子語類》卷八十。
〔註38〕《朱子語類》卷一百十四。

徵：解讀者只有全身心地沉潛到作品中，與作品打成一片，體察之，玩味之，
方能感受和領悟作品的妙處。

　　朱熹不僅強調了「涵泳」的體驗性特徵，而且對「涵泳」過程中經常出
現的那種解讀者與作品產生深度契合的體驗境界也進行了形象的描述：「須是
看得那物事有精神方好。若看得有精神，自是活動有意思，跳躑叫喚，自然
不知手之舞、足之蹈。」〔註39〕這顯然是一種極高的審美體驗境界，後來胡
應麟指出：「若爛讀上古歌謠及《三百篇》、兩漢諸作，溯其源流，得其意調，
一旦悟入，真有手舞足蹈、樂不可支者。」〔註40〕認為「詩則一悟之後，萬
象冥會，呻吟咳唾，動觸天真。」〔註41〕金聖歎也自述他讀《西廂記》「悄然
廢書而臥者三四日。此真活人於此可死，死人於此可活。悟人於此可迷，迷
人於此可悟。不知此日聖歎是死是活，是迷是悟，總之悄然一臥，至三四日，
不茶不飯，不言不語，如石沉海，如火滅盡。」〔註42〕他們所說的與朱熹是
同一個意思，都是對解讀者在對作品進行「涵泳」的過程中所達到的一種極
高的審美體驗境界的形象描述。羅曼‧英伽登對文學解讀過程中所出現的這
種審美體驗的境界也作過精當的分析，他認為這種境界「使我們產生一陣新
的強烈情緒，這種情緒現在真的成了一種快感，由眼前的景象所引起的喜悅
和安逸，———一陣『沉醉』———就像沉醉於濃鬱的花香中一樣。」〔註43〕很
顯然，朱熹等人所描述的解讀者在對文學本文進行理解的過程中所出現的這
種審美體驗的境界就是英伽登所分析的「強烈的情緒」。當解讀者消除了主體
自身的偏狹，全身心地沉浸、涵泳在作品所描繪的藝術境界之中並與之產生
相通與共契的時候，出現「手之舞、足之蹈」這種極端的喜悅便是必然的了。

　　有必要指出的是，朱熹提出的「涵泳」的文本理解方法和途徑與宋人追
求「平淡」、「自然」的詩歌風格有關。自從梅堯臣、歐陽修等人起來反對西
崑體、元白體之後，宋代詩壇逐漸形成一種新的詩學趣味，即梅堯臣提出的
「平淡」與蘇軾提出的「外枯中膏」和「枯澹」。具有這種趣味的詩歌作品表

〔註39〕《朱子語類》卷一百十四。
〔註40〕胡應麟《詩藪》內篇卷一，第14頁，上海古籍出版社1979年新1版。
〔註41〕胡應麟《詩藪‧內編》卷二，第25頁，上海古籍出版社1979年新1版。
〔註42〕金聖歎《貫華堂第六才子書〈西廂記〉》一本三折批語，《金聖歎全集》（三）
　　　　第68～69頁，江蘇古籍出版社1985年版。
〔註43〕〔波〕羅曼‧英伽登《審美經驗與審美對象》，李普曼《當代美學》第291頁、
　　　　295頁，光明日報出版社1986年版。

面上顯得樸實無華，似信手拈來，不經意而得之，而實際上卻內蘊深厚、意味綿長。既然宋代的詩學有這種傾向，這就相應地要求解讀者能夠在平淡中見奇崛，於枯槁中見膏腴。而要做到這一點，解讀者非沉潛到作品中去「涵泳」不可，唯其如此，他才能最終捕捉到作品無比幽深的情趣和韻味。

朱熹提出的「涵泳」的文本理解方法也給後世的文學理論批評家以直接的啓迪，如明末清初的理論家王夫之論及詩歌的接受時說：「從容涵泳，自然生其氣象」，〔註44〕清人沈德潛說：「讀詩者心平氣和，涵泳浸漬，則意味自出；不宜自立意見，勉強求合也。」〔註45〕方玉潤也說：「善讀《詩》者反覆涵泳而自有得於心焉。」〔註46〕他們都認爲解讀者應該沉潛到藝術作品當中，從容不迫地對作品進行反覆的體驗和和玩索，從而最終求得對作品深層的情趣和韻味的把捉，這與朱熹的思想完全一脈相承。

三、「興起」與「就《詩》」──文本理解的自由與限制

前面我們已經指出，朱熹提出的「涵泳」的文本理解方法的基本內容就是強調解讀者對文學作品做深入的體會和領悟，從而最終把握作品的整體韻味和深層蘊涵。但是，這只是問題的一個方面，如果朱熹只注重這一個方面，那他的文學解讀理論就無疑存在極大的片面性。道理很簡單，因爲文學讀解活動並非是單方面的對象性的闡釋活動，不是對本文「原意」的追索或還原，而是解讀者與解讀對象互爲揭示、相互生成的過程，是解讀主體能動參與的行爲。在文學解讀活動中，解讀者不僅要對解讀對象所包含的思想內容和審美蘊涵進行充分的體會和領悟，而且還要融進自己的人格、氣質、品性和思想，甚至還要對解讀對象進行能動的創造和發揮，去發現、再創出連作者本人在創作這一形象或意境時都還沒有意識到東西。朱熹深諳文學解讀的這一規律，他在提出以獲得對作品深層審美蘊含的理解和領會爲旨歸的「涵泳」的文本理解方式的同時，又對解讀者在文本理解活動中的主體地位和能動作用予以高度的重視，並賦予解讀者參與文學作品意義重建的權力，這主要體現在他對文本理解過程中「興」的作用的強調上：

〔註44〕王夫之《薑齋詩話》卷一，郭紹虞主編《四溟詩話·薑齋詩話》第140頁，人民文學出版社1961年版。
〔註45〕沈德潛《唐詩別裁》第3頁，中華書局1975年版。
〔註46〕方玉潤《詩經原始》卷一。

　　古人說：「詩可以興」，須是讀了有興起處，方是讀詩。若不能
興起，便不是讀詩。〔註47〕

很明顯，朱熹是把能否「興起」作爲衡量文本理解活動是否是眞正的文學活
動的根本標準。那麼，朱熹在這裡所強調的「興」到底是什麼意思呢？對於
「興」，儒家歷來有兩種解釋：一種釋「興」爲藝術表現手法，如漢儒所說的
「比者，比方於物也；興者，託物於事也。」〔註48〕朱熹在《詩集傳》裏也
解釋說：「興者，先言他物以引起所詠之詞也。」另一種則釋「興」爲讀者對
作品的感發作用。如朱熹就將《論語・陽貨》記載的孔子所說的「詩可以興」
之「興」解釋爲「感發志意」。〔註49〕對《泰伯》篇記載的孔子所說的「興於
詩」之「興」也解釋說：「興，起也。詩本性情，有邪有正，其爲言既易知，
而吟詠之間抑揚反覆，其感人又易入，故學者之初，所以興起其好善惡惡之
心而不能自己者，必於此而得之。」〔註50〕由此可見，朱熹對作爲藝術手法
的「興」和作爲讀者對作品感發作用的「興」這兩種涵義都有明確的認識。
但當朱熹把「興」作爲衡量文本理解活動是否是眞正的文學活動的標準的時
候，他所說的「興」則偏重於後一種涵義，即指解讀者對文學作品的感發和
聯想作用：「所謂詩可以興者，使人興起有所感發，有所懲創。」〔註51〕錢穆
先生曾經說過：「朱子治詩，主要在求能興，能感發人，此即文學功能也。」
〔註52〕這一評判應該說是切中朱熹文學解讀理論的肯綮的。

　　朱熹強調「讀詩要有興起處」，重視解讀者對作品的感發作用，明顯受到
孔門說詩的影響和啓發，我們可以通過孔門說詩的分析來窺探朱熹重文學解
讀感發作用之「興」的具體理論內容。《論語》記載有兩則解讀者對作品進行
感發的典型例子：

　　　　子貢曰：「貧而無諂，富而無驕，何如？」子曰：「可也，未若
　　貧而樂，富而好禮者也。」子貢曰：《詩》云：『如切如磋，如琢如
　　磨』其斯之謂與？」子曰：「賜也，始可與言詩已矣，告諸往而知來
　　者。」（《學而》）

<hr>

〔註47〕《朱子語類》卷八十。
〔註48〕鄭玄《周禮注》卷二十三，《十三經注疏》本，第796頁，上海古籍出版社1997
　　　　年版。
〔註49〕朱熹《四書集注》卷九，第214～215頁，嶽麓書社1986年版。
〔註50〕朱熹《四書集注》卷四，第132頁，嶽麓書社1986年版。
〔註51〕《朱子語類》卷八十。
〔註52〕錢穆《朱子之詩學》，《朱子新學案》第1274頁，巴蜀書社1986年版。

> 子夏問曰：「巧笑倩兮，美目盼兮，素以爲絢兮，何謂也？」子
> 曰：「繪事後素。」曰：「禮後乎？」子曰：「起予者商也，始可與言
> 詩已矣。」（《八佾》）

在這裡，子貢和子夏兩位學生對作品的理解所以受到他們的老師的高度贊許，就在於他們能於詩義有自己的感發和發明，能夠對詩句進行靈活的理解和運用，孔子論詩對解讀者在文本理解活動中的能動作用和創造精神的推崇和高揚於此可見一斑。而朱熹提出的「讀詩有興起處」之「興」，同樣也是對解讀者在文本理解活動中的能動作用的強調，它實際上表明朱熹對解讀者能動參與重建作品意義的權利的認可，表明他已經在相當的程度上給解讀者提供了自由的理解和解讀空間。朱熹曾經反覆說過：「解詩，多是類推得之」，〔註53〕「讀《詩》，只是將意思想像去看，不如他書字字要捉縛教定。《詩》意只是疊疊推上去，因一事上有一事。」〔註54〕他所說的「類推」、「想像」云云，其實就是解讀者對文本理解之「興起」的同義語，核心意思是強調解讀者應該結合自己的生活經歷、藝術經驗和情感體驗對解讀對象進行創造性的感受、理解和發揮，從而參與作品意義世界的生成和重建。朱熹認爲對作品文本的理解「須是看那縫罅處，方尋得道理透徹。若不見得縫罅，無由入得，看見縫罅時，脈絡自開。」〔註55〕他還借陳君舉的話來表達自己的意見：「陳君舉說《春秋》云：『須先看聖人所不書處，方見所書之義。』」〔註56〕在這裡，朱熹不僅重申了解讀者對作品進行積極主動的感發聯想、參與作品意義建構的理論觀點，而且還把作品的「藝術空白」（朱熹所謂「縫罅處」、「不書處」）作爲解讀者展開自己的感發聯想的起點，這種認識是十分深刻的，因爲正是由於創作者在作品中留下了藝術空白，解讀者相應地才有了發揮主觀能動性和創造性的藝術空間，他們也才能對作品進行自由的感發聯想，從而參與作品意義的重建。

但必須指出的是，儘管朱熹主張解讀者應該對作品進行自由的感發聯想，高揚解讀主體在文學解讀活動中的能動作用和創造精神，但他並沒有走極端，把解讀者對文本的理解視爲不受作品任何約束的主體性活動。恰恰相

〔註53〕《朱子語類》卷八十一。
〔註54〕《朱子語類》卷八十。
〔註55〕《朱子語類》卷一百十五。
〔註56〕《朱子語類》卷八十。

反，朱熹認爲解讀者對作品文本的理解和感發應該受到作品本文客觀內涵的制約，而不應該像天馬行空那樣無所依傍。所以他說：讀者讀詩應該「就詩上理會意思」，「若但即其詩之本文而各以其一說反覆讀之，則其訓義之顯晦疏密，意味之厚薄淺深，可以不待考證而判然於胸中矣。此又讀《詩》之間要直訣，學者不可不知也。」〔註 57〕他還打比喻說，讀詩「如入人城郭，須是逐街坊里巷，屋廬臺樹，車馬人物，一一看過，方是。」〔註 58〕在朱熹看來，《詩經》乃至整個文學作品的意義就蘊含在作品的本文之中，它有著自身的客觀規定性，儘管解讀者可以據此展開自己的感發和聯想，但這種感發和聯想必須建立在對作品本文客觀內涵充分佔有的基礎之上，並且在作品客觀內涵所允許的範圍之內進行。

　　基於這種認識，朱熹對那種不顧作品本文客觀內涵實際的隨意性的文本理解行爲提出了尖銳的批評，認爲他們對作品的解讀「多是心下先有一個意思了，即將他人說話來說自家底意思，其有不合者，則穿鑿之使合。」〔註 59〕朱熹還結合自己解讀《詩經》的親身經歷來說明文學解讀活動只有摒棄了穿鑿附會和主觀隨意性，才有可能正確地把握作品的思想意蘊和審美意蘊：「某向作詩解文字，初用《小序》。至解不行處，亦曲爲之說。後來覺得不安。第二次解者，雖存《小序》，間爲辨破，然終是不解詩人本意。後來方知只盡去《小序》，便自可通。於是盡滌舊說，詩意方活。」又說：「及去了《小序》，只玩味詩詞，卻又覺得道理貫徹。」〔註 60〕朱熹解讀《詩經》由信奉《小序》到廢棄《小序》，個中原因固然很多，但其中最根本的因素還是《小序》動輒牽入君臣父子、以倫理教化說詩。因此，這種脫離作品本文的客觀內涵，以「外來道理」任意地宰割作品的解讀方法，是不可能正確把握作品的思想蘊含和審美蘊含的。而朱熹正是由於徹底摒棄了《小序》所採用的那種牽強附會的解讀方法，所以他才能把《詩經》眞正當作文學作品來理解、來解讀，也才能最終發現《風》詩「多出於里巷歌謠之作，所謂男女相與詠歌，各言其情者也」的本來面目。〔註 61〕

〔註 57〕周卜商撰、朱熹辨說《詩序》，《景印文淵閣四庫全書》69 冊第 37～38 頁，上海古籍出版社 1987 年影印本。
〔註 58〕《朱子語類》卷八十。
〔註 59〕《朱子語類》卷十一。
〔註 60〕《朱子語類》卷八十。
〔註 61〕朱熹《詩集傳》第 2 頁，上海古籍出版社 1980 年 2 月新 1 版。

　　總起來看，朱熹提出了文本理解的深度模式和「涵泳」的文本理解方法，並對文學解讀的自由與限制的關係有辯證的理解，朱熹的文本理解理論在中國古代詩學解釋學的理論發展史上有相當重要的地位，值得加以認眞的清理和總結。

第三節　「自得」——解釋者自由理解的實現

　　「自得」是中國古代詩學解釋學還提出第三種文本理解方式。「自得」一詞最早見於孟子的著作。《孟子・離婁下》云：「君子深造之以道，欲其自得之也。自得之，則居之安；居之安，則資之深；資之深，則取之左右逢其原。故君子欲其自得之也。」孟子所說的「自得」意指君子通過自省其身而在心靈上達到與「道」（實爲儒家倫理道德）相契合的境界。後來宋儒對孟子的「自得」說進一步加以發揮，如朱熹這樣闡發孟子的「自得」說：「言君子務於深造而必以其道者，欲有所持循，以俟夫默識心通，自然而得之於己也。」又引二程注云：「學不言而自得者，乃自得也。有安排布置者，皆非自得也。然必潛心積慮、優游饜飫於其間，然後可以有得。若急迫求之，則是私己而已，終不足以得之也。」〔註62〕張載亦云：「聞見之善者，謂之學則可，謂之道則不可。須是自求於己，能尋見義理，則自有旨趣，自得之則居之安矣。」（《經學理窟》）由此可見，在宋儒那裡，「自得」說除了保持孟子認爲達「道」須反諸內心而勿須旁求的理論本義之外，更加高揚爲學爲道者的獨立精神和主體意識以及在得道過程中優游平和的自覺自由心態。但眞正將「自得」由儒學話語提升爲詩學話語的是清代的詩論家王夫之，他在詩學解釋學範圍內明確提出了「自得」的文本理解方式，對讀者在文本理解活動中的主體地位和能動作用以及解讀者的自由理解與作品客觀內涵限制之間的辯證關係作了深入的理論探討和具體的理論規定，進一步發展和豐富了中國古代詩學解釋學，因此本節集中對王夫之提出的「自得」的文本理解方式進行分析和總結。

一、「自得」的詩學解釋學意蘊

　　王夫之提出的「自得」的文本理解方式首要的一個方面就是對解讀者在

〔註62〕《孟子集注・離婁章句下》，朱熹《四書集注》第 365 頁，嶽麓書社 1986 年版。

文本理解活動中主體地位的重視和強調，這集中體現在他在對「詩可以興，可以觀，可以群，可以怨」的傳統命題所作的具有創造性的闡釋和發揮上：

> 「詩可以興，可以觀，可以群，可以怨」，盡矣。……「可以」云者，隨所以而皆可也。於所興而可觀，其興也深；於所觀而可興，其觀也審；以其群者而怨，怨愈不忘；以其怨者而群，群乃益摯。出於四情之外，以生起四情；遊於四情之中，情無所室。作者用一致之思，讀者各以其情而自得。……人情之遊也無涯，而各以其情遇，斯所貴於有詩。〔註63〕

王夫之對儒家傳統的「興觀群怨」說所作出的創造性的闡釋和發揮其意義到底在那裡呢？學術界普遍認為在於他打破了將「興觀群怨」四者割裂開來的傳統看法而以「興、觀、群、怨四者的聯繫、轉化論詩」。〔註64〕這種意見是很有見地的，因為王夫之明確地對經學家將「興觀群怨」機械地割裂開來的做法提出過尖銳的批評意見：「經生家析《鹿鳴》、《嘉魚》為群，《柏舟》、《小弁》為怨，小人一往之喜怒耳，何足以言詩？」〔註65〕但我們現在要進一步追問的是，王夫之為什麼能夠突破經學家的傳統成見而以興觀群怨四者的聯繫、轉化論詩？在我看來，最關鍵的是王夫之把解讀者納入理論考察的視野之內，對解讀者在詩歌文本理解活動中的主體地位和能動作用予以高度的重視，這就是他在上引這段話裏所提出的「讀者各以其情而自得」的理論命題。當然，從一般的意義上看，儒家傳統的「興觀群怨」說並非完全無視讀者，也不是完全不重視文學的社會效果和讀者的反應。但是，必須指出的是，它所關注的主要是文學作品對讀者產生了怎樣的「作用」和「影響」，以及讀者應該如何「接受」文學作品對他們的作用和影響。所以從這個意義上看，在儒家傳統的「興觀群怨」說那裡，讀者實際上仍然處於被支配的從屬地位，文學活動的中心仍然還在作家和作品方面。但是王夫之提出的「自得」的理論命題就不同了，它實際上把解讀者置於文學活動的主體地位，允許和承認解讀者根據自己的感受和理解來闡釋和評價作品的權力。因此，從這個意義上看，王夫之提出的「自得」說就決不是一時的感興之言，而是一個表達他

〔註63〕 王夫之《薑齋詩話·詩譯》「二」條，郭紹虞主編《四溟詩話·薑齋詩話》第139～140頁，人民文學出版社1961年版。

〔註64〕 戴洪森《薑齋詩話箋注》第8頁，人民文學出版社1981年版。

〔註65〕 王夫之《薑齋詩話·夕堂永日緒論內編》「一」條，郭紹虞主編《四溟詩話·薑齋詩話》第145～146頁，人民文學出版社1961年版。

有關文本理解思想和理解方式的重要理論命題。在我看來，「自得」作爲王夫
之提出的一種文本理解方式和命題，其基本含義就是指解讀者在文本理解過
程中，可以不必囿於以某詩爲「興」某詩爲「觀」的成見，而應該根據自己
的情緒心態來自由地感受和觸摸作品，從而對作品的思想蘊涵和審美蘊涵作
出自己的領悟和理解，王夫之舉了兩個例子來證明他的這一理論命題：

> 故《關雎》，興也；康王晏朝，而即爲冰鑒。「訏謨定命，遠猷
> 辰告」，觀也；謝安欣賞，而增其遐心。〔註66〕

本來，按《毛詩序》的看法，《關雎》是一首通過起興來頌美「后妃之德」的
詩歌，但是齊、魯、韓三家詩卻認爲是對周康王的晏朝荒政進行諷諫和規勸
之作，這說明「於所興而可觀」。「訏謨」句則見於《大雅・抑》，其本義是客
觀敘述統治者將國家的政策法令隨時召告天下的事情而讀者由此可以考見政
治得失，所以王夫之稱之爲「觀也」。但東晉的謝安卻稱賞此句「偏有雅人深
致」，可以用來增其遐心，這則說明「於所觀而可興」。在王夫之看來，解讀
者對於文學作品而言，並不完全是一個被動的存在，恰恰相反，他們的文本
理解活動是一種主體性的能動的參與行爲。「出於四情之外，以生起四情；遊
於四情之中，情無所窒。」文本理解活動就是這樣一種解讀者與作品本文之
間相互溝通、遇合、觸發與逗引的過程，它決不像人們以往所理解得那樣簡
單，是解讀者被動接受作品「影響」的過程。

爲什麼同一首詩，有的解讀者認爲「可以興」，而有的解讀者又認爲「可
以觀」呢？在王夫之看來，這是由於不同的解讀者在思想性格、生活經驗、
審美情趣等方面存在著差異，這也就是他所說的「人情之遊也無涯」。所以面
對同一首詩，解讀者欣賞和接受的側重點可能不完全相同，所引起的想像、
聯想和共鳴也不會完全一樣，在思想上獲得的感受和啟示也會有相當的差
異，這也就是王夫之所說的「各以其情遇」。

王夫之提出的「自得」的文本理解方式還包含有更深一層的要義：解讀
者對作品的闡釋和發揮是詩歌意義和價值得以最後實現的一個重要環節。他
說：

> 其情眞者，其言惻，其志婉者，其意悲，則不期白其懷來，而
> 依慕君父，怨悱合離之意致自溢出而莫圉。故爲文即事，順理詮定，

〔註66〕王夫之《薑齋詩話・詩譯》「二」條，郭紹虞主編《四溟詩話・薑齋詩話》第
140頁，人民文學出版社1961年版。

> 不取形似尕戾之說，亦令讀者泳失以遇於意言之表，得其低徊沉鬱
> 之心焉。〔註67〕

在王夫之看來，高明的詩作者並不用包括議論在內的明言之理將自己的懷抱直接宣露出來，因爲「議論入詩，自成背戾。」〔註68〕眞正懂得藝術規律的詩人常常是在對眞情實感的敘寫之中（「爲文即事」）自然含蓄地融入社會人生之理（「順理詮定」），而讀者自能在對作品的涵泳玩索中透過言意之表去最終領悟作品所傳達的深刻蘊義。所以王夫之實際上是在強調，只有當解讀者積極主動地介入並作出創造性的理解和闡釋之後，一篇作品的意義才能最終完成，他的這種觀點無疑具有深刻的解釋學思想意蘊。

二、「自得」的解釋學閾限

　　儘管王夫之提出的「自得」的文本理解方式高揚解解讀者在文本理解過程中的主體地位和能動作用，賦予解讀者參與作品意義構成的權力，但是他並沒有走極端，把解讀者的作用誇大到不適當的地步。而是認爲，解讀者的「自得」歸根到底要受到作品客觀內涵的制約和影響，解讀者對作品的感受、理解和創造性的發揮總是要受到作品的限制，而不是絕對的自由的。

　　王夫之在對嵇康的「聲無哀樂」論的批評中表達了這一思想。嵇康「聲無哀樂」論的一個基本觀點就是認爲哀樂的情感本來就藏在人們的內心，只不過因爲音樂和聲的觸發而表現出來，因而音樂本身與哀樂的情感無關。嵇康曾以人們在聽哀、樂性質不同的樂曲的時候並未改變自己原有的情感這種現象爲例來證明他的理論觀點：「夫殊方異俗，歌哭不同；使錯而用之，或聞哭而歌，或聽歌而感。然而哀樂之情均也。今用均之情，而發萬殊之聲，斯非聲音之無常哉？」〔註69〕王夫之則認爲，嵇康所舉的例子只是反映了音樂接受和理解活動中「事與物不相稱，物與情不相準」這種特殊的情況，而多數情況下並不是這個樣子，因此不應該由此而否認聽者的情感反映與音樂的情感內涵之間的因果聯繫。在王夫之看來，如果像嵇康那樣完全否定音樂本身蘊涵的情感內容，否定音樂的情感內涵與聽者的情感反映之間的內在聯

〔註67〕王夫之《楚辭通釋》卷二，第25頁，上海人民出版社1975年版。
〔註68〕王夫之《古詩評選》卷四張載《招隱》評語，文化藝術出版社1997年版。
〔註69〕嵇康《聲無哀樂論》，《嵇中散集》卷五，《景印文淵閣四庫全書》1063 冊第357頁，上海古籍出版社1987年影印本。

繫，那就好像「雲移日蔽，而疑日之無固明也」。所以他得出結論：「然則『淮水』之樂，其音自樂，聽其聲者自悲，兩無相與，而樂不見功，樂奚害於其心之憂，憂奚害於其樂之和哉？……故君子之貴夫樂也，非貴其中出也，貴其外動而生中也。」這也就是說，音樂的接受和理解是主、客體之間的相互聯繫的運動，哀樂之情的產生也是主客體相互作用的結果，它並非完全出自聽者的內心而與音樂無關。說得具體一些，聽者在接受和欣賞音樂的過程中所以會產生哀樂之情，是因為首先是蘊涵著哀樂之情的音樂打動了聽者（「外動」），然後才引發聽者相應的情感和情緒（「生中」）。總之，在王夫之看來，音樂接受和理解活動中解聽者的「自得」是要受到音樂本身的情感內涵的制約和影響的，那種以為聽者可以「坦任其情，而忽於物理之貞勝」，〔註70〕即把自己的感情任意地強加在音樂作品之上的做法是完全錯誤的。

　　如果說王夫之以上所論還限於音樂的接受和理解的話，那麼，在更多的時候，他則著重探討了有關作品文本理解的問題。他在評論前人的詩作時說：「蓋意伏象外，隨所至而與俱流。雖令尋行墨者不測其緒，要非如蘇子瞻所云：『行雲流水，初無定質』也。維有定質，故可無定文。〔註71〕王夫之認為，真正優秀的作品，其思想意蘊並不是用語言形象直接呈現給讀者的，而是借助比興、象徵等方式暗示出來的，所以對於解讀者來說，是「意伏象外」，它有待於解讀者發揮自己的主觀能動性，調動想像、聯想的心理功能對之進行創造性的填補和充實。因此，對於具有「意伏象外」特點的作品，那些蹩腳的缺乏創造力和想像力的「尋行墨者」感到「不測其緒」就是十分自然的了。當然，這只是問題的一個方面，問題還有另一個方面，那就是：儘管文學作品的思想意蘊往往「意伏象外」，難以捕捉，但並不等於說它是無法把握的。恰恰相反，它在「無定文」的表面現象之下暗藏著「有定質」。這個「定質」是什麼呢？王夫之認為就是「情」，他在許多地方講到作為文學作品「定質」的這個「情」字：

　　　　《十九首》該情一切，群怨俱宜，詩教良然，不以言著。〔註72〕

　　　　古之為詩者，原立於博通四達之途，以一性一情周人情物理之
　　變，而得其妙，是故學焉而所益者無涯也。〔註73〕

〔註70〕以上引文均見王夫之《詩廣傳》卷三《小雅》「四四」條，第100頁，中華書局1964年版。
〔註71〕王夫之《古詩評選》卷一《秋胡行》評語，文化藝術出版社1997年版。
〔註72〕王夫之《古詩評選》卷四《古詩十九首》評語，文化藝術出版社1997年版。
〔註73〕王夫之《四書訓義》卷二十一，《船山全書》第七冊，第915頁，嶽麓書社2011

在王夫之看來，眞正優秀的作品可能直接敘寫的是詩人自己獨特的情緒感受，但是他並不僅僅停留在這一己的情感和情緒之上，而是要藉此傳達出人類普遍的情感和情緒，如王夫之所說的「以一性一情周人情物理之變」和「該情一切」，這也就是作品的「定質」。這是從文學作品的內在構成上看的，如果再從表現形態上看，文學作品的「定質」則又有另一種特點：「古人於此，乍一尋之，如蝶無定宿，亦無定飛，乃往復百歧，總爲情止，卷舒獨立，情依以生。」〔註74〕這也就是說，儘管詩人在作品中運用的表現方式和手法多種多樣、千變萬化，就像蝴蝶沒有固定的住所和明確的飛行方向一樣，但所有這一切，都是爲了傳達和表現詩人的情感，即王夫之所說的「總爲情止」。由此可見，作爲作品「定質」的情感是貫穿於作品的始終的。也正是由於這一點王夫之才強調，在文本理解的過程中，解讀者的「自得」並不意味著可以天馬行空、獨往獨來，而是應該牢牢抓住文學作品的「定質」，在作品所表現的情感、情緒的閾限內作出自己的理解和發揮。他在一篇文章中曾記述了自己的一段經歷：

> 嘗記庚午除夜，兄（王介之）侍先妣拜影堂後，獨行步廊下，悲詠「長安一片月」之詩，宛轉歔欷，流涕被面。夫之幼而愚，不知所謂。及後思之，孺慕之情，同於思婦，當起必發，有不自知者存也。〔註75〕

李白的《子夜吳歌》本來寫的是思婦對於征戍的丈夫的懷念，而王夫之的兄長卻借這首詩來抒發自己對於去世的母親的哀思，這看起來似乎離開了原作的思想意蘊，王夫之所以起初感到不可理解，就因爲他是從這個角度來考慮的。及至後來他終於明白：「孺慕之情，同於思婦，當其必發，有不自知者存也。」這即是說，儘管李白寫的是「思婦之情」，而王夫之的兄長藉以表達的卻是「孺慕之情」，在具體的情感內涵上二者有相當的差異，但在基本的情感指向上二者又是完全相通的，他們都表達的是「孤棲憶遠之情」。〔註76〕所以從這個意義上看，王夫之的兄長結合自己的生活經歷和思想感情對李白的《子

年版。

〔註74〕王夫之《古詩評選》卷四李陵《與蘇武詩三首》評語，文化藝術出版社 1997 年版。

〔註75〕王夫之《薑齋先生詩文集》卷二《石崖先生傳略》，《四部叢刊初編》本第 9 頁，上海商務印書館 1936 年版。

〔註76〕王夫之《薑齋詩話》卷二《夕堂永日緒論內編》，郭紹虞主編《四溟詩話・薑齋詩話》第 150 頁，人民文學出版社 1961 年版。

夜吳歌》所作的創造性的理解和發揮，並沒有違背原作基本的情感指向，這樣的「讀者以情自得」自然要受到王夫之的肯定。

然而在中國古代的詩歌解釋活動中，存在著一種片面誇大甚至濫用解讀者權力的傾向，這就是某些說詩人所熱衷的「索隱」的解釋方法。這種「索隱」解釋方法的最大的誤區就是千篇一律地以政治諷喻的代碼來肢解文學作品，「把一篇篇作品分割成許多獨立的符碼單元，把一個興象、一個喻體等價地置換成一個政治客體、政治意念」。〔註77〕如唐代大詩人王維的《終南山》，全詩以絢爛的色彩和細膩的筆觸描繪出終南山磅礴雄渾的氣勢和朦朧迷幻的神韻，這明顯是一首「模山範水」之作，然而卻有說詩者認爲此詩「皆譏時宰」，並竭力從詩中尋求政治諷喻的微言大義：「『太乙近天都，連山接海隅』，言勢位盤據朝野也。『白雲回望合，青靄入看無』，言徒有表而無內也。『分野中峰變，陰晴眾壑殊』，言恩澤偏也。『欲投人住宿，隔水問樵夫』，言畏禍深也。」〔註78〕又如謝靈運《登池上樓》詩中的「池塘生春草，園柳變鳴禽」兩句，曾被元好問譽爲「萬古千秋五字新」，然而卻有人作出這樣的解說：「池塘者，泉川瀦溉之地；今日生春草，是王澤竭也。『豳風』所記，一蟲鳴則一候變；今日變鳴禽者，候將變也。」〔註79〕像這樣完全離開作品的客觀思想內涵而用政治諷喻的方法對作品進行恣意的曲解，必然要把文學理解和闡釋活動引入歧途。王夫之對這種刻意尋求政治隱射的解釋方法提出了尖銳的批評：「右丞《終南山》非有所爲豈可不以此詠終南也？宋人不知比賦，句句爲之牽合，乃章淳一派舞文陷人機智。謝客『池塘生春草』是何等語，亦坐以譏刺，瞎盡古今人眼孔，除眞有眼人迎眸不亂耳。」王夫之還結合對杜甫《野望》這首詩的分析進一步表明了他對以尋求政治影射爲務的「索隱」解釋方法的批評態度：「如此作（案指杜甫的《野望》）自是野望絕佳寫景詩，只詠得現量分明，則以之怡神，以之寄怨，無所不可，方是攝興觀群怨於一爐錘，爲風雅之合調。俗目不知，見其有葉落、日沈、獨鶴、昏鴉之語，輒妄臆其有國君危、賢人隱、姦邪盛之意。審爾則何處更有杜陵邪！」〔註80〕這樣一

〔註77〕王先霈《圓形批評論》第87頁，華中師範大學出版社1994年版。

〔註78〕阮閱《詩話總龜·前集》卷六，《景印文淵閣四庫全書》1478冊第373頁，上海古籍出版社1987年影印本。

〔註79〕見陳應行《詠窗雜錄》，轉引自黃節《謝康樂詩注》第36頁，人民文學出版社1958年版。

〔註80〕以上所引見王夫之《唐詩評選》卷三杜甫《野望》評語，文化藝術出版社1997

來，王夫之就把他自己提出的「自得」的文本理解方式與尋求政治影射的「索隱」解釋方法徹底劃清了界限。按照王夫之提出的理論原則，解讀者對文學作品的接受和理解就要像他對杜甫的《野望》所做的那樣，完全摒棄一味在作品中尋求政治諷喻代碼的「索隱」解釋方法，而從作品本身提供的藝術形象入手，然後在此基礎上調動自己的生活經驗和藝術經驗，發揮藝術想像和再創造的功能，從而對作品作出正確的理解和把握，這就是王夫之提出的「自得」的文本理解方式的全部理論要義之所在。

三、「自得」的實現條件

王夫之提出的「自得」的文本理解方式不僅是對解讀者在文本理解活動中主體地位的肯定和張揚，而且也是對解讀者能夠創造性地理解和解讀作品所達到的極高境界的一種理論規定。因此，解讀者在文本理解的過程中要眞正地做到「自得」，還必須具有一定的條件，王夫之從主觀和客觀兩個方面對此作了很好的說明。

從客觀條件方面看，王夫之認爲作爲理解對象的詩歌作品必須具有深沉豐贍的思想蘊涵，因爲只有這樣的作品才經的起解讀者反覆的咀嚼和揣摩，才能引發解讀者無盡的聯想和多重的理解，也才能眞正使解讀者做到「自得」。王夫之曾提出「詩無達志」的命題：「只平敘去，可以廣通諸情。故曰：詩無達志。」〔註81〕所謂「詩無達志」，其實就是說詩的意蘊具有某種豐富性、多義性和未定性，不應該也不可能用某一種固定的意義去限定它，這實際上就爲解讀者在文本理解活動能夠有所「自得」提供了一個客觀的基礎。王夫之在闡釋一些詩歌的時候常常讚揚那些好詩「寬於用意」，〔註82〕「絕不欲關人意」，〔註83〕「寄意在有無之間」，〔註84〕「無託者，正可令人有託也」，〔註85〕就是強調詩歌思想蘊涵的這種豐富性、多義性和未定性的特點。詩歌作品

年版。
〔註81〕王夫之《唐詩評選》卷四楊巨源《長安春遊》評語，文化藝術出版社1997年版。
〔註82〕王夫之《唐詩評選》卷四杜甫《九月藍田宴崔氏莊》評語，文化藝術出版社1997年版。
〔註83〕王夫之《明詩評選》卷四石寶《秋夜》評語，文化藝術出版社1997年版。
〔註84〕王夫之《古詩評選》卷五江淹《效阮公詩》評語，文化藝術出版社1997年版。
〔註85〕王夫之《明詩評選》卷八袁宏道《柳枝》評語，文化藝術出版社1997年版。

如果具有了這個特點，就可以「廣通諸情」，自然引發解讀者的多重感受；而從解讀者方面來說，則可以情「自得」，對作品作出帶有自己個性特徵的理解。梁簡文帝蕭綱有一首《春江曲》:「客行只念路，相爭渡京口。誰知堤上人，拭淚空搖手。」這首小詩以對比的手法敘寫詩人在春江邊的見聞及感受：一邊是行色匆匆竟相爭渡的過客，一邊則是搖手拭淚的旁觀者。這幅春江即景是如實地傳達詩人一時的審美感興，還是要表現詩人對於人生的大徹大悟？看來這兩種蘊義都有，王夫之就明確的持這種看法，他說：

> 偶爾得此，虧他好手寫出。情眞事眞，斯可博譬廣引。古今名
> 利場中一往迷情，俱以此當清夜鐘聲也。〔註86〕

在王夫之看來，梁簡文帝的這首小詩表面上寫的僅僅是詩人對渡口的瞬間感受，似乎沒有什麼深義，但由於它傳達的「眞」情和「眞」事在思想蘊涵上帶有某種寬泛性，這就給解讀者留下了「博譬廣引」的巨大空間，比如解讀者就可以把這首詩作爲向那些在名利場中迷戀忘返的人們敲響的夜半警鐘，應該說王夫之的這一理解是符合作品的實際的。與此相反，對於那些思想蘊涵單薄、言盡意窮、不能引發解讀者無盡想像和思索的作品，王夫之則明確地持否定態度。我們看他對漢代和魏晉以後無題古詩的評價：

> 魏晉以下人，詩不著題則不知所謂，倘知所謂則一往意盡。唯
> 漢人不然。如此詩（案指「桔柚垂花實」）一行入比，反覆傾倒，文
> 外隱而文內自顯，可抒獨思，可授眾感。鮑照、李白間庶幾焉，遂
> 擅俊逸之稱。〔註87〕

爲什麼王夫之對漢詩和魏晉以下的詩褒貶不同，就因爲前者內涵豐富，意蘊無窮，儘管它抒發的是一己的感受（「抒獨思」），但卻可以引發眾多解讀者多重的想像和思索（「授眾感」），解讀者可以眞正做到「自得」；而後者則由於缺乏蘊涵讓人一覽無餘（「一往意盡」），不能給解讀者以更多的啓發和思考，在這樣的作品面前，恐怕再高明的解讀者也無法做到「自得」。

解讀者在文本理解的過程中要眞正做到「自得」，除了要求作爲解釋客體的文學作品應該具有深沉豐贍的思想蘊涵以外，作爲解釋主體的解讀者自身也應該具備相當的文學素養和條件，王夫之對此主要強調了兩個方面：

其一，解讀者應該具有藝術的同感力。王夫之所說的藝術的同感力，實

〔註86〕王夫之《古詩評選》卷三簡文帝《春江曲》評語，文化藝術出版社 1997 年版。
〔註87〕王夫之《古詩評選》卷四《古詩四首》評語，文化藝術出版社 1997 年版。

際上就是解讀者在文本理解的過程中能夠設身處地的把自己置身於詩人當時境會，去全身心全人格地感受、體驗和把捉詩人情感和意緒的能力。王夫之認爲，只有這樣才是「以詩解詩」，而不是「以學究之陋解詩」。〔註88〕他在另外的地方表達了同樣的觀點：「陶冶性情，別有風旨，不可以典冊、簡牘、訓詁之學與焉也」。〔註89〕王夫之還結合詩歌文本理解的實際來具體說明這一點：

> 「欲投人處宿，隔水問樵夫。」則山之遼廓荒遠可知，與上六句初無異致，且得賓主分明，非獨頭意識懸相描摹也。「親朋無一字，老病有孤舟。」自然是登岳陽樓詩。嘗試設身作杜陵，憑軒遠望觀，則心目中二語，居然出現，此亦情中景也。〔註90〕

在王夫之看來，所引王維和杜甫的詩句都是詩人在某種現實情境的自然感發中產生的，因此解讀者只有化身爲詩人進入到作品所描繪的藝術情境之中並設身處地進行審美體驗，作品所描繪的藝術形象和藝術情境才能生動鮮活地浮現出來，解讀者也才能在此基礎上進一步作出自己的理解和解釋。

　　其二，解讀者還應該具有藝術的想像力。詩歌創作需要想像，這是中國古代詩論家的共識，王夫之也持同樣的態度，如他用「善於取影」來稱讚王昌齡的《少年行》，就是因爲這首詩比較好地運用了藝術想像。〔註91〕但王夫之也同樣強調解讀者在詩歌文本理解活動中需要藝術想像，他在對《詩經・小雅・出車》的評論中表達了這一思想：

> 「春日遲遲，卉木萋萋；倉庚喈喈，采蘩祁祁。執訊獲醜，薄言還歸。赫赫南仲，玁狁于夷。」其妙正在此。訓詁家不能領悟，謂婦方采蘩而見歸師，旨趣索然矣。建旌旗，舉矛戟，車馬喧闐，凱樂競奏之下，倉庚何能不驚飛，而尚聞其喈喈？六師在道，雖曰無憂，采蘩之婦亦何事暴面於三軍之側邪？征人歸矣，度其婦方采

〔註88〕王夫之《薑齋詩話・詩譯》「一〇」條，郭紹虞主編《四溟詩話・薑齋詩話》第142頁，人民文學出版社1961年版。

〔註89〕王夫之《薑齋詩話・詩譯》「一」條，郭紹虞主編《四溟詩話・薑齋詩話》第139頁，人民文學出版社1961年版。

〔註90〕王夫之《薑齋詩話・夕堂永日緒論・內編》「十五」條，郭紹虞主編《四溟詩話・薑齋詩話》第150頁，人民文學出版社1961年版。

〔註91〕王夫之《薑齋詩話・詩譯》「五」條，郭紹虞主編《四溟詩話・薑齋詩話》第140～141頁，人民文學出版社1961年版。案王昌齡《少年行》，《萬首唐人絕句》及《全唐詩》詩題均作《青樓曲》。

繫，而聞歸師之凱旋。故遲遲之日，萋萋之草，鳥鳴之和，皆為助喜。而南仲之功，震於閨閣，室家之欣喜，遙想其然，而征人之意得可知矣。乃以此而稱南仲，又影中取影，曲盡人情之極至者也。

〔註92〕

王夫之的這段議論是針對訓詁家的有關解說而發的，如孔穎達《毛詩正義》在解釋此詩時，一會兒說「此序其歸來之事，陳戍卒之辭」，把此詩看作是以出征將士的口吻對凱旋歸來場面所進行的實寫；一會兒又覺得與「赫赫南仲」一語相牴牾，所以又說：「赫赫南仲，則非將帥自言也。」〔註93〕這樣一來，一首本來蘊涵無盡的情趣和意味的佳作，卻被肢解得支離破碎、前後矛盾、索然寡味，這顯然是解讀者缺乏藝術想像力、全然「以典冊、簡牘、訓詁之學與焉」所帶來的惡果。王夫之對《出車》詩的解讀所以能給人以耳目一新的感覺，就在於他在遵循生活邏輯和藝術邏輯的基礎上充分發揮了藝術的想像力。王夫之認為，這首詩並沒有實寫歸師凱旋的熱烈場面，也沒有正面去寫戍歸的丈夫與妻子相聚時欣喜若狂的情景，而是把征夫渴望團聚的那種期盼之情融化在想像和聯想之中：征夫在歸途中「遙想」妻子即將面臨凱旋場面的欣喜心情，「赫赫南仲」更是征夫想像妻子為自己的赫赫戰功而歡欣鼓舞的境況。如果說《出車》一詩把征夫與妻子兩情相依的實景化為想像中的虛景從而為解讀者留下一個可以進行再創造的藝術空間就是王夫之所說的「取影」的話，那麼王夫之作為高明的解讀者充分調動自己的想像力和聯想力對作品作出富有審美情趣的解說我們亦可以稱之為「影中取影」。毫無疑問，像王夫之這樣細緻入微地體貼作品、充分挖掘作品所蘊涵的審美旨趣，真正做到「自得」，沒有「影中取影」即藝術想像的能力是不可思議的。

〔註92〕同上書第 141 頁。
〔註93〕鄭玄箋、孔穎達等正義《毛詩正義》卷九，《十三經注疏》本，第 415～416 頁，上海古籍出版社 1987 年影印本。

第三章　中國古代詩學解釋學的
　　　　　詩性闡釋方式

　　在第二章我們曾經論及，西方當代哲學解釋學比傳統解釋學更注重理解、解釋和應用之間的內在聯繫和統一性。基於這一認識，那些解釋學大師們往往把解釋視爲理解的展開和發展，如海德格爾就明確指出：「領會（即理解——引者注）的籌劃活動具有造就自身的本已可能性。我們把領會的造就自身的活動稱爲解釋。領會在解釋中有所領會地佔有它所領會的東西。領會在解釋中並不成爲別的東西，而是成爲它自身。」〔註1〕利科爾也說：「理解產生、伴隨、完結著解釋，因而也包容著解釋。解釋反過來又以分析展開的方式發展推進著理解。」〔註2〕西方當代哲學解釋學上述有關解釋是理解的發展和展開的思想是相當深刻的，因爲它的確抓住了解釋活動的本質。但是，當西方當代一些文學批評家理論家把西方當代哲學解釋學的上述思想運用到文學研究領域的時候，西方長於理性分析的邏輯思辨傳統的弊端又一次顯露出來：他們在對文學作品進行「具體化」的理解和解釋的時候，往往熱衷於對解釋者的審美感知覺經驗、作品的意義乃至整個文本理解過程作純理性的解析，結果反把原本包孕著無限審美愉悅和審美心理奧秘的文學理解和解釋活動變成了一個由語言和邏輯分析所籠罩的世界，從而最終使文學理解和解

〔註1〕〔德〕海德格爾著，陳嘉映、王慶節譯《存在與時間》第 181 頁，三聯書店
　　　　1988 年版。
〔註2〕〔德〕利科爾《解釋理論》，轉引自殷鼎《理解的命運》第 105 頁，三聯書店
　　　　1988 年版。

釋活動失卻其活潑潑的生命而成爲一種僵死的存在。〔註3〕

中國古代詩學解釋學很早就開始了對於文學作品意義和意味的理解和解釋，但是卻走著一條與西方闡釋學截然不同的路子：它始終把作品意味的品鑒看得高於作品意義的闡釋，它在此基礎上提出的「象喻」、「摘句」和「論詩詩」等富有詩性特質的闡釋方式，與作爲解釋對象的詩性文本有著更爲內在的契合，它從直觀感悟角度對作品整體風神韻味的玩賞和把捉，在內容的豐富性、生動性和精微性上，都遠勝於西方闡釋學那種細密繁瑣的純理性解說。「象喻」、「摘句」和「論詩詩」等富有東方特色的闡釋方式，同樣是中國古代詩學解釋學提出的能夠充分顯示民族文化特色的極爲重要的理論成果，本章試對這三種闡釋方式作出初步的分析和探討。

第一節 「象喻」的詩性闡釋方式

中國古代的解釋者面對詩性文本的時候，也必然存在一個如何將解釋者的理解展開，也即西方解釋學所說的「具體化」的解釋的問題。但中國古代詩學解釋學並不認同西方解釋學家所說的「理解是沉默的，解釋是極盡嘮叨」的理論觀點，而是極富智慧地選擇「象喻」這種帶有相當「沉默」意味的方式來傳達解釋者對詩性文本的審美感受和審美理解。這裡所說的「象喻」的詩性闡釋方式具體地說就是指中國古代詩學解釋活動中大量運用的「以象喻詩」和「以境喻詩」的闡釋方式，而其中最基本最普遍的就是「以象喻詩」的文本闡釋方式的運用。

一、「象喻」的產生及發展

關於中國古代詩學解釋學提出的「象喻」的闡釋方式，早已引起眾多學者的注意，如羅根澤稱之爲「比喻的品題」，郭紹虞稱之爲「象徵的批評」，葉嘉瑩稱之爲「意象化的喻示」，張伯偉則稱之爲「意象批評」。〔註4〕不過這

〔註3〕 參見姚斯對波德萊爾《煩厭》的分析（姚斯·霍拉勃《接受美學與接受理論》第187～229頁。遼寧人民出版社1987年版）。儘管姚斯這樣做的目的是爲了闡明文本理解和解釋活動中解讀者「視野的嬗變」，即從初級的審美感覺閱讀的視野到二級的反思性的解釋閱讀視野再到三級的歷史的閱讀這樣一個完整的「視野嬗變」的過程，但長達40頁的純邏輯分析也確乎讓人感到「煩厭」。

〔註4〕 參見張伯偉《中國古代文學批評方法研究》第196頁，中華書局2002年版。

些稱謂的不同，並不表明「象喻」這種文本闡釋方式沒有一個基本的理論內涵，而只是說明研究者所取的視角不同罷了。在我看來，由於這種闡釋方式並不是解釋者對「形象」或「意象」的簡單擇取，而是用「形象」或「意象」來比喻和象徵解釋者對作品的整體的直覺體驗和審美感悟，其中的比喻和象徵具有重要的意義，因此特以「象喻」來命名中國古代詩學解釋學提出的這種詩性的文本闡釋方式。

　　「象喻」的闡釋方式產生於六朝，此期眾多的文學鑒賞家和批評家們普遍借用自然和生活中各種美的事物來傳達他們對於文學作品進行識鑒品評的結果，如：

　　　　孫興公云：「潘文爛若披錦，無處不善；陸文若排沙簡金，往往見寶。」（《世說新語‧文學》）

　　　　沈約稱謝朓詩曰：「好詩圓美流轉如彈丸。」（《南史‧王曇首傳》）〔註5〕

　　　　延年嘗問鮑己與靈運優劣。照曰：「謝五言如初發芙蓉，自然可愛；君詩如鋪錦列繡，亦雕繢滿眼。」（《南史‧顏延之傳》）〔註6〕

　　　　潘安仁之為文也，猶翔禽之羽毛，衣被之綃縠，猶淺於陸機（李充《翰林論》）〔註7〕

其他如曹植《王仲宣誄》稱讚王粲「文若春華，思若泉湧」〔註8〕，鍾嶸《詩品》引謝混所云：「潘詩爛若舒錦，無處不佳；陸文如披沙簡金，往往見寶。」又引湯惠休語：「謝詩如芙蓉出水，顏如錯彩鏤金。」這些評語並不是直接對作品作出理性的分析和評價，而是用「象喻」的方式給讀者描繪出一幅幅構象新奇、詩意盎然的畫面，讓人們通過聯想和想像去體會作品的情趣和韻味，並使讀者在一種審美的愉悅當中自然了悟闡釋者所要表達的觀點和態度，這就是「象喻」這種詩性的闡釋方式的基本特點之所在。

　　在齊梁時期，不光是詩歌批評著作，謝赫的《古畫品錄》和袁昂的《古今書評》等繪畫和書法批評著作也都採用「象喻」的闡釋方式，以動植物或自然、社會現象為喻來解釋和評判書畫作品。如袁昂的《古今書評》評王右

〔註5〕李延壽《南史》卷二十二，第609頁，中華書局1975年版。
〔註6〕李延壽《南史》卷三十四，第881頁，中華書局1975年版。
〔註7〕嚴可均校輯《全上古三代秦漢三國六朝文》第1767頁，中華書局1958年版。
〔註8〕蕭統編、李善注《文選》卷五十六，第779頁，中華書局1977年版。

軍書云：「王右軍書如謝家子弟，縱復不端正者，爽爽有一種風氣。」評蕭子雲書云：「蕭子雲書如上林春花，遠近瞻望，無出不發。」評崔子玉書云：「崔子玉書如危峰阻日，孤松一枝，有絕望之意。」〔註9〕這說明，採用「象喻」的方式已成為當時文本闡釋的一種普遍風氣。不過，相對而言，部分書畫品評對於「象喻」方式的運用，無論是在作為喻體的自然形象的提煉上還是在論旨的傳達上，與詩歌文本闡釋相比還有相當的差距。如袁昂的《古今書評》中就有這樣一些評語：「袁崧書如深山道士，見人便欲退縮」，「曹喜書如經論道人，言不可絕」，「梁鵠書如太祖忘寢，觀之喪目。」〔註10〕這些評語可謂言盡意絕，遠沒有像詩歌品評那樣達到玄遠自然、意趣超逸的程度。

不過比較起來，在當時的詩學解釋學著作中，對「象喻」的闡釋方式運用得最好的當數鍾嶸的《詩品》，正是鍾嶸《詩品》的品評實踐才使「象喻」的方式正式定型為傳達批評家對作品的審美感受和審美理解的一種闡釋方式。試看下面幾例：

陳思之於文章也，譬人倫之有周、孔，鱗羽之有龍鳳，音樂之有琴笙，女工之有黼黻。（「上品·曹植」條）

然名章迥句，處處間起；麗典新聲，絡繹奔會。猶譬青松之拔灌木，白玉之映塵沙，未足貶其高潔也。（「上品·謝靈運」條）

余常言：陸才如海，潘才如江。（「上品·潘岳」條）

范詩清便婉轉，如流風回雪；丘詩點綴映媚，似落花依草。（「中品·范雲、丘遲」條）〔註11〕

鍾嶸的高明之處就在於：他善於精心選擇和提煉一些生動具體、含蓄雋永的自然美意象和形象來喻示解釋對象的內在風神和整體韻味，同時又借這些意象和形象委婉含蓄地傳達出解釋者對解釋對象整體的審美感受和審美理解。這樣一來，這些比喻象徵性的意象和形象在誘發讀者審美聯想和想像、給讀者以審美的享受的同時，其自身也顯示出濃鬱的詩意。

魏晉之後的唐代是中國歷史上詩歌創作高度繁榮的時代，受其影響，當

〔註 9〕袁昂《古今書評》，葉朗主編《中國歷代美學文庫·魏晉南北朝卷》（下）第46頁，高等教育出版社 1998 年版。

〔註10〕袁昂《古今書評》，葉朗主編《中國歷代美學文庫·魏晉南北朝卷》（下）第46～47頁，高等教育出版社 1998 年版。

〔註11〕鍾嶸《詩品》，何文煥《歷代詩話》（上），中華書局 1981 年版。

時的詩歌批評在「象喻」方式的運用上也有了新的發展，這主要表現在兩個
方面：第一，是「博喻」的闡釋方式的運用，〔註12〕這使得當時文學品評的
氣勢顯得更爲恢弘，甚至達到鋪張揚厲、令人目眩的程度。如研究者經常引
證的《舊唐書·楊炯傳》載張說對唐代作家的闡釋與品評：

> 　　李嶠、崔融、薛稷、宋之問之文，如良金美玉，無施不可。富
> 嘉謨之文，如孤峰絕岸，壁立萬仞，濃雲鬱興，震雷俱發，誠可畏
> 也，若施於廊廟，則駭矣。閻朝隱之文，如麗服靚妝，燕歌趙舞，
> 觀者忘疲，若類之《風》、《雅》，則罪人矣。……韓休之文，如太羹
> 旨酒，雅有典則，而薄於滋味。許景先之文，如豐肌膩理，雖穠華
> 可愛，而微少風骨。張九齡之文，如輕縑素練，實濟時用，而微窘
> 邊幅。王翰之文，如瓊杯玉斝，雖爛然可珍，而多有玷缺。〔註13〕

張說精心選擇一些生動具體、含蓄雋永的自然美的形象來喻示品評對象的藝
術風貌，在「象喻」方法的運用上與魏晉時期的文學品評完全一樣，所不同
的是張說把對本朝多位作家作品的「象喻」式品評連接在一起，這就使他的
解釋話語具有了更爲恢弘的氣勢。又如杜牧《太常寺奉禮郎李賀歌詩集序》
對李賀詩歌的品評：

> 　　雲煙綿聯，不足爲其態也；水之迢迢，不足爲其情也；春之盎
> 盎，不足爲其和也；秋之明潔，不足爲其格也；風檣陣馬，不足爲
> 其勇也；瓦棺篆鼎，不足爲其古也；時花美女內，不足爲其色也；
> 荒國陊殿，梗莽邱壟，不足爲其恨怨悲愁也；鯨呿鼇擲，牛鬼蛇神，
> 不足爲其虛荒誕幻也。〔註14〕

讀杜牧的這段評語，我們明顯感到，他對「象喻」方法的運用在張說的基礎
上又有了新的發展，他是以令人眼花繚亂的眾多意象從多個角度多個側面來
集中喻示一位作家作品的藝術風貌，這不僅顯示了唐代詩學解釋學話語通常
具有的鋪張揚厲的宏闊氣勢，也反映了唐代詩學解釋學話語鮮明的詩性特
徵：唐代的詩歌闡釋者與批評家們往往把對詩性文本的理解、解釋與創作合
二爲一，把解釋對象的藝術風貌作爲自己創作的表現對象，對詩性文本的理

〔註12〕這裡採用張伯偉的說法，參見張伯偉《中國古代文學品評方法三論》，《文獻》
　　　　1990年第1期。
〔註13〕劉昫等《舊唐書》卷一百九十，第5004頁，中華書局1975年版。
〔註14〕董誥等《全唐文》卷七五三，第7807頁，中華書局1983年版。

解和解釋竟然成了可以充分發揮批評者想像力和創造力並灌注批評家生命激情的方式。還有《全唐文》卷八二〇載吳融對陸龜蒙文的解說，也採用了類似的文本闡釋方式：

> 大風吹海，海波淪漣，涵爲子文，無隅無邊；長松倚雪，枯枝半折，挺爲子文，直上巔絕；風下霜晴，寒鐘自聲，發爲子文，鏗鏦杳清；武陵深闃，川長晝白，間爲子文，渺茫岑寂；豕突禽狂，其來莫當，雲沈鳥沒，其去倏忽；膩若凝脂，軟於無骨；霏漠漠，澹涓涓，春融冶，秋鮮妍，觸即碎，潭下月，拭不滅，玉上煙。〔註15〕

唐代詩學解釋學對「象喻」的闡釋方式的新發展還有第二個方面，這就是晚唐著名的詩學解釋學家司空圖首創的「境界描述」的闡釋方式。羅宗強先生曾對此評價說：「用境界描述的方法說明一種詩歌風格類型，說明它的境界的多層次的特點，是司空圖的創造」，〔註16〕這是很有見地的。從根本上看，司空圖所創造的「境界描述」的闡釋方式仍然還是一種「象喻」，因爲它仍然遵循用解釋者精心營構之「象」來比喻和象徵詩歌整體風神這一基本規律，但它卻是一種更高層次的「象喻」：因爲它不是以某一個或多個精心提煉的意象或者形象來比擬和喻示具體的解釋對象的整體藝術特徵和藝術風貌，而是精心營造出一種含蓄蘊藉餘味無窮的藝術境界來比喻和象徵詩歌的某種風格類型，這就使「象喻」的闡釋方式具有了更爲濃鬱的詩性特徵。〔註17〕試看司空圖對「纖穠」的詩歌風格的境界描述：

> 采采流水，蓬蓬遠春。窈窕深谷，時見美人。
>
> 碧桃滿樹，風日水濱。柳陰路曲，流鶯比鄰。〔註18〕

這裡展示給讀者的是兩個基調基本類似的境界。第一個境界爲：明麗的秋水，茂盛的春天，四野綠草如茵，到處充滿生機，給人以鮮明的色彩感和蓬勃的生命感。接著轉入幽靜的春的山谷，美人在春光澹蕩中時而出現，萬綠叢中綴以豔色，於色彩鮮明、生機盎然之中，又渲染一種細膩的美。第二個境界

〔註15〕 董誥等《全唐文》卷八二０，第8644頁，中華書局1983年版。
〔註16〕 羅宗強《隋唐五代文學思想史》第420頁，上海古籍出版社1986年版。
〔註17〕 許印芳《二十四詩品跋》評價司空圖的《二十四詩品》「比物取象，目擊道存」，孫聯奎《詩品臆說自序》也指出司空圖《二十四詩品》「意主摩神取象」的特點。參加郭紹虞《詩品集解》第72～73頁，人民文學出版社1963年版。
〔註18〕 司空圖《詩品》，引自郭紹虞《詩品集解》，人民文學出版社版1963年版。

爲：和風拂袖，水波明媚，碧桃垂枝，柳蔭鶯啼。這個境界同樣給人以色彩
鮮明、生機盎然、明媚細膩的感覺。〔註 19〕司空圖就是以這樣兩個基調基本
相似的境界來喻示和象徵「纖穠」的詩歌風格，所以讀司空圖的這段文字，
讀者與其說是接受解釋者的某種理論觀念和理論解說，還不如說是在欣賞和
體味一首清新雋永、韻味無窮的詩歌。司空圖的《詩品》對二十四種不同詩
歌風格類型的闡釋，無一例外都是採用了這種極富詩意的境界描述的方式，
從而將「象喻」這種詩性言說方式提升到一個新的境界。不妨再舉幾例：

> 素處以默，妙機其微。飲之太和，獨鶴與飛。
>
> 猶之惠風，荏苒在衣。閱音修簧，美曰載歸。——《沖淡》
>
> 玉壺買春，賞雨茆屋。坐中佳士，左右修竹。
>
> 白雲初晴，幽鳥相逐。眠琴綠陰，上有飛瀑。
>
> 落花無言，人淡如菊。書之歲華，其曰可讀。——《典雅》
>
> 天風浪浪，海山蒼蒼。眞力彌漫，萬象在旁。
>
> 前招三辰，後引鳳凰。曉策六鼇，濯足扶桑。——《豪放》
>
> 空潭瀉春，古鏡照神。體素儲潔，乘月返眞。
>
> 載瞻星氣，載歌幽人。流水今日，明月前身。——《洗練》

由於司空圖用「境界描述」的解釋方式來喻示各種不同類型的詩歌風格，這
就使得本來只可意會、難以言傳的「沖淡」、「典雅」、「豪放」、「洗練」等有
關詩歌風格的理論概念顯得十分具體、形象，並且富有詩意、耐人尋味，這
正是司空圖創造的「境界描述」的闡釋方式的優長之所在。

　　唐代以後，批評家對「象喻」方式的運用基本上承繼唐代的餘緒，如宋
人敖陶孫的《臞翁詩評》對魏晉唐宋的二十多家詩人不同詩風的闡釋：

> 魏武帝如幽燕老將，氣韻沉雄。曹子建如三河少年，風流自賞。
> 鮑明遠如餓鷹獨出，奇矯無前。謝康樂如東海揚帆，風日流麗。陶
> 彭澤如絳雲在霄，舒卷自如。王右丞如秋水芙蓉，倚風自笑。韋蘇
> 州如園客獨繭，暗合音徽，孟浩然如洞庭始波，木葉微脫。杜牧之
> 如銅丸走阪，駿馬注坡。白樂天如山東父老課農桑，言言皆實。元
> 微之如龜年說天寶逸事，貌悴而神不傷。劉夢得如鏤冰雕瓊，流光

〔註19〕此處採用了羅宗強先生的解釋，參見《隋唐五代文學思想史》第 421～422 頁，
　　　　上海古籍出版社 1986 年版。

自照。李太白如劉安雞犬，遺響白雲，覈其歸存，恍無定處。韓退之如囊沙背水，惟韓信獨能。李長吉如武帝食露槃，無補多欲。孟東野如埋泉斷劍，臥壑寒松。張籍如優工行鄉飲，酬獻秩如，時有談氣。柳子厚如高秋獨眺，霽晚孤吹。李義山如百寶流蘇，千絲鐵網，綺密瑰妍，要非適用。本朝蘇東坡如屈注天潢，倒連滄海，變眩百怪，終歸雄渾。歐公如四瑚八璉，止可施之宗廟。荊公如鄧艾縋兵入蜀，要以險絕為功。山谷入陶弘景祗詔如宮，析理談玄，而松風之夢故在。梅聖俞如關河放溜，瞬息無聲。秦少游如時女步春，終傷婉弱。後山如九皋獨唳，深林孤芳，沖寂自妍，不求識賞。韓子蒼如梨園按樂，排比得倫。呂居仁如散聖安禪，自能奇逸。〔註20〕

又如明人謝榛《四溟詩話》卷三對初、盛唐諸家詩風的闡釋：

熟讀初唐、盛唐諸家所作，有雄渾如大海奔濤，秀拔如孤峰峭壁，壯麗如層樓疊閣，古雅如瑤瑟朱弦，老健如朔漠橫鵰，清逸如九皋鳴鶴，明淨如亂山積雪，高遠如長空片雲，芳潤如露蕙春蘭，奇絕如鯨波蜃氣，此見諸家所養之不同也。〔註21〕

再如清代的姚鼐以自然和社會中的各種形象來喻示陽剛和陰柔的文學風格：

鼐聞天地之道，陰陽剛柔而已。問者，天地之精英，而陰陽剛柔之發也。惟聖人之言，統二氣之會而不偏，然而《易》、《詩》、《書》、《論語》所載，亦間有可以剛柔分類。值其時其人，失語之體各有宜也。自諸子而降，其為文無弗有偏者，其得於陽與剛之美者，則其文如霆，如電，如長風之出谷，如叢山峻崖，如決大川，如奔騏驥；其光也，如杲日，如火，如金鏐；其於人也，如馮高視遠，如君而朝萬眾，如鼓萬勇士而戰之。其得於陰與柔之美者，則其文如升初日，如清風，如雲，如霞，如煙，如幽林曲澗，如淪，如漾，如珠玉之輝，如鴻鵠之鳴而入寥廓；其於人也，漻乎其如歎，邈乎其如有思，暖乎其如喜，愀乎其如悲。觀其文，諷其音，則為文者之性情形狀舉以殊焉。〔註22〕

〔註20〕楊慎《升菴詩話》卷八引，《歷代詩話續編》第 790～791 頁，中華書局 1983 年版。

〔註21〕謝榛《四溟詩話》第 69 頁，人民文學出版社 1961 年版。

〔註22〕姚鼐《惜抱軒文集》卷六，《四部叢刊初編縮本》第 46 頁，上海商務印書館 1936 年版。

敖陶孫、謝榛和姚鼐等人的評語擬象恢弘，鋪張揚厲，在氣勢的宏闊上絲毫不比唐代的批評家遜色。由此可見，唐代以後的詩學解釋學在「象喻」這種闡釋方式的運用上與他們的前輩完全是一脈相承的。

還應指出的是，唐代以後的詩學解釋學在「象喻」方式的運用上也出現過若干新的變化和新的特點，如一些解釋者往往借用佛經形象來傳達對某種詩風的體悟，其中比較著名的是宋代嚴羽的《滄浪詩話》。如他評李白、杜甫的詩歌創作爲「金翅擘海，香象渡河」。其中「金翅擘海」語出《華嚴經》，以喻李、杜的「筆力雄健」；「香象渡河」語出《傳燈錄》，以喻李、杜「氣象渾厚」的詩風。又如《滄浪詩話》中「羚羊掛角，無迹可求」的喻象，也爲佛經中的常喻，嚴羽借用來強調詩歌的審美情感和理智不具形迹、空靈飄渺的特點；至於嚴羽連用「空中之音，相中之色，水中之月，鏡中之象」這四個佛典喻象，則更是爲了強調詩中景象虛幻無常，不能證實，只能妙悟，不可言傳的審美特徵。應該說，像嚴羽這樣廣借佛經形象來喻示詩歌的審美特質，還是有助於加深人們對詩的本質特徵的認識和把握的。

當然，在詩學解釋學的發展史上，「象喻」的詩性闡釋方式也曾受到不少人的抨擊。如唐代的孫過庭指責它「多涉浮華，莫不外狀其形，心迷其理，今之所撰，亦無取焉。」（《書譜》）宋人米芾認爲它「徵引迂遠，比況奇巧」，「去法逾遠，無益學者」。（《海嶽名言》）清人賀貽孫對此深致不滿：「亦多誇詞，不盡與作者痛癢相關。」（《詩筏》）葉燮對此也持批評態度：「夫自湯惠休以『初日芙蓉』擬謝詩，後世評詩者祖其語意，動以某人詩如某某，或人、或神仙、或事、或動植物，造爲工麗之辭，而以某某人之詩一一分而如之。泛而不符，縟而不切，未嘗會於心，格於物，徒取以爲談資，與某某之詩何與？」（《原詩》）當代著名學者錢鍾書先生也指出傳統的「象喻」的解釋方式和批評方式間或有「徒事排比」、「理不勝詞」的毛病。〔註23〕應該說，這些批評不是沒有道理的，因爲唐以後「象喻」的闡釋方式在實際的運用方面，的確出現過賣弄才華、堆砌辭藻和「徒事排比」、「理不勝詞」的不良傾向，如錢鍾書先生所舉僧鸞《贈李粲秀才》即是典型的一例：

〔註23〕 錢鍾書《談藝錄・長吉詩境》（補訂本）云：「牧之序昌谷詩，自『風檣陣馬』以至『牛鬼蛇神』數語，皆貼切無溢美之詞。若上文云：『雲煙綿聯，不足爲其態；水之迢迢，不足爲其情；春之盎盎，不足爲其和；秋之明潔，不足爲其格。』則徒事排比，非復實錄矣。長吉詞詭調激，色濃藻密，豈『迢迢』、『盎盎』、『明潔』之比。」《談藝錄》第47頁，中華書局1984年版。

大郊遠闊空無邊，凝明淡綠收餘煙，曠懷相對景何限，落日亂峰青倚天。又驚大船帆高懸，行濤劈浪淩飛仙，回首瞥見五千仞，撲下香爐瀑布泉。駿如健鶻鶚與鵰，挐雲獵野翻重霄，狐狸竄伏不敢動，郤下雙鳴當迅飈。愁如湘靈哭湘浦，咽咽哀音隔雲霧，九嶷深翠轉巍峨，仙骨寒消不知處。清同野客敲越甌，丁當急響涵清秋，鶯雛相引叫未定，霜結夜闌仍在樓。高若太空露雲物，片白激青皆彷彿，仙鶴閒從淨碧飛，巨鼇頭戴蓬萊出。〔註24〕

僧鸞用「象喻」的方式分析和評價李粲的詩作，儘管看起來也給人目眩的感覺，但比起唐人的巧比妙喻和想像的豐富奇幻，就相差甚遠了，而且喻體與喻旨之間也缺乏必然的聯繫。但這只能看作是解釋者對「象喻」方式運用得不當，而不能視爲「象喻」方式本身的毛病。所以從理論總體上看，中國古代詩學解釋學提出的「象喻」的闡釋方式仍然有其獨特的意義和價值，應該加以認眞的清理和總結，而決不應該籠統地予以否定。

二、「象喻」的詩性特徵

首先，由於「象喻」的闡釋方式是解釋者用基於仰觀俯視天地自然的內心營構之象（即形象或意象）來傳達對於解釋對象的整體的審美理解和審美體驗，像這樣以藝術的方式來闡釋藝術，就避免了純邏輯的分析對解釋對象的內在生命的肢解和扼殺，從而最大限度地保全了審美經驗的完整性。〔註25〕

為什麼中國古代詩學解釋學要採取「象喻」也即藝術的方式來闡釋藝術呢？這無疑源於古代理論家們對中國詩歌審美特質的深刻認識。因爲在他們看來，中國古典詩歌通常是以某種有意味的形式（如詩中的比興、隱喻、象徵等）來傳達對歷史、人生和宇宙的深沉體驗的，因而它必然呈現出一種特殊的樣態。對中國古典詩歌的這種特殊的樣態，嚴羽稱之爲「不涉理路，不落言筌」，「羚羊掛角，無迹可求」，「瑩澈玲瓏，不可湊泊」。〔註26〕葉燮則進

〔註24〕 錢鍾書《談藝錄》（補訂本）第 370 頁，中華書局 1984 年版。

〔註25〕 張伯偉先生認爲「意象批評」（即「以象喻詩」）「具有審美經驗完整性的特點。它是批評家對於作品風格的整體把握，是在作品的實際體驗中所得到的完整印象，是想像力對於理性的投射。因此這種用意象的語言所傳達的經驗就不是理性的分析所可以取代的。」此說極有見地。參見張伯偉《中國古代文學批評方法研究》第 271 頁，中華書局 2002 年版。

〔註26〕 嚴羽《滄浪詩話・詩辨》。

一步概括爲「含蓄無垠，思致微妙，其寄託在可言不可言之間，其指歸在可解不可解之會，言在此而意在彼，泯端倪而離形象，絕議論而窮思維，引人入冥漠恍惚之中」。〔註27〕顯然，對於具有含蓄朦朧、恍惚悠渺、不受道理言語障蔽特點的中國古典詩歌，解釋者如果硬用分肌擘理的邏輯方法只能是割裂它、肢解它，而且解之愈細，離之愈遠，最後像西方解釋學所做的那樣使解釋對象失卻其活潑潑的生命而成爲一種僵死的語言堆積。正是基於對中國古典詩歌含蓄蘊籍、富於暗示、只可意會不可言傳的特點的深刻認識和把握，中國古代詩學解釋學有意識地摒棄了概念性的分解活動，而採用「象喻」這種極富創造性和暗示性的文本闡釋方式來傳達解釋者對於作品風神韻味的心靈體驗和整體把握。我們看六朝的理論家、批評家們以「彈丸」比喻謝朓詩作的圓美流轉，以「初發芙蓉」暗示謝靈運作品的自然可愛，以「鋪錦列繡」喻示鮑照詩作的雕繪滿眼，以「流風回雪」象徵范云詩風的清便婉轉；晚唐司空圖《二十四詩品》以「天風海浪，海山蒼蒼」比喻「豪放」的境界開闊，以「飮之太和，獨鶴與飛」暗示「沖淡」的自然閒適，以「落花無言，人淡如菊」喻示「典雅」的端莊高逸，以「古潭瀉春，古鏡照神」象徵「洗練」的明澈純淨。解釋者在仰觀俯視基礎上準確捕捉和精心營構的這些鮮明生動、含蓄雋永的自然美的形象和意境是對解釋對象的整體風格與特色的一種直觀的呈現，一種藝術的呈現，這種審美經驗完整性的詩學解釋學效果顯然是任何概念性分析和說明都無法做到的。

其次，由於「象喻」的闡釋方式不是採用語言和邏輯分析的方式，而是以藝術意象和形象的方式來寄寓解釋者對解釋對象的審美理解和審美體驗，因此它主要就不是作用於理智的分析判斷，而是訴之於直覺、想像和體驗。這樣一來，「象喻」的闡釋方式就給解讀者留下了無比廣闊的藝術再創造空間和詩學解釋學空間，讀者可以在結合自己的生活經驗和經歷的基礎上，充分調動想像、聯想和情感體驗等諸種心理功能，對作品作出創造性的理解和解釋。葉維廉在討論中國古典詩歌的意象問題時曾經指出：「孟詩和大部分的唐詩中的意象，在一種互立並存的空間關係之下，形成一種氣氛，一種環境，一種只喚起某種感受但不加以說明的境界，任讀者移入、出現，作一瞬間的停駐，然後溶入境中，並參與完成這強烈感受的一瞬之美感經驗。中國詩中的意象往往就是以具體的物象（即所謂實境）捕捉這一瞬的原

〔註27〕葉燮《原詩》。

形。」〔註28〕其實，葉維廉先生的話也完全可以用來說明「象喻」的詩性闡釋方式給讀者帶來的審美效應，例如鍾嶸和司空圖等人的那些高度簡練、形象優美的「品題」，正是用精心營構的各種含蓄蘊藉、意味深長的意象和意境來喚起讀者對作品所具有的那種非概念所能確定的朦朧飄忽的風格之美的感受，這種特有的解釋方式不僅使中國古代的詩學解釋學話語有效地規避了過多的概念分析和邏輯論證而顯得更具形象性和審美性，而且也更容易激起讀者豐富的美感聯想和藝術再創造的願望。

最後，「象喻」的闡釋方式雖然主要採用非邏輯的形象喻示的直覺方式來喚起讀者對作品內在風神和整體韻味的審美感受和體驗，但它又不與理性判斷完全絕緣。有論者因為「象喻」的闡釋方式比較看重對於審美對象的瞬間直覺就以為它具有很大的隨意性甚至缺乏理性，這是不符合實際的。「象喻」的詩性闡釋方式其實是有理性參與其中的，這主要表現在兩個方面：其一，「象喻」所用之「象」都是解釋者在對天地自然的俯仰觀察之後經過選擇提煉而精心營構而成的，而解釋者用某種內心營構之象來喻示解釋對象的某種風格特色，從思維方式上看，這無疑屬於類比思維。儘管如維柯所說，人類早期的這種類比思維由於「必須用最具體的感性意象」〔註29〕即所謂想像性的「類概念」來抽象出同類事物的共同特徵，因而此種類化意象由於內涵和外延的不確定也就必然具有模糊性、多義性和漂移性的特點。但是誠如邱紫華先生所指出的，這種以具體的感性意象的運用為特徵的表象思維與抽象思維的演繹、歸納原則之間不管有多大的差別，「但它們共同的思維基礎都是植根於相似類比思維這一基礎之上。」〔註30〕這實際上就告訴我們，當中國古代的解釋者們運用「象喻」的方式將精心營構的各種自然審美意象來喻示與之相類的不同的作品風格類型的時候，這種類比思維活動已經有某些理性的因素滲透其中了。〔註31〕其二，從話語表達方式上看，「象喻」雖然主要是運用自然審美意象來喻示作品對象的整體風神韻味，但也時常伴隨著解釋者對解釋對

〔註28〕葉維廉《語法與表現：中國古典詩與英美現代詩美學的滙通》，《尋求跨中西文化的共同文學規律》第 57 頁，北京大學出版社 1987 年版。
〔註29〕〔意〕維柯《新科學》上冊第 201 頁，人民文學出版社 1989 年版。
〔註30〕邱紫華《東方美學史》下卷第 1218 頁，商務印書館 2003 年版。
〔註31〕日本邏輯學家黑崎宏才指出：「可以說，所有推理，其結果不外乎是根據相似物或類似物進行推理。」這也說明類比思維有理性的介入。轉引自夏甄陶主編《認識發生論》第 475 頁，人民出版社 1991 年版。

象風格特色的總體的理性判斷，這也是「象喻」的詩性闡釋方式有理性參與其中的明證。例如鍾嶸《詩品》對一百二十多位詩人進行品評，往往先用抽象的概念性語言對解釋對象的風格特色作出總體的判斷，然後再用形象化的比喻對其作進一步的描述。而這種總體的理性判斷和意象喻示相結合的品評方式在司空圖那裡又得到更加系統的發揮，他在以境界描繪傳達某種詩歌風格類型的特點的同時，夾以理性的議論，力圖說明某一風格的審美特質和達到該種風格的途徑。這方面的情況已有研究者作了具體而深入的分析，〔註32〕此處不再贅述。

三、「象喻」的文化成因

　　「象喻」的詩性闡釋方式所以在六朝產生決絕非偶然，它首先與漢魏以來的人物品藻有著緊密的聯繫。本來人物品評在中國古已有之，但到了漢末魏初，由於統治階級在人才的選拔和任用方面採取所謂「察舉」和「徵辟」的方法，它才開始與現實政治密切相關，從而以人物的政治性的德行才能作為人才選拔的基本依據。此誠如湯用彤先生所言：「溯自漢代取士大別為地方察舉，公府徵辟。人物品鑒遂極重要。有名者入青雲，無聞者委溝渠。朝廷以名為治（顧亭林語），士風亦競以名行相高。聲名出於鄉里之臧否，故民間清議乃穩操士人進退之權。於是月旦人物，流為俗尚；講目成名（《人物志》），具有定格，乃成社會中不成文之法度。」〔註33〕魏晉以降，隨著時代風氣的演變和人的生命意識的空前覺醒，瀟散玄遠之趣逐漸為士人所重，人物品評的關注焦點也逐漸由士人的政治性的德行才能向士人超然物外的儀態風姿轉化，從而使此期的人物品評「帶有了和理想的人格和生活態度的追求相聯繫的審美的性質。」〔註34〕我們看當時大量的人物品評都特別讚賞人的精神氣度和儀態風姿，且多借玄遠雋永、意味深長的自然形象來比喻和象徵人物的個性風神，如《世說新語》載：

　　世目李元禮：「謖謖如勁松下風。」（《賞譽》）

〔註32〕參見吳承學《傳統文學批評方式的歷史發展》，載《文學遺產》1990 年第 1 期。賴力行《中國古代文學批評學》第 80〜82 頁，華中師範大學出版社 1991 年版。

〔註33〕湯用彤《讀人物志》，《魏晉玄學論稿》第 7 頁，世紀出版集團上海古籍出版社 2005 年出版。

〔註34〕李澤厚、劉綱紀《中國美學史》第二卷（上）第 82 頁，中國社會科學出版社 1987 年版。

公孫杜目邢原：「所謂雲中白鶴，非燕雀之網所能羅也。」（《賞譽》）

裴令公目夏侯太初：「肅肅如入廊廟中，不修敬而人自敬。」一曰：「如入宗廟，琅琅但見禮樂器。見鍾士季，如觀武庫，但睹矛戟。見傅蘭碩，汪廧靡所不有。見山巨源，如登山臨下，幽然深遠。」（《賞譽》）

王戎目山巨源：「如璞玉渾金，人皆欽其寶，莫知名其器。」（《賞譽》）

庾子嵩目和嶠：「森森如千丈松，雖磊珂有節目，施之大廈，有棟梁之用。」（《賞譽》）

王戎云：「太尉神姿高徹，如瑤林瓊樹，自然是風塵外物。」（《賞譽》）

嚴仲弼九皋之鳴鶴，空谷之白駒；顧彥先八音之琴瑟，五色之龍章；張威伯歲寒之茂松，幽夜之逸光；陸士衡、士龍鴻鵠之裴回，懸鼓之待槌。（《賞譽》）

時人目夏侯太初朗朗如日月之入懷，李安國頹唐如玉山之將崩。（《容止》）

嵇康身長七尺八寸，風姿特秀。見者歎曰：「蕭蕭肅肅，爽朗清舉。」或云：「肅肅如松下風，高而徐引。」山公曰：「嵇叔夜之為人也，岩岩若孤松之獨立；其醉也，傀俄若玉山之將崩。」（《容止》）

裴令公目王安豐眼爛爛如岩下電。（《容止》）〔註35〕

魏晉時期的人物品評憑藉這些玄遠雋永、超然物外的自然美形象來比喻和象徵人物的內在氣韻和個性風神，不僅把此期的人物品鑒引入到審美的領域，而且也深刻影響到此期文藝領域內「象喻」的闡釋方式的形成。

「象喻」的闡釋方式的形成除了受人物品藻這一特定的時代風氣影響之外，從更深的層次上看，則與中國傳統的隱喻象徵型思維傳統分不開。中國傳統的隱喻象徵型思維的一個顯著的標誌就是離不開「象」，這是一種以「象」為中介來進行的思維，而最早對這種思維方式進行論述的則是《周易》：

〔註35〕劉義慶《世說新語》，《諸子集成》本。

　　　　聖人有以見天下之賾，而擬諸其形容，象其物宜，是故謂之象。
（《繫辭上》）

唐代的孔穎達在《周易正義》中對這段話作出這樣的解釋：

　　　　「聖人有以見天下之賾」者，「賾」謂幽深難見，聖人有其神
　　妙以能見天下深賾之至理也；而「擬諸其形容」者，以此深賾之
　　理，擬度諸物形容也……「象其物宜」者，聖人又法象其物之所
　　宜。〔註36〕

孔穎達認為，所謂「天下之賾」即只有聖人才能見到的幽深難見之「至理」；
而「擬諸形容」即聖人創造出具體的形象對這「至理」加以比擬和暗示。按
照這一理解，《繫辭》這段話實際上是對中國傳統的隱喻象徵型思維方法之
根本性質的一種界說——它不是對認識對象進行邏輯的分析和解說，而是用
比喻、象徵的方式來加以暗示。孔穎達的解釋是符合上引《周易》這段話的
理論本義的，因為在《周易》那裡，正是通過易象的各種不同的具體圖像（以
陽爻和陰爻符號按不同方式組合排列而成的卦象）來象徵和暗示吉凶禍福
的。

　　　如果說上引《周易》這段話主要是對中國傳統的隱喻象徵型思維方式蘊
涵的「象」的比喻性、象徵性特質進行理論規定的話，《周易》的另一段話則
側重對「象」的來源和生成方式進行解說：

　　　　古者包犧氏之王天下也，仰則觀象於天，俯則觀法於地，觀鳥
　　獸之文。與地之宜，近取諸身，遠取諸物，於是始作八卦，以通神
　　明之德，以類萬物之情。（《繫辭下》）〔註37〕

這段話再清楚不過地說明了，《易》之象並不是什麼神秘之物，而是來源於對
天地萬物的觀察，這種「觀物取象」的認知方式不僅為中國傳統的喻隱象徵
型思維奠定了唯物論的基礎，也為此期「象喻」式的人物品評和「象喻」式
的詩歌闡釋方式的產生提供了十分有價值的理論滋養。

　　　此外，「象喻」的詩性闡釋方式的形成與印度佛教文化在中國的流傳也有
一定關係。

〔註36〕王弼等注、孔穎達等正義《周易正義》卷七，《十三經注疏》本，第 79 頁，
　　　　上海古籍出版社 1997 年影印本。
〔註37〕王弼等注、孔穎達等正義《周易正義》卷八，《十三經注疏》本，第 86 頁，
　　　　上海古籍出版社 1997 年影印本。

第二節 「摘句」的詩性闡釋方式

在中國古代文論研究領域裏，「摘句」一般被看成是中國古代的一種傳統的文學批評方法，〔註 38〕其實這種看法是不夠恰切的。因為批評方法最本質的理論規定就是它總是與一定的文學觀念相聯繫並且受到該種文學觀念的制約和影響。如中國傳統文學批評的兩大批評流派——審美批評和實用批評就分別受到兩種不同的文學觀念的制約和影響——前者是「建立在把文學視為美的文辭形式這種觀念之上的」，〔註 39〕而後者則「建立在將文學視為達到政治、社會、道德或教化目的的一種工具這樣一種觀念之上。」〔註 40〕而「摘句」則完全不囿於批評方法的這一本質性理論規定，相反它卻與建立在任何一種文學觀念基礎之上的批評方法相適應並為其所用，例如在中國古代的審美批評和實用批評的相關材料裏我們很容易就可以發現「摘句」方法的大量運用，這充分說明「摘句」不應該被視為一種獨立的批評方法，而只是一種批評的形式。如果從詩學解釋學的角度來看，我們更傾向於將「摘句」視為一種闡釋方式，而且是一種詩性的闡釋方式。本節試結合相關的材料對中國古代詩學解釋學提出的「摘句」的詩性闡釋方式進行梳理和闡發。

一、「摘句」的形成及發展

「摘句」的原初含義並不是摘錄一般的句子，而是專指謫錄《詩經》中的句子。這種風氣盛行於春秋時期，據《左傳》記載，當時的各諸侯國使臣在外交場合經常摘引《詩三百》中的句子來委婉含蓄地表達自己的觀點和願望，但他們對《詩》的摘引往往並不是取其原意，而是根據不同的場合和情境的需要為己所用，即所謂「賦詩斷章，余取所求」（《左傳·襄公二十八年》）。在這裡，引《詩》者完全是從實用功利的目的而不是審美的目的出發，《詩》的本義對引用者來說也不顯得那麼重要，因此這裡的「摘句」還不能看作真正意義上的文學闡釋方式和批評方式。

真正使「摘句」成為一種文學批評方式和闡釋方式的是在被魯迅稱為文

〔註38〕 參見張伯偉《鍾嶸〈詩品〉批評方法論》，《中國社會科學》1986 年第 6 期。曹旭《摘句批評·本事批評·形象批評及其他》，《上海師範大學學報》1997 年第 4 期。

〔註39〕 〔美〕劉若愚《中國的文學理論》第 144 頁，四川人民出版社 1987 年版。

〔註40〕 〔美〕劉若愚《中國的文學理論》第 154 頁，四川人民出版社 1987 年版。

學自覺時代的魏晉時期，這首先是由於此期人們開始以審美的眼光來看待和欣賞《詩經》及其他的詩歌作品。《世說新語・文學》載：「謝公（安）因子弟群居，問《毛詩》何句最佳？遏（玄）稱曰：『昔我往矣，楊柳依依；今我來思，雨雪霏霏。』公曰：『訏謨定命，遠猷辰告。』謂此句偏有雅人深致。」又「郭景純詩云：『林無靜樹，川無停流。』阮孚云：『泓崢蕭瑟，實不可言。每讀此文，輒覺神超形越。』」儘管這兩處摘句的最終目的是爲了品藻人物的個性風神，但就摘句本身而言已經大不同於先秦時期實用性的稱詩引詩，它已經是純粹意義上的文學闡釋和批評了。而且更爲重要的是此期人們對文學作品的接受和欣賞普遍顯示出對「佳句」和「妙語」的重視和青睞。如陳琳的《答東阿王箋》特別提到曹植的「清詞妙句」（《文選》卷四十），《世說新語・文學》載范啓讀孫綽《天台山賦》，「每至佳句（劉孝標注：『赤城霞起而建標，瀑布飛流而界道』，此賦之佳處），輒云：『應是我輩語』」；又載王孝伯摘古詩「所遇無故物，焉得不速老」以爲「此句爲佳。」而這種重視「佳句」和「妙語」的風氣的直接結果，就是「摘句」的闡釋方式和批評方式的產生。〔註41〕據《南齊書・文學傳論》載：「若子桓之品藻人才，仲治之區判文體，陸機辨於《文賦》，李充論於《翰林》，張隲摘句褒貶，顏延圖寫情興。各任懷抱，共爲權衡。」這裡的「摘句褒貶」，當是對魏晉南北朝時期詩歌批評中普遍採用的摘句爲評現象的最早的理論總結。而鍾嶸的《詩品》則是此期批評著作中「摘句褒貶」運用得最自覺也最成功的代表，如：

其外「去者日以疏」四十五首，雖多哀怨，頗爲總雜。舊疑是建安中曹、王所製。「客從遠方來」、「橘柚垂華實」，亦爲驚絕矣！（《卷上・古詩》條）

則所計百許篇，率皆鄙質如偶語。惟「西北有浮雲」十餘首，殊美瞻可玩，始見其工矣。（《卷中・魏文帝》條）

至如「歡言酌春酒」，「日暮天無雲」，風華清靡，豈直爲田家語耶！（《卷中・陶潛》條）

像這樣「摘句褒貶」的例子在鍾嶸的《詩品》中還有很多，它標誌眞正文學意義上的「摘句」的闡釋方式和批評方式在鍾嶸手裏得以確立。

到了唐代，隨著詩歌創作的高度繁榮，「摘句」的闡釋方式和批評方式也

〔註41〕參見張伯偉《中國古代文學批評方法研究》第 328～329 頁，上海古籍出版社 2002 年版。

得到更加廣泛的運用，主要體現在三個方面：首先是鍾嶸創立的「摘句褒貶」的文學闡釋方式和批評方式得到進一步發揚光大，此期一些著名的詩歌選本紛紛採用摘句的方式來傳達編選者對詩人及其詩作的審美理解和審美評價。如殷璠的《河嶽英靈集》選錄盛唐孟浩然、常建、李白、王維等二十四位詩人的代表作二百六十餘首，每位詩人的名下都附有簡短的評語，並摘引詩中的「警策語」來揭櫫詩人的風格特色。如評孟浩然云：「浩然詩，文采豐茸，經緯綿密，半遵雅調，全削凡體。至如『眾山遙對酒，孤嶼共題詩』，無論興象，兼復故實。又『氣蒸雲夢澤，波撼岳陽城』，亦爲高唱。」〔註42〕又評常建云：「建詩似初發通莊，卻尋野徑，百里之外，方歸大道。所以其旨遠，其性僻。佳句輒來，唯論意表。至如：『松際露微月，清光猶爲君。』又：『山光悅鳥性，潭影空人心。』此例十數句，並可稱警策。」〔註43〕高仲武的《中興間氣集》同樣在詩人名下摘出秀句來比較和品評詩人的風格特色。如評錢起云：「員外詩體格新奇，理致清贍，越從登第，挺冠詞林。文宗右丞，許以高格。右丞沒後，員外爲雄。芟齊宋之浮游，削梁陳之靡嫚，迥然獨立，莫之與群。且如『爲道掛疏雨，人家殘夕陽』；又『牛羊上山小，煙火隔林疏』；又『長樂鐘聲花外盡，龍池柳色雨中深』，皆特出意表，標雅古今。」其次是此期隨著人們對詩作中佳句妙語懷有的興趣更加強烈，「秀句錄」、「秀句圖」一類摘句的專集應運而生，如元兢《古今詩人秀句》、褚亮等《古文章巧言語》、玄鑒《續古今詩人秀句》、王起《文場秀句》、黃濤《泉山秀句集》、李洞《集賈島句圖》等。〔註44〕儘管這些集子均已亡佚，但僅從其存目亦不難窺見當時文壇「摘句」風氣的盛行。此外，此期大量出現的以「格」或「式」命名的詩學著作，也都是採用摘句的方式來闡說作詩的規則和法式。較早的有初唐崔融的《唐朝詩新定詩格》以「十體」來區分詩的不同藝術風格類型和藝術表現手法，而每「體」無一例外地都是摘取部分詩句來加以說明。如論「飛動體」云：「飛動體者，謂詞若飛騰而動是。詩曰：『流波將月去，潮水帶星來。』又曰：『月光隨浪動，山影逐波流。』」又論「清切體」云：「清切體者，謂詞清而切者是。詩曰：『寒葭凝露色，落葉動秋聲。』又曰：『猿聲出峽斷，

〔註42〕 陳伯海主編《唐詩彙評》（上）第 448 頁，浙江教育出版社 1995 年出版。
〔註43〕 陳伯海主編《唐詩彙評》（上）第 515 頁，浙江教育出版社 1995 年出版。
〔註44〕 參見王運熙、楊明《中國文學批評通史——隋唐五代卷》第 723 頁，上海古籍出版社 1996 年版。

月彩（作者附註：舊題李嶠《評詩格》「彩」作「影」）落江寒。』」此類著作中最爲著名的當數皎然的《詩式》，他以「不用事」、「作用事」、「直用事」、「有事無事」、「有事無事，情格俱下」等五格品詩，共標舉西漢至中唐的「名篇麗句」近五百條作爲例證，以爲後學師承的法式。他還以「十九字」（即高、逸、貞、忠、節、志、氣、情、思、德、誡、閒、達、悲、怨、意、力、靜、遠）來概括詩歌的體貌風格，而對每一種詩歌體貌風格的闡釋和解說又無一不是通過摘句的方式來完成的。如他這樣解說「靜」字：「非如松風不動，林狖未鳴，乃謂意中之靜。」〔註45〕而他標注爲「靜也」的詩句，就有江淹《望荊山》中的「寒郊無留影，秋日懸清光」，謝朓《遊東田》中的「魚戲新荷動，鳥散餘花落」等名句。

　　從宋代開始一直到明清，中國古代的詩歌批評出現一種十分重要的現象，這就是「詩話」的興盛。據國內詩話研究者的不完全統計，這期間見於著錄的詩話著作竟多達千種以上。〔註46〕作爲一種新起的詩學解釋學文體和批評文體，「詩話」無疑包含有極爲豐富極有價值的詩學解釋學思想，值得我們去做專門的研究。筆者在這裡要強調的是，「摘句」的詩性闡釋方式在宋代及以後的詩話中已經被普遍地採用，我們幾乎找不到一部沒有「摘句」的詩話，這種現象的確是耐人尋味的，它從一個側面透露出「摘句」這種闡釋方式和批評方式對於詩歌解釋者和批評者的獨特魅力之所在。

二、「摘句」的詩性特徵

　　我們把中國古代詩學解釋學提出的「摘句」的闡釋方式界定爲一種「詩性」的闡釋方式，首先是因爲中國古代的說詩者和批評家們在面對詩性文本的時候先在地所持有的一種與解釋對象相匹配的東方民族所特有的詩意的態度和詩性的思維方式。這種詩意的態度和詩性的思維方式其實就是十八世紀意大利思想家維科所說的「詩性的智慧」，在維科看來，這種類似的態度和思維方式之所以被稱爲「詩性」的，原因就在於它「不是現在的學者們所用的那種理性的抽象的玄學，而是一種感覺到的想像出的玄學」，它「沒有推理的能力，卻渾身是強旺的感覺力和生動的想像力。」〔註47〕後來英國學者霍克

〔註45〕張伯偉《全唐五代詩格彙考》第242頁，江蘇古籍出版社2002年版。
〔註46〕參見蔡鎮楚《詩話學》第429頁，湖南教育出版社1990年版。
〔註47〕〔意〕維科《新科學》上冊第181～182頁，商務印書館1997年版。

斯對維科的理論作了進一步的發揮：「在『詩性智慧』中，可以清楚地看到那種獨特和永恒的人類特性，它表現爲創造各種神話和以隱喻的方式使用語言的能力和必要性：不是直接地對待這個世界，而是間接地通過其它手段，即不是精確地而是『詩意地』對待這個世界。」〔註 48〕按照維科以及霍克斯對「詩性的智慧」的理解，我們很容易就可以發現，正是由於中國古代的說詩者和批評家們先在地持有的一種與解釋對象相匹配的東方民族所特有的詩性的態度和詩性的思維方式，所以他們在面對詩性的藝術世界的時候，才不會像西方解釋學家那樣熱衷於對解釋對象作抽象的理性分析和嚴密的邏輯論證，而是把注意力集中到對解釋對象的詩意的想像和詩意的創造的鑒賞和識拔上；也正是因於中國古代的說詩者和批評家們所特有的這種詩意的態度和詩性的思維方式，才內在地決定了他們必然要直接借助詩人原創的成果——「摘句」——來傳達他們對解釋對象的詩意的理解和闡釋。

　　然後，才是「摘句」的闡釋方式本身所顯示的具象性和意會性等若干具體的詩性特徵。先說「摘句」的具象性特徵。這裡所說的「具象性」主要是指說詩者和批評家通過摘取那些形象鮮明、清新雋永的詩句來闡說詩意、詩理和詩法時所獲得的一種生動形象、親切具體的解釋效果。在中國古代的詩學解釋學著述中，「摘句」方式所特有的這種「具象性」的解釋隨處即是，不妨隨手摘引幾例。如司馬光《溫公續詩話》對杜甫《春望》詩意的闡發：「近世詩人，惟杜子美最得詩人之體，如『國破山河在，城春草木深。感時花濺淚，恨別鳥驚心。』山河在，明無餘物矣；草木深，明無人矣；花鳥，平時可娛之物，見之而泣，聞之而悲，則時可知矣。」〔註 49〕又如謝榛《四溟詩話》對虛景實景的辨析：「貫休曰：『庭花濛濛水泠泠，小兒啼索樹上鶯。』景實而無趣。太白曰：『燕山雪花大如席，片片吹落軒轅臺。』景虛而有味。」〔註 50〕再如王夫之《薑齋詩話》對情景關係的闡釋：「情、景名爲二，而實不可離。神於詩者，妙合無垠。巧者則有情中景，景中情。情中景者，如『長安一片月』，自然是孤棲憶遠之情；『影靜千官裏』，自然是喜達行在之情。情中景尤難曲寫，如『詩成珠玉在揮毫』，寫出才人翰墨淋漓、自心欣賞之景。」

〔註48〕〔英〕特倫斯・霍克斯《結構主義和符號學》第 5～6 頁，上海譯文出版社 1987年版。

〔註49〕何文煥輯《歷代詩話》（上）第 277～278 頁，中華書局 1981 年版。

〔註50〕謝榛《四溟詩話》第 22 頁，人民文學出版社 1961 年版。

〔註51〕又云：「不能作景語，又何能作情語耶？古人絕唱句多景語，如『高臺多悲風』、『蝴蝶飛南園』、『池塘生春草』、『亭皐木葉下』、『芙蓉露下落』，皆是也，而情寓其中矣。」〔註52〕上述「具象性」的解釋由於有了這些形象鮮明、清新雋永的詩句作爲例證，解釋者對詩意、詩理和詩法的理性闡釋一下子就變得是那樣的生動形象、親切具體。只要是對中國古典詩歌的詩意性表達稍有瞭解的人，就不難透過這些被摘引的佳句妙語來理解說詩者所闡述的深刻的道理。如果去掉被摘引的這些形象鮮明生動的詩句，像西方解釋學那樣一味採用純邏輯分析和抽象說理的方式，那就永遠無法獲得這種「具象性」的解釋效果。

再說「摘句」的意會性特徵。作爲中國古代美學和文論的重要概念，「意會性」首先是指中國古典藝術尤其是古典詩歌在詩意表達方面所具有的一種「只可意會不可言傳」的特點，這也就是司空圖引戴容州的話所說的「詩家之景，如藍田日暖，良玉生煙，可望而不可置於眉睫之前」，〔註53〕歐陽修所說的「必能狀難寫之景，如在目前；含不盡之意，見於言外」，葉燮所說的「詩之至處，妙在含蓄無垠，思致微妙，其寄託在可言不可言之間，其指歸在可解不可解之會，言在此而意在彼，泯端倪而離形象，絕議論而窮思維，引人於冥漠恍惚之中。」〔註54〕很明顯，對於中國古典詩歌的這種「只可意會不可言傳」的詩意表達和藝術韻味的理解和把握，僅靠抽象思維和邏輯分析的方式是無法完成的，而只能靠意會認識也就是直覺思維來實現。〔註55〕西方當代美學家蘇珊·朗格在論及如何把握藝術作品的「生命意味」的問題時也表達了與中國古代說詩者相同的意思：「對這種『生命的意味』或藝術表現性，是不能像色彩的對比、形狀的平衡和題材那樣，由眼光敏銳的藝術評論家直接指點出來的。你究竟是不是把握了其中的意味或表現性，是不能通過語言

〔註51〕王夫之《薑齋詩話》第 150 頁，人民文學出版社 1961 年版。
〔註52〕王夫之《薑齋詩話》第 154 頁，人民文學出版社 1961 年版。
〔註53〕司空圖《與極浦談詩書》，郭紹虞《詩品集解 續詩品注》第 52 頁，人民文學出版社 1963 年版。
〔註54〕葉燮《原詩》內篇下，郭紹虞、王文生《中國歷代文論選》第三冊第 351 頁，上海古籍出版社 1979 年版。
〔註55〕邱紫華先生提出「意會」是人類早期的一種認識方式或思維方式，屬於原始思維的範疇，而「意會性認識發展的直接結果或者說它的高級思維層次，就是直覺感悟思維」。此說極有見地。參見邱紫華《東方美學史》上冊第 127 頁，商務印書館 2003 年 9 月出版。

表白的……而發現和把握這種『生命意味』的能力，就是我們所說的『藝術知覺』，這是一種洞察力或頓悟能力。」〔註56〕顯然，與蘇珊·朗格相比，中國古代的說詩者和批評家們對中國古典詩歌在詩意表達方面所具有的含蓄朦朧、不受言語道理障蔽的「意會性」特點有著更加真切的感受和體驗，所以他們極富智慧地採用了「摘句」這種意會性也即直覺性極強的闡釋方式來寄寓他們對作品的詩意、詩法和詩理的深刻感悟和理解。

具體地講，「摘句」的意會性特徵主要有兩種表現方式：一種表現方式是說詩者和批評家們僅僅在所摘的詩句之後冠以「警句」、「佳句」、「氣象雄渾」、「蘊藉含蓄」一類印象式的簡短評語。如胡仔《苕溪漁隱叢話》後集卷十三云：「『梨花一枝春帶雨』，『桃花亂落如紅雨』，『小院深沉杏花雨』，『黃梅時節家家雨』，皆古今詩詞之警句也。」謝榛《四溟詩話》卷二云：「韓退之稱賈島『鳥宿池邊樹，僧敲月下門』為佳句；未若『秋風吹渭水，落葉滿長安』，氣象雄渾，大類盛唐。」〔註57〕趙翼《甌北詩話》云：「阮亭專以神韻為主，如《秦淮雜詩》有感於阮大鋮《燕子箋》事云：『千載秦淮嗚咽水，不應仍恨孔都官。』《儀徵柳耆卿墓》云：『殘月曉風仙掌路，何人為弔柳屯田。』蘊藉含蓄，實是千古絕調。」這些摘引的詩句為什麼被稱作「警句」或「佳句」？怎樣的詩句才算的上「蘊藉含蓄」、「氣象雄渾」？詩論家們對此並沒有作細緻的解說分析，而只是把大體的方向指點出來讓讀者自己去體會。有的摘句批評在印象式的簡短評語之外還有意增加了比較分析的理性因素，如謝榛《四溟詩話》卷二臚列大量的詩句來證明他提出的「詩有簡而妙者」的詩學命題：「詩有簡而妙者，若劉楨『仰視白日光，皎皎高且懸』；不如傅玄『日月光太清』。阮籍『一身不自保，何況戀妻子』；不如裴說『避亂一身多』。戴叔倫『還作江南會，翻疑夢裏逢』；不如司空曙『乍見翻疑夢』。沈約『及爾同衰暮，非復別離時』；不如崔塗『老別故交難』。衛萬『不卷珠簾見江水』；不如子美『江色映疏簾』。劉猛『可恥垂拱時，老作在家女』；不如浩然『端居恥聖明』。徐凝『千古還同白練飛，一條界破青山色』；不如劉友賢『飛泉界石門』。張九齡『謬忝為幫寄，多慚理人術』；不如韋應物『邑有流亡愧俸錢』。張良器『龍門如可涉，忠信是舟梁』；不如高適『忠信涉波濤』。崔塗『漸與骨肉遠，轉於僮僕親』；不如王維『久客親僮僕』。李适『輕帆截浦拂荷來』，不如浩然

〔註56〕〔美〕蘇珊·朗格《藝術問題》第57頁，中國社會科學出版社1986年版。
〔註57〕謝榛《四溟詩話》第37頁，人民文學出版社1961年版。

『揚帆截海行』。」謝榛在這裡連舉了十一對二十二句詩分別加以比較，的確顯示出明顯的理性分析的傾向。但從總體來看，這仍然還是一種意會性的評判，因爲說詩者應該給予解答的一些基本問題，比如爲什麼後者就一定比前者「簡而妙」？其「妙」處又體現在哪裏？謝榛同樣沒有用精確的語言加以解說，而留待讀者去自證自悟。

　　另一種方式則是說詩者和批評家們對解釋對象不下任何斷語，僅僅只是摘錄與說詩者自己的審美情趣相契合的詩句，而所摘詩句所蘊涵的說詩者的審美趣味和審美取向則完全靠讀者憑自己的直覺去揣摩和體會。這種「摘句」方式在唐人句圖、詩格一類的著作中有十分普遍的運用。如唐代李洞《集賈島句圖》專摘詩人警句，該書雖已亡佚，但明抄本《吟窗雜錄》卷三十五載有賈島句對一種，共十三對，羅根澤先生猜測其採自李洞的《集賈島句圖》：「《送朱可文歸越》：『吳山侵越眾，隋柳入唐疏。』《南臺對月》：『僧同雪夜坐，雁向草堂聞。』《寄童武》：『孤雁來半夜，積雪在諸峰。』《送無可上人》：『獨行潭底影，數息樹邊身。』《送天台僧》：『雁過孤峰晚，猿啼一夜霜。』《寄正空二上人》：『老窺明鏡小，秋憶故山多。』《哭孟郊》：『家近登山道，詩隨過海舡。』《晚晴見終南諸峰》：『半旬藏雨裏，此日到窗中。』《山中道士》：『養雛成大鶴，種子作高松。』《題李疑幽居》：『鳥宿池邊樹，僧敲月下門。』」〔註58〕同第一種方式相比，這種摘句方式由於沒有附加任何引導性的解釋或評論，其意會性的成分就更多一些，對所摘詩句的佳妙之處也完全憑讀者自己去領會。這樣一來，讀者實際上就有了更爲廣闊的闡釋空間，每個人都可以依據自己心儀的審美標準和藝術趣味並結合自己的生活經驗和審美經驗對所摘詩句進行創造性的理解和闡釋。

三、「摘句」的文化成因

　　爲什麼從齊梁時代的鍾嶸開始，「摘句」的闡釋方式會在中國古代詩歌批評中被如此廣泛地運用？在我看來，這首先是由於隨著當時的詩歌創作發生了由偏於質樸的敘事轉向偏於綺靡的抒情的重大轉折，從而使當時的詩壇出現了追求迴句妙語的創作傾向和創作潮流。對這種創作傾向或潮流，當時一些有眼光的批評家已經敏銳地捕捉到了，如劉勰的《文心雕龍·明詩》篇評

〔註58〕羅根澤《中國文學批評史》（二）第 225 頁，上海古籍出版社 1984 年版。

價當時的詩壇時說：「儷采百字之偶，爭價一句之奇，情必極貌以寫物，辭必窮力而追新，此近世之所競也。」而稍後鍾嶸的《詩品》對此作出的評價也與劉勰如出一轍：「俾爾懷鉛吮墨者，抱篇章而景慕映餘暉以自燭」；「名章迥句，處處間起；麗典新聲，絡繹奔會」。〔註59〕顯然，從晉代開始的這種對於迥句妙語的追求的創作傾向必然爲佳句妙句的大量產生帶來現實的可能性，這無疑是「摘句」的闡釋方式和批評方式在此期應運而生的直接原因。而在此之前的重敘事向質樸的周秦漢魏時代，其詩歌創作由於還沒有出現這種創作傾向，自然也就不可能有「摘句」方式的出現，此正如後來的詩論家嚴羽所正確指出的：「漢魏古詩，氣象混沌，難以句摘，晉以還始有佳句」；「建安之作，全在氣象，不可尋枝摘葉」。〔註60〕

其次，從齊梁時代開始的這種追求迥句妙語的詩歌創作傾向發展到唐代以後，逐漸演化爲詩人的一種自覺的創作意識。如大詩人杜甫在《戲爲六絕句》裏說「不薄今人愛古人，清詞麗句必爲鄰」；〔註61〕其《解悶五首》亦云：「不見高人王右丞，藍田丘壑蔓寒藤。最傳秀句寰區滿，未絕風流相國能」，〔註62〕明確表達了他對那些含有佳句妙語的詩作的偏愛。而他在《江上值水如海勢聊短述》中所說的「爲人性僻耽佳句，語不驚人死不休」，〔註63〕則是他性好佳句的創作意識的自然流露。唐代著名的「苦吟」派詩人賈島也是一位刻意追求寫出佳句妙語的詩人，他聲稱自己作詩是「兩句三年得，一吟雙淚流」，「吟成五個字，用破一生心」，「才吟五個字，又白幾莖鬚」。事實上從唐代開始一直到明清時期，像杜甫、賈島這樣高度重視詩的語言錘鍊、熱衷於寫出佳句妙語的詩人簡直數不勝數。正是由於詩人普遍具有了這種自覺的創作意識，才會有迥語秀句在詩作中的大量出現，也才會爲「摘句」這種闡釋方式的孕育提供溫潤的產床。

再次，齊梁代以後特別是宋代以後，隨著人們對詩歌創作的佳句妙語的

〔註59〕鍾嶸《詩品上》，陳延傑《詩品注》第20頁，第29頁，人民文學出版社1961年版。

〔註60〕嚴羽《滄浪詩話・詩評》，郭紹虞《滄浪詩話校釋》第151、158頁，人民文學出版社1983年版。

〔註61〕杜甫《戲爲六絕句》，郭紹虞《戲爲六絕句集解》第36頁，人民文學出版社1978年版。

〔註62〕杜甫《解悶五首》，郭紹虞、王文生《中國歷代文論選》第二冊第64頁，上海古籍出版社1979年版。

〔註63〕仇兆鰲《杜詩詳注》第810頁，中華書局1979年版。

追求與實踐，中國古代詩歌之文體形式的建構也越來越注重詩句的鍛造和錘鍊，這也促成了「摘句」方式的產生。宋以後中國古代詩歌對文體形式的注重最有代表性的莫過於對「詩眼」、「句眼」和「字眼」的講究。何謂「詩眼」，說白了其實就是一首詩中最為精妙最能傳神的地方，它猶如能夠顯露人的心靈的眼睛一樣。在古代詩論家看來，無論「詩眼」、「句眼」還是「字眼」，最終都要落實在詩的基本單元——句子上，這也就是清代詩論家劉熙載所說的：「詩眼，有全集之眼，有一篇之眼，有數句之眼，有一句之眼；有以數句為眼者，有以一句為眼者，有以一二字為眼者。」（《藝概・詩概》）而胡震亨則說得更為直接：「一詩之中，妙在一句，為詩之根本，根本不凡，則花葉自然殊異。」（《唐音癸籤》卷四）既然在古代詩論家看來，一首詩的「詩眼」、「句眼」和「字眼」也即詩的精妙傳神之處都在詩句之中，那些對中國古代詩歌有著深厚修養的說詩者和批評家們將它們摘取出來加以特別的鑒賞和闡釋，就是十分自然的事情了。

　　還有，中國古代的說詩者和批評家們對詩作中的佳句妙語的不絕如縷的讚譽和推崇也是促使「摘句」方式形成的一種不可忽視的力量。如高仲武《中興間氣集》評李嘉祐：「與錢、郎別為一體，往往徒於齊梁，綺靡婉麗，吳筠、何遜之敵也。如『野渡花爭發，春塘水亂流。』又：『朝霞晴作雨，濕氣晚生寒。』文章之冠冕也。」〔註64〕歐陽修《六一詩話》評周樸：「其有句云：『風暖鳥聲碎，日高花影重。』又云『曉來山鳥鬧，雨過杏花稀。』誠佳句也。」〔註65〕司馬光《溫公續詩話》評林和靖：「人稱其《梅花》詩云：『疏影橫斜水清淺，暗香浮動月黃昏』，曲盡梅之體態。」〔註66〕詩論家所謂「文章之冠冕」、「誠佳句也」、「曲盡梅之體態」云云，無一例外地都是對所評佳句妙語的讚譽和推崇，這種肯定性的評價無疑對「摘句」方式的形成也起到了一種推波助瀾的作用。

　　最後，「摘句」的詩性闡釋方式的產生與特定的制度體制也有一定的關係。這裡所說的特定的制度體制，即指從隋唐一直延續到清代的詩賦取士的科舉考試制度。例如科舉考試中的試帖詩常用古人詩句作題目，這就在客觀上引導文士們把注意力放到如何提高詩歌的語言運用技巧和寫作技巧上來，

〔註64〕陳伯海主編《歷代唐詩論評選》第84頁，河北大學出版社2002年版。
〔註65〕何文煥輯《歷代詩話》（上）第267頁，中華書局1981年版。
〔註66〕何文煥輯《歷代詩話》（上）第275頁，中華書局1981年版。

而能夠寫出含有佳句秀語的詩篇也就自然成爲文人順利進入仕途的敲門磚。歐陽修《六一詩話》云：「自科場用賦取人，進士不復留意於詩，故絕無可稱者。惟天聖二年省試《采侯詩》，宋尙書祁最擅場，其句有『色映堋雲爛，聲迎羽月遲』，猶爲京師傳誦，當時舉子目公爲『宋采侯』。」〔註 67〕劉攽《中山詩話》亦云：「自唐以來，試進士詩，號省題。近年能詩者，亦時有佳句。蜀人楊諤《宣室受釐》落句云：『願前明主席，一問洛陽人。』滕甫《西旅來王》云：『寒日邊聲斷，春風塞草長。傳聞漢都護，歸奉萬年觴。』諤有詩名，《題驪山詩》云：『行人問宮殿，耕者得珠璣。』最爲警策。」〔註 68〕他們的記載正透露出此中的消息。

以上是從積極的方面對「摘句」的詩性闡釋方式所作的分析和闡述，但作爲中國古代詩學解釋學提出的重要的闡釋方式之一，「摘句」的闡釋方式在擁有相當多的長處的同時，也不可避免地存在一些的局限，其中最主要的一點就是對闡釋對象的整體與局部辯證關係缺乏必要的認識，常常斤斤於字句而不顧全篇，有以偏概全的毛病。而實際上從創作的角度看，佳句妙語的講求絕不能離開全篇的立意，此誠如袁枚《隨園詩話》卷五指出的：「詩有有篇無句者，通首清老，一氣渾成，恰無佳句令人傳誦。有有句無篇者，一首之中，非無可傳之句，而通體不稱，難入作家之選。二者一欠天分，一欠工夫。必也有篇有句，方稱名手。」〔註 69〕「有篇有句」既是對創作的要求，也暗含對摘句方式的批評和提醒：說詩者不可忽視句與篇之間的有機整體聯繫，不能僅僅以詩中的一兩句來判定全篇的工拙，或用來說明作品的整體風格。

第三節 「論詩詩」的詩性闡釋方式

在中國古代文論研究的視域裏，「論詩詩」一般被看成是一種重要的批評文體，這種看法自然有其相當的道理，因爲從文體形式上看，「論詩詩」的特點一眼就可以看穿，這就是「詩」與「論」的結合，即借用詩的文體形式和詩的語言來品評詩人詩作、點破詩學要妙。也正是由於「論詩詩」這種批評文體所獨具的特點，所以上迄唐宋下至明清，作者逾千，作品逾萬，甚至還

〔註 67〕何文煥輯《歷代詩話》（上）第 272 頁，中華書局 1981 年版。
〔註 68〕何文煥輯《歷代詩話》（上）第 297～298 頁，中華書局 1981 年版。
〔註 69〕袁枚《隨園詩話》（上）第 157 頁，人民文學出版社 1982 年版。

擴展到「論詞」、「論曲」、「論賦」、「論文」、「論書」、「論畫」、「論印」等諸多領域，成爲中國古代頗受作家青睞、讀者歡迎的批評樣式。但是在我看來，如果僅僅從批評文體的角度來考察，「論詩詩」最根本的特性可能會被遮蔽起來。如果我們換一個角度，把「論詩詩」視爲一種詩性闡釋方式，則可能會有新的理論發現。

一、「論詩詩」的形成及發展

　　如果把「論詩詩」理解爲是用詩的形式來傳達文學闡釋或文學批評的內容的話，那我們完全有理由把「論詩詩」的起源追溯到西周至春秋時期。例如全面反映這一時段社會生活的我國第一部詩歌總集《詩經》裏就已經出現「吉甫作誦，其詩孔碩，其風肆好」（《大雅・崧高》）和「吉甫作誦，穆如清風」（《大雅・烝民》）的詩句，這些詩句對周王朝卿士尹吉甫的詩作之悅耳的聲調、宏大的詩意與和諧的美感等方面所作的讚美性的評價，〔註 70〕完全是用詩的語言傳達出來的，而這種「詩」與「論」的結合正是「論詩詩」作爲一種特有的闡釋方式或批評方式的根本特點之所在。

　　儘管「論詩詩」的雛形可以上溯到《詩經》產生的時代，但作爲一種獨立的詩歌文體和文學批評文體，則是以唐代大詩人杜甫的《戲爲六絕句》的出現爲標誌的。〔註 71〕杜甫的《戲爲六絕句》看起來規模不大，所評論的詩人及關涉的詩學理論問題似乎也並不很多，但從中國詩學解釋學發展史的角度來看，杜甫的這一組絕句卻有著極爲重要的意義：它打破了以往「以文論詩」的批評傳統，開創了「以詩論詩」的詩學解釋學新體制。我們只要稍稍翻檢一下魏晉以來詩歌批評發展的歷史，就不難發現：幾乎所有的詩論家批評家都是採用「以文論詩」的方式來品評詩人及其詩作。如曹丕所撰中國文學批評史上第一篇文學專論《典論・論文》雖然不是專論詩歌，但其中論及的一些有關文學批評的基本問題如文學的價值問題、作家個性與作品的風格問題、文體問題和文學批評的態度問題等，無一不和當時的詩歌創作有關；文中對孔融、陳琳、王粲、徐幹、阮瑀、應瑒、劉楨等「建安七子」的品評，

〔註70〕參見郭紹虞、王文生《中國歷代文論選》第一冊第 11 頁注釋，上海古籍出版社 1979 年版。

〔註71〕此處採用了郭紹虞先生和張伯偉先生的觀點，參見郭紹虞《杜甫戲爲六絕句集解》第 3 頁，人民文學出版社 1978 年版；張伯偉《中國文學批評方法研究》第 388 頁，中華書局 2002 年版。

雖然主要的著眼點在各人所擅長的辭、賦、章、表、書、記等文體方面，但無疑也包涵了他們的詩歌創作，然而這一切曹丕又的確都是以「文」的方式而不是以「詩」的方式傳達出來的。再如沈約的《宋書·謝靈運傳論》，則完全是一篇詩歌專論，文中讚美曹氏二祖（曹操、曹丕）、陳王（曹植）的「以情緯文，以文被質」、「咸蓄盛藻」、潘岳陸機的「縟旨星綢，繁文綺合」、顏延之「體裁明密」，鄙夷抽象說理的東晉玄言詩「寄言上德，託意玄珠」、「遒麗之詞，無聞焉爾」，這一揚一抑，則意在闡明「情文互用」這一有關詩歌創作根本特性的理論主張。〔註72〕沈約在傳論裏還提出著名的「聲律論」，把詩歌的韻律美提到重要的高度，更是奠定了他在詩歌發展史上的特殊地位。而所有這一切沈約也同樣是以「文」的方式而不是以「詩」的方式來言說的。至於鍾嶸的《詩品》，更是我國詩歌理論方面一部最早的評論著作，該書以五言詩為評論對象，分上、中、下三品共品評了從漢魏到齊梁間的一百二十二位詩人，每品之中又依時代先後逐次論述詩人的創作特色和淵源所自，並且還在序中闡發了有關創作本原的「感物」說、詩歌審美特性的「滋味」說、糾正當時詩壇過分講究用事、用典和聲律的「自然英旨」說等重要的詩歌理論主張。然而這一切同樣也是以「文」的形式而不是以「詩」的形式來加以表現的。只是到了杜甫《戲為六絕句》的出現，以往那種「以文論詩」的批評傳統才被徹底打破，這不能不說是杜甫對於詩學解釋學的獨特創造。

受杜甫的影響，中唐的韓愈、白居易等人也嘗試運用論詩詩的形式來表達他們的文學見解和對具體作家作品的批評意見。如韓愈的《調張籍》、《醉贈張秘書》、《孟生詩》、《送無本師歸范陽》等篇都屬於論詩詩的範疇。其《調張籍》一開篇就說：「李杜文章在，光焰萬丈長。不知群兒愚，那用故謗傷？蚍蜉撼大樹，可笑不自量。」〔註73〕這是韓愈針對當時詩壇流行的揚杜抑李論所作出的理論反撥，意在全面公正地評價李白和杜甫。白居易也給我們留下不少膾炙人口的論詩詩，如《讀張籍古樂府》云：「為詩意若何？六義互鋪陳，風雅比興外，未嘗著空文」，〔註74〕在高度稱讚張籍詩作發揚文學反映生活干預現實政治的優良傳統的同時也表達了自己相同的藝術理想；又如《楊柳枝詞》云：「《六么》《水調》家家唱，《白雪》《梅花》處處吹，古歌舊曲君休聽，聽取新翻《楊柳

〔註72〕沈約《宋書》卷六十七，第 1778 頁，中華書局 1974 年版。
〔註73〕《全唐詩》第 842 頁，上海古籍出版社 1985 年縮印本。
〔註74〕《全唐詩》第 1035 頁，上海古籍出版社 1985 年縮印本。

枝》」，〔註75〕則對民間新興的流行歌曲顯示出一種極爲讚賞的態度。由於韓愈、白居易在當時詩壇的重要地位和影響，所以他們的「用詩來說詩」無疑就爲論詩詩的興盛起了一種推波助瀾的作用。〔註76〕而晚唐司空圖的《二十四詩品》，則用體兼銘贊的二十四首四言詩來解說二十四種詩歌風格和意境類型，這就突破了以往的論詩詩一般性地品評詩人詩作、泛論詩藝的藩籬，從而爲論詩詩這種詩性闡釋方式開闢出一種全新的境界。

　　論詩詩在兩宋繼續盛行，其間最有代表性的詩作當數歐陽修、梅堯臣、蘇軾和陸游這樣一些在創作上取得很高成就的詩人所爲。如梅堯臣《答韓三子華韓五持國韓六玉汝見贈述詩》裏說：「因事有所激，因物興以通。自下而磨上，是之爲國風；雅章及頌篇，刺美亦道同」，〔註77〕明顯是對《詩三百篇》以來的現實主義創作精神的張揚；而《讀邵不疑學士詩卷》裏所說的「作詩無古今，惟造平淡難」，〔註78〕則透露出詩人對於平淡藝術境界的特殊喜好。而蘇軾在《送參寥師》裏說：「退之論草書，萬事未嘗屏，憂愁不平氣，一寓筆所騁，頗怪浮屠人，視身如丘井，頹然寄淡泊，誰與發豪猛？細思乃不然，眞巧非幻影，欲令詩語妙，無厭空且靜，靜故了群動，空故納萬境。閱世走人間，觀身臥雲嶺，酸鹹雜眾好，中有至味永。詩法不相妨，此語更當請。」〔註79〕這裡表達的則是蘇軾對於超邁豪橫與淡雅高遠相融合的詩歌風格的追求與崇尚，與梅堯臣的藝術趣味顯然有著細微的差別。再如陸游《題廬陵蕭彥毓秀才詩卷後》云：「法不孤生自古同，癡人乃欲鏤虛空。君詩妙處吾能識，盡在山程水驛中。」〔註80〕詩中借佛家語來闡說文學創作與現實生活的緊密聯繫，明確反對脫離現實生活的「刻鏤虛空」，極力主張詩人到「山程水驛」中去獲得詩歌創作的源泉，這正是對他自己一生創作經歷的極好概括。

〔註75〕《全唐詩》第 1035 頁，上海古籍出版社 1985 年縮印本。
〔註76〕郭紹虞、王文生認爲：「用詩來說詩，始於杜甫，繼之者爲韓愈、白居易諸人。……一經杜韓倡導，就爲論詩開創了一種新的形式。」參見郭紹虞、王文生《中國歷代文論選》第二冊第 132 頁，上海古籍出版社 1979 年版。
〔註77〕郭紹虞、王文生《中國歷代文論選》第二冊第 237 頁，上海古籍出版社 1979 年版。
〔註78〕郭紹虞、王文生《中國歷代文論選》第二冊第 242 頁，上海古籍出版社 1979 年版。
〔註79〕郭紹虞、王文生《中國歷代文論選》第二冊第 303～304 頁，上海古籍出版社 1979 年版。
〔註80〕郭紹虞、錢鍾聯、王遽常編《萬首論詩絕句》第 91 頁，人民文學出版社 1991 年版。

　　論詩詩由南宋向金、元發展的過程中，出現了兩個對論詩詩有突破性貢獻的人物，這就是戴復古和元好問。戴復古有《論詩十絕》，其中一些詩章表達了很好見解，如「文章隨世作低昂，變盡風騷到晚唐。舉世吟哦推李杜，時人不知有陳黃」；「飄零憂國杜陵老，感寓傷時陳子昂。近日不聞秋鶴唳，亂蟬無數噪斜陽」，隱含著作者對風騷以來的現實主義創作精神的褒揚和對當時詩壇擬古風氣與形式主義傾向的批判。但戴復古的貢獻主要還不是體現在內容方面，而是體現在形式上——其《論詩十絕》「在論詩詩的歷史發展中，首次在題目上出現『論詩』」，〔註81〕並且進一步發揚光大了杜甫所創造的論詩詩的文體形式，以更具規模的絕句體組詩來闡說他的詩學主張。不過，戴復古的《論詩十絕》仍然有其不足之處，這就是以記錄創作中的一得之見為要，而「沒有一個詩學宗旨貫穿其間」。〔註82〕而最終克服戴復古略嫌散漫之弊端，以明確的目的、嚴肅的態度和辯證的眼光來以詩論詩，從而將絕句體論詩組詩發展到更加完美境界的則是金代的元好問。他的《論詩三十首》有著一以貫之的詩學宗旨，這就是對真情實感的反覆崇尚和強調，如他讚揚陶淵明「一語天然萬古新，豪華落盡見真淳」（其四），稱許《敕勒歌》「穹廬一曲本天然」（其七），批評潘岳「心畫心聲總失真」（其六），譏諷黃庭堅「精純全失義山真」（其二十八），認定「暗中摸索總非真」（其十一），主張「心聲只要傳心了」（其九），正是由於有著這樣明確的論詩宗旨，所以元好問的《論詩三十首》無論是在形式規模上還是在內容表達上都將「論詩詩」這種詩性論說文體和詩性闡釋方式提升到相當完美的境地，也因於此他對後世的影響才遠遠超過戴復古。

　　明清兩代的論詩詩當然也有發展，但更多的體現在外在的規模形式的擴大上，這有兩點證據：一是據有的學者統計，郭紹虞、錢鍾聯、王遽常《萬首論詩絕句》全書四冊共 1830 頁，清代（含近代）的篇幅竟多達 1636 頁，占 89.4%，將近九千首，清代論詩詩的總體規模由此可見一斑。〔註83〕二是元好問《論詩三十首》的仿傚之作在組詩的數量上大有後來居上之勢，如王士禎《戲仿元遺山論詩絕句》四十首，馬長海《效元遺山論詩絕句》四十七首，袁枚《仿元遺山論詩》三十八首，謝啓昆《讀全唐詩仿元遺山論詩絕句》一

〔註81〕參見張伯偉《中國古代文學批評方法研究》第 413 頁，中華書局 2002 年版。
〔註82〕參見張伯偉《中國古代文學批評方法研究》第 418 頁，中華書局 2002 年版。
〔註83〕陳良運《中國詩學批評史》第 557 頁，江西人民出版社 1995 年版。

百首、《讀全宋詩仿元遺山論詩絕句》二百首等，都是這一類的仿傚之作。而作爲一種特定的說詩方式或闡釋方式，論詩詩經過明清兩代詩論家的踵事增華則已經完全確定下來。

二、「論詩詩」的詩性特徵

　　片語精微、言約意豐，把豐富的含義濃縮在極小的篇幅之中，是論詩詩之詩性特徵在文體形式上的一個顯著標誌。這一點在論詩詩的主要樣式——論詩絕句中體現得尤爲充分。我們不妨以杜甫的《戲爲六絕句》爲例來說明這一點。我們知道，杜甫《戲爲六絕句》的中心任務是通過正確理解、評價庾信和初唐「四傑」來表達一種健全的文學發展觀念。而在如何理解和評價庾信及初唐「四傑」這個問題上當時的文壇是頗有分歧的，因爲作爲代表六朝文學作風的晚近名家，庾信及初唐「四傑」在很長一段時間裏一直成爲一些人批評的對象。如對庾信，有人貶之爲「辭賦之罪人」，〔註84〕有人甚至說他的詩賦「意淺而繁，文匿而采」，是一種「亡國之音」。〔註85〕對「四傑」，貶低的人也說「雖有文才，而浮藻淺露」。〔註86〕而杜甫的《戲爲六絕句》則不同意當時某些人對庾信和四傑的作品不作具體分析一概排斥的做法，他明顯要爲庾信和四傑翻案：「庾信文章老更成，淩雲健筆意縱橫。今人嗤點流傳賦，不覺前賢畏後生」（其一）；〔註87〕「王楊盧駱當時體，輕薄爲文哂未休。爾曹身與名俱滅，不廢江河萬古流」（其二）。〔註88〕在杜甫看來，以陳子昂和李白爲代表的詩歌革新運動的倡導者爲了反對六朝綺靡浮豔的詩風，提出「復古」即恢復「詩三百篇」和「漢魏風骨」的詩歌傳統，這無疑是正確的。但是杜甫與陳子昂、李白包括後來的白居易爲了補救時弊而突出地強調某一個方面而忽視另一個方面不同，他堅持的是一種博通求變的文學發展觀念，因此他認爲對六朝以來的作家特別是深受六朝詩風影響的庾信、四傑不應該

〔註84〕令狐德棻《周書·庾信傳》，《周書》卷四十一，第 744 頁，中華書局 1971 年版。

〔註85〕魏徵等《隋書·文學傳序》，《隋書》卷七十六，第 1730 頁，中華書局 1973 年版。

〔註86〕劉昫《舊唐書·文苑傳·王勃》，《舊唐書》卷一百九十，第 5006 頁，中華書局 1975 年版。

〔註87〕郭紹虞《杜甫戲爲六絕句集解》第 11 頁，人民文學出版社 1990 年版。

〔註88〕郭紹虞《杜甫戲爲六絕句集解》第 17 頁，人民文學出版社 1990 年版。

輕率地加以否定，而應該承認他們在詩歌發展史上所起的承先啓後的歷史作用。有研究者指出：杜甫的《戲爲六絕句》是「通過爲庾信、四傑翻案，實現對六朝文學的『正名』，從而宣告了自隋及初唐以來，詩壇上以掃蕩齊梁餘風爲目的的反形式主義鬥爭的結束，預告了一個在文學上博通求變的全新時期的到來」，〔註89〕這無疑是對杜甫《戲爲六絕句》理論思想意蘊的極爲精當的概括。而如此重要、健全、深刻的文學觀念和詩學思想卻濃縮在一百多字的篇幅之中，給後人留下回味無窮的想像空間和闡釋空間，除了杜甫作爲偉大詩人的深刻的洞察力之外，論詩詩文體形式本身的高度凝練集中不能不是其中的一個重要原因。

如果說片語精微、言約意豐是論詩詩之詩性特徵在文體形式上的標誌的話，那麼比興、意象、象徵、暗示等方法的運用則是論詩詩之詩性特徵在語言文辭及表現方法上的體現。杜甫的《戲爲六絕句》就十分擅長將比興與意象結合起來評說詩人詩作，如「龍文虎脊皆君馭，歷塊過都見爾曹」用一連串的動感意象來比喻四傑詩作辭采的藻麗瑰瑋和藝術生命力的久遠；「或看翡翠蘭苕上，未掣鯨魚碧海中」則以兩組對比鮮明反差極大的意象來喻示時人之詩作才力纖弱景致狹小而難臻雄健壯美的藝術境界。韓愈的論詩詩更是喜用驚人的比喻和奇崛的語言來喻示沉雄光怪的詩境，如《調張籍》以「垠崖劃崩豁，乾坤擺雷硠」喻李、杜詩風的宏闊神怪，用「刺手拔鯨牙、舉瓢酌天漿」喻詩語之雄怪和筆力之高潔；《醉贈張秘書》以「險語破鬼膽，高詞媲皇墳」喻己作的驚世駭俗；《送無本師歸范陽》則用「鯨鵬相摩窣，兩舉快一啖」狀詩境的雄渾光怪。像這樣用具體的形象來喻示作家作品風格，闡釋詩歌創作的規律，與西方解釋學的抽象說理條分縷析迥異其趣，充分體現了中國古代詩學解釋學詩性的民族風格和民族特色。

但是，從根本上決定「論詩詩」的詩性特質的，還是它的詩性思維方式，即直覺象徵性思維方式，這是遠較論詩詩特有的文體形式和比興、意象、象徵、暗示等具體的表現方法更能決定論詩詩的詩性本質的東西，也是決定東方民族的審美與藝術同西方大異其趣的關鍵所在。對於這種直覺象徵性的詩性思維方式，邱紫華先生分析道：「這是一種以具象爲主的思維形式，這種思維採取『以己度物』的方式去感知外物，以類比的方式去區別和把握外物，以象徵、比喻、意會的方式去表現自己的情感或思想。這種思維形式被十八世紀意大利思想家

〔註89〕鍾元凱《要言妙道的論詩詩》，《讀書》1986年第3期。

維科稱之爲『詩性的智慧』。『詩性的思維』是遠古的原始思維的自然延伸和發展。它的有象性（形象性）、以己度物的主觀性和類比認知性，以及它的象徵性與意會性等特徵，決定了在言說方式上表現爲詩意性和審美性，也就是說，詩性的思維必然使所表現的語言具有高度的形象性和濃縮性，具有主觀性和抒情性，具有生動性和含蓄性，即像詩歌語言一樣，具有模糊性、朦朧性和多義性。」〔註90〕邱紫華先生的上述分析涉及詩性思維的來源、本質、特徵等諸多方面，既全面又深刻，雖然是就整個東方美學來講的，但也完全適用於中國古代詩學解釋學提出的「論詩詩」的詩性闡釋方式。因爲在論詩詩特有的文體形式和普遍採用的比興、意象、象徵和暗示等表現方法的背後起著決定性作用的正是這種直覺象徵性的詩性思維方式，是後者奠定了前者的思維基礎。我們不妨以司空圖的《二十四詩品》爲例來說明這一點。從文體的外觀形式上看，司空圖的《二十四詩品》無疑也屬於論詩詩，並且是用二十四首四言詩來闡釋二十四種詩歌風格和意境。但司空圖對於二十四種詩歌風格意境的闡釋並不是建立在抽象思維的基礎之上，而是以直覺象徵思維的方式來展開的。《四庫全書總目提要》稱「是書深解詩理，凡分二十品，……各以韻語十二句體貌之。」〔註91〕這裡的「體貌」一詞正是對《二十四詩品》論詩不取抽象論說，專用直覺象徵的詩性思維方式的精當概括。試看司空圖對「沖淡」一品的解說，本來「沖淡」作爲中國古典詩歌的一種特定的詩歌風格類型或意境類型是極難用邏輯的推論和精確的語言加以界說的，因爲中國詩歌本身就具有含蓄朦朧、言在此而意在彼的特點。作爲對中國詩歌藝術的這一特點有著深切瞭解的詩論家，司空圖極富智慧地選擇了直覺象徵的思維方式，即用兩幅具體感性的形象畫面來「體貌」沖淡的韻味：「素處以默，妙機其微。飲之太和，獨鶴與飛。猶自惠風，荏苒在衣。閱音修篁，美曰載歸。遇之匪深，即之愈希。脫有形似，握手已違。」前一幅畫面表達的是：清虛淡泊而沉默自處，心意幽隱而妙合天機。如飲生生萬物的太和之氣，與孤鶴齊飛在天外遨遊。後一幅畫面表達的是：如和暖春風，柔和地吹拂著衣襟；聽門前風吹竹林的聲韻，讓人載美而歸。司空圖正是借助這兩幅形象畫面的疊加描繪把本來只可意會難以言傳的有關詩歌風格和韻味的「沖淡」概念具象化、形象化了，從而幫助人們去眞切地體味和領會「沖淡」一品自然、淡泊、空靈的審美特質。這種化抽象爲具象、以形象爲思維的中介、

〔註90〕邱紫華《東方美學史》上卷第 9 頁，商務印書館 2003 年版。
〔註91〕《景印文淵閣四庫全書》5 冊第 220 頁，上海古籍出版社 1987 年影印本。

藉此而言彼的思維方式正是包括論詩詩在內的整個中國文論所獨具的。

三、「論詩詩」的文化成因

　　為什麼中國古代的詩論家要用「詩」的方式而不是用「論」的方式來品詩說藝？為什麼「論詩詩」在唐代以後會如此盛行，會有那麼多的理論家樂此不疲？個中的原因無疑是複雜的，但我以為最根本、最直接的是以下兩點：

　　首先，是中國古代批評文體之「文學」化的歷史進程和發展趨勢決定了「論詩詩」這種詩性批評文體和闡釋方式的產生。〔註 92〕中國古代批評文體的「文學化」進程可以追溯到先秦時期，雖然此期的《論語》、《孟子》、《莊子》都還不是純粹意義上的批評文體，但其中所包含的大量的雋言妙語和生動形象的寓言故事由於具有相當的文學色彩，這就為後來的批評文體的文學化奠定了堅實的基礎。中國古代批評文體文學化的正式出場則是在兩漢魏晉南北朝時期，例如「賦」在當時是最受文人雅士親睞也最流行的文體，賦的寫作和欣賞自然成為文士們生活中的一件極為重要也極為嚴肅的事情。劉勰《文心雕龍・神思》篇有云：「相如含筆而腐毫，揚雄輟翰而驚夢，桓譚疾感於苦思，王充氣竭於思慮，張衡研《京》以十年，左思練《都》以一紀：雖有巨文，亦思之緩也」，正是這種生活的真實寫照。在這樣一種背景之下，古代的文人雅士們將他們的藝術才華釋放到本該以論說見長的批評文體之中就是十分自然的事情了。例如後漢的崔瑗、蔡邕在其書法批評著作《草書勢》、《篆勢》和《隸勢》中，就把「炫辭作玩」的賦法引進本來「不入華侈之區」的頌讚之中，多方的鋪陳與層出不窮的比喻終於使頌讚之體具有了文學之性。更典型的是晉代的陸機，其《文賦》作為中國文學批評史上的第一篇完整而系統的理論性作品，本來是要探討文學創作過程中何以會出現「意不稱物、文不逮意」的問題，但卻完全用賦體來表達，內在的藝術構思之理的辨析和外在的賦之詩性言說這兩者的奇妙結合，終於使他的《文賦》成為批評文體文學化的一個標本。再如「駢文」是六朝流行的最具文學意味的文體，而劉勰的《文心雕龍》正是用駢文寫就，我們看他論「神思」即云「登山則

〔註 92〕「中國古代批評文體的文學化」乃借用李建中先生的觀點。李氏提出「古代文論以論說之體而具詩賦之性，其批評文體的文學化、語言風格的美文化和理論形態的藝術化，共同鑄成文論之『體』的詩性特質。」此說極有見地。見李著《古代文論的詩性空間》第 93 頁，湖北人民出版社 2005 年版。

情滿於山，觀海則意溢於海」，談「風骨」則說「若風骨乏採，則鷙集翰林；採乏風骨，則雉竄文囿」，解「物色」亦曰「一葉且或迎意，蟲聲有足引心；況清風與明月同夜，白日與春林共朝哉！」在這裡，劉勰正是由於充分運用駢文「高下相須，自然成對」的特點，才將一部體大思精的《文心雕龍》寫得美輪美奐，成為中國古代文學化批評的一個難以企及的典範。而中國古代批評文體的文學化的高峰當在唐代，這是公認的中國古代詩歌發展的黃金時期，詩歌創作之繁榮、創作風格流派之多樣、各種詩體發展之成熟、獨具風格的詩人之眾多，都是前所未有的。在這樣一種背景下，一些文士特別是一些在詩歌創作上有著精深造詣的詩人如李白、杜甫、韓愈、白居易、李商隱等有意識地採用詩的文體形式來品詩說藝，從而最終創造出「論詩詩」這種文學化批評文體或詩性闡釋方式就是歷史的必然了。

其次，中國古代作詩者與批評家一身二任的獨特身份，也是「論詩詩」產生的一個不容忽視的因素。著名的批評史家羅根澤先生曾經指出：「中國的批評，大都是作家的反串，並沒有多少批評專家。」〔註93〕事實的確如此，長期以來，中國古代的詩論家批評家都是以詩人作家的身份來從事文學批評的，他們往往集創作與評論於一身。比如從《典論·論文》的作者曹丕、《文賦》的作者陸機，到《二十四詩品》的作者司空圖、《滄浪詩話》的作者嚴羽，再到《人間詞話》的作者王國維，他們無一不是詩人型或作家型的批評家。中國文學批評主體的這種特定身份決定了詩論家批評家們普遍具有一種詩性的氣質——他們具有比一般人更為敏銳、細膩的藝術感悟能力和體味能力，他們的情緒和情感也更多地帶有個性化、人格化、詩意化和審美化的特徵。中國文學批評主體所具有的詩性氣質給批評家們帶來了雙重的好處：從創作方面來看，批評家們所具有的詩性氣質使他們當中的一些人如曹丕、陸機、杜甫、白居易等自然成為在文學史上有相當影響甚至是著名的詩人；從文學批評方面來看，批評家們所具有的詩性氣質則內在地決定了他們必然要注重於對作品醇厚的情愫和那情愫中所蘊涵的情趣、韻味的玩賞和體悟，他們對藝術的敏銳而細膩的感受能力和情感體驗能力也必然要充分地表現出來，而所有這一切又必然外化為中國傳統文學批評中的「文學化」訴求，從而使中國傳統文學批評帶有濃重的詩化傾向和詩性特徵，而這種詩化傾向和詩性特徵發展到極致就是「論詩詩」這種詩性闡釋方式和批評方式的產生。

〔註93〕羅根澤《中國文學批評史》第 14 頁，上海古籍出版社 1984 年新 1 版。

第四章　中國古代詩學解釋學與
　　　　　儒、道、釋思想

　　中國古代詩學解釋學是在中國傳統文化的土壤裏滋長起來的，它必然要受到中國傳統文化思想的影響，而中國傳統文化思想主要又是由儒、道、釋（其中主要是禪宗）三家組成的，因此本章著重考察儒、道、釋三家思想對中國古代詩學解釋學的影響。

　　總起來看，作爲中國傳統文化組成部分的儒、道、釋思想對中國古代詩學解釋學的影響是巨大而深遠的，它們不僅深刻地影響了中國古代詩論家、解釋學家理解和把握詩藝的入思方式和觀照角度，也賦予了中國古代詩學解釋學深厚的文化底蘊，鑄成了中國古代詩學解釋學某些特有的解釋策略、原則和方法。

第一節　「依經立義」論──儒家思想對中國古代
　　　　　詩學解釋學的影響

　　在儒、道、釋三家思想中，無疑數儒家思想對中國古代詩學解釋學的影響最大最徹底，這不僅是由於儒家思想在中國思想文化中居於主導地位，而且還在於儒家思想對中國古代詩學解釋學的這種巨大而深遠的影響是通過經學解釋學這一特殊的途徑來實現的。因此要考察儒家思想對中國古代詩學解釋學的影響，從經學解釋學入手不失爲一種有效的方法。

　　那麼，什麼是經學解釋學呢？按照最一般的理解，所謂「經學」即「訓

解或闡述儒家經典之學」。〔註1〕經學的起源，晚清今文經學家皮錫瑞斷定爲「自孔子刪定『六經』爲始。孔子以前，不得有經。」〔註2〕這裡所說的「六經」即指儒家的《詩》、《書》、《禮》、《樂》、《易》、《春秋》等六部經典。但經學眞正成爲中國封建社會正統思想的主要表現形式，則是從西漢中期武帝「罷黜百家，獨尊儒術」、將上述幾部儒家典籍法定爲「經」並設立《詩經》、《書經》、《禮經》、《易經》、《春秋經》五經博士開始的，唐以後又逐步將儒家經典擴展爲九經、乃至十三經。從經學主要以儒家思想文化典籍爲解釋對象並主要闡述儒家經典之學這一點來看，儒家思想毫無疑問是經學的主導思想；而從《詩經》本屬於「六經」之一這一點來看，中國古代詩學解釋學又與經學解釋學結下不解之緣，因爲正是在經學解釋學圍繞《詩經》及其它儒家經典進行訓詁、考據和解釋的過程中才孕育出了中國古代詩學解釋學。也就是從這個意義上，我們認定儒家思想對中國古代詩學解釋學的影響主要是通過經學解釋學來實現的。

作爲中國封建社會法定的文化經典和社會意識形態的集中表現，作爲中國古代特有的一種文獻解釋學，經學解釋學對詩學解釋學的影響無疑是深刻的也是多方面的。舉例來說，由於經學解釋學的主導思想是儒家思想，因此儒家對現實社會、政治的密切關注以及對詩教的極端重視也就必然轉化爲詩學解釋學的一種內在訴求——解釋者必須高度重視作品所反映的政治倫理道德內容，必須將作品與其所由產生的社會歷史背景以及作者的生平、生活遭際聯繫起來，從而對作品的思想蘊含作出確定的理解和解釋——「知人論世」、「以意逆志」、「審音知政」等一系列重要的詩學解釋學原則的提出即是這種內在訴求的必然結果。由於本論文第一章對這方面的內容已經有所論及，此處不再贅述。這裡著重結合漢儒說《詩》的相關的材料，具體討論經學解釋學的「依經立義」原則對中國古代詩學解釋學的制約和影響，〔註3〕內

〔註1〕 《辭海》哲學分冊第 230 頁，上海辭書出版社 1980 年版。
〔註2〕 皮錫瑞著、周予同注釋《經學歷史》第 1 頁，中華書局 2004 年版。
〔註3〕 「依經立義」語出王逸的《離騷章句序》：「夫《離騷》之文，依託五經以立義焉。」王逸此論是針對班固依託經義貶低屈原而發，其理論本義是爲擡高屈原作品的思想價值，但他無意中卻說出了經學解釋學的根本闡釋原則。後來劉勰《文心雕龍‧辨騷》指出：漢儒評說《離騷》褒貶不一，劉安等「四家舉以方經，而孟堅謂不合傳」，但無論是褒還是貶，在視《離騷》爲經這一點上，則完全一致：褒者肯定其「依經立義」，貶者否定其「非經義所載」，這也從一個側面說明漢儒的確以外在於文學的尺度——「經義」作爲根本的闡釋原則。

容主要涉及漢儒說《詩》的政教闡釋取向、美刺理解模式和比興釋義方法等三個方面。

一、漢儒說《詩》的政教闡釋取向

　　漢代是經學鼎盛的時代，各種文化學術無不受其影響，儒學經生對古《詩》的理解和解釋也不可避免地打上了時代的烙印。明代的文學批評家萬時華《詩經偶箋注》曾一針見血地指出：「今之君子知《詩》之爲經，而不知《詩》之爲詩，一弊也。」雖然萬時華所指的是他那個時代的情況，但把《詩》完全當作儒家的經典而不是當作文學作品，企圖從中尋找出正統的儒家政治教化思想，則是在漢儒說《詩》的時候就已經確定了的。

　　《毛詩序》對《關雎》的解說就較早顯示出這種政教的闡釋取向：「《關雎》，后妃之德也，風之始也，所以風天下而正夫婦也。故用之鄉人焉，用之邦國焉。風，風也，教也；風以動之，教以化之。」〔註4〕《關雎》是《國風》的第一篇，它本來是一首描寫貴族青年婚戀的情詩，作品以雎鳩起興男子對女子的愛慕，以採集荇菜起興男子對女子的追求，全詩一唱三歎，眞摯感人。但就是這樣一首愛情詩，卻偏偏被《毛詩序》附會成爲是對周文王妃子太姒之賢德的讚美詩，認爲它讚美了太妃雖爲文王之後，但並無嫉妒專寵之心，而日夜思念求得淑女作爲文王的嬪妾，好與自己共盡後宮之職的事情，從而「美」了「文王之化」。這樣一來，詩中優美動人的形象被改造成了乾巴巴的政治道德教條，作品的審美價值被硬性地閹割了，文學藝術鈍化爲政治教化的工具，文學解釋活動也最終被異化爲封建倫理道德觀念和政治觀念的灌輸活動。

　　不僅僅是《關雎》篇，《毛詩序》對整部《詩經》都堅持這種政治教化的闡釋取向，都有意深文周納、曲折巧說地從詩歌作品中去「發現」它的政治道德倫理的含義，如《詩·周南·芣苢》：

> 采采芣苢，薄言採之。采采芣苢，薄言有之。
> 采采芣苢，薄言掇之。采采芣苢，薄言捋之。
> 采采芣苢，薄言袺之。采采芣苢，薄言襭之。

毛詩《小序》解釋說：「《芣苢》，后妃之美也。和平則婦人樂有子也矣。」〔註

〔註4〕鄭玄箋、孔穎達等正義《毛詩正義》卷一，《十三經注疏》本，第269頁，上
　　　　海古籍出版社1997年影印本。
〔註5〕鄭玄箋、孔穎達等正義《毛詩正義》卷一，《十三經注疏》本，第281頁，上

5〕其實這首詩不僅與「后妃之美」了無干涉，而且也與「樂有子」毫不相關。它反映的是田家婦女的勞動生活，全詩不加雕飾，脫口而出，重章疊句，一唱三歎，特別是通過「採」、「有」、「掇」、「捋」、「袺」、「襭」等六個動詞的交替運用，表現了她們在勞動過程中那種輕鬆歡快的心理情緒，並沒有什麼政治倫理的深義寓於其中。清代的批評家方玉潤就非常反對漢儒的這種深文周納、曲為之解的解釋路徑：「此詩之妙，正在其無所指實而愈佳也。夫佳詩不必盡皆徵實，自鳴天籟，一片好音，尤足令人低回無限。若實而按之，興會索然矣。」他還進一步結合自己的生活經驗和藝術經驗對這首詩進行了符合原旨的解說，從而推翻了《毛詩序》強加給《芣苢》的政治教化的意旨：「讀者試平心靜氣，涵泳此詩，恍聽田家婦女，三三五五，於平原繡野、風和日麗中群歌互答，餘音嫋嫋，若遠若近，忽斷忽續，不知其情之何以移而神之何以曠。則此詩可不必細繹而自得其妙焉。」〔註6〕

又如《詩・召南・草蟲》：

> 喓喓草蟲，趯趯阜螽。未見君子，憂心忡忡。
> 亦既見止，亦既覯止，我心則降。

> 陟彼南山，言采其蕨。未見君子，憂心惙惙。
> 亦既見止，亦既覯止，我心則說。

> 陟彼南山，言采其薇。未見君子，我心傷悲。
> 亦既見止，亦既覯止，我心則夷。

詩歌寫的是一位採蕨菜的女子，從草蟲鳴叫的秋天到採蕨菜的春天一直在憂心忡忡地思念著她的丈夫，然而卻不見歸來。作品通過物候的更替和主人公內心變化的描寫，襯托出相思女子的別離之苦，這無疑是一首淒婉動人的思婦詩。然而毛詩《小序》卻說：「《草蟲》，大夫妻能以禮自防也」，〔註7〕硬要把作品往儒家政治教化的框子裏拉，其牽強附會之處是顯而易見的。所以後來的學者對此多有抨擊，如姚際恒就斥之為「不通之論」，〔註8〕方玉潤則認為《小序》是「節外生枝。細詠詩詞，何嘗有『以禮自防』意？即一婦思夫，

海古籍出版社 1997 年影印本。

〔註6〕 方玉潤《詩經原始》第 85 頁，中華書局 1985 年版。

〔註7〕 鄭玄箋、孔穎達等正義《毛詩正義》卷一，《十三經注疏》本，第 286 頁，上海古籍出版社 1997 年影印本。

〔註8〕 姚際恒《詩經通論》第 35 頁，中華書局 1958 年版。

而必牽及『文王之化』者何哉？」〔註9〕

　　必須指出的是，按照這種既定的政治教化的取向來闡釋古《詩》，把形象
優美、意蘊深厚、韻味無窮的《詩三百》當作儒家倫理道德觀念的圖解，把
詩學的解釋完全變成經學的解釋，在漢代並非只有毛詩一家，毛詩之前的齊、
魯、韓三家詩說就已見端倪，雖然由於東漢今（三家詩）古（毛詩）文之爭
劇烈，以後又出現毛詩興而三家微的局面，但三家詩的遺意可以從後代學者
的輯佚成果中見出。試看三家詩對《關雎》的解說：

　　　　周道缺，詩人本之袵席，《關雎》作。——魯說

　　　　孔子論《詩》，以《關雎》爲始。言太上者民之父母，后夫人之
　　　　行不侔乎天地，則無以奉神靈之統而理萬物之宜，故《詩》曰：「窈
　　　　窕淑女，君子好仇。」言能致其貞淑，不貳節操，情欲之感無介乎
　　　　容儀，宴私之意不形乎動靜，夫然後可以配至尊而爲宗廟主。——
　　　　齊說

　　　　詩人言雎鳩貞潔愼匹，以聲相求，隱蔽與無人之處，故人君退
　　　　朝入於私宮，后妃御見有度，應門擊柝，鼓人上堂，退反宴處，體
　　　　安志明。今時大人內傾於色，賢人見其萌，故泳《關雎》，說淑女、
　　　　正容儀以刺時。——韓說〔註10〕

由上引的幾段評注可以清楚地看到，儘管三家詩對《關雎》的具體解說與毛
詩有不同的側重，但他們都是以儒家僵化的倫理道德教條來規範和肢解《關
雎》篇所描繪的優美動人的藝術形象，這種純政治教化的闡釋取向與毛詩相
比可以說是如出一轍。

二、漢儒說《詩》的「美」「刺」理解模式

　　如果說深文周納地從作品中尋求儒家政治倫理道德的微言大義是漢儒說
《詩》固定的闡釋取向的話，那麼從「美」「刺」二端來解釋作品的主題則是
漢儒說《詩》固定的理解模式。〔註11〕《詩大序》就明確地指出國風裏的詩
歌是「下以諷刺上，主文而譎諫」，「詠泳情性，以諷其上」，而頌詩則是「美

〔註9〕　方玉潤《詩經原始》第98頁，中華書局1986年版。
〔註10〕　參見王先謙《詩三家義集疏》第4～5頁，中華書局1987年版。
〔註11〕　程廷祚說：「漢儒言詩，不過美刺兩端。」見《青溪集》卷二《論詩十三‧再
　　　　論刺詩》，金陵叢刊本。

盛德之形容」。〔註 12〕而且不僅僅是《毛詩》，齊、魯、韓三家詩對古《詩》
無一例外地都是按照「美」、「刺」的模式來進行理解和解釋的。〔註 13〕

　　那麼，對於漢儒以「美」、「刺」的模式來理解和解釋《詩經》應該如何
評價呢？這要作具體分析。翻閱《詩經》，我們可以發現其中確有一些作品包
含有「美」、「刺」的內容，如《詩經‧魏風‧碩鼠》，就是以對現實中存在的
不合理現象進行諷刺和批判為主要內容的一首作品。全詩採用借喻的手法，
將貪婪的剝削者比作田間的大老鼠，表達了勞動人民對貪得無厭的統治者的
無比憤懣之情以及對美好生活的嚮往和追求。對這首詩，《毛傳》說：「刺重
斂也。國人刺其君重斂蠶食於民，不修其政，貪而畏人，若大鼠也。」《鄭箋》
也說：「大鼠大鼠者，刺其君也。女（汝）無復食我黍，疾其稅斂之多也。我
事女（汝）三歲矣，曾無教令恩德來顧眷我。又疾其不修政也。」〔註 14〕此
外，齊、魯、韓三家詩也發表了相似的看法，如魯說：「履畝稅而《碩鼠》
作。」齊說：「周之末塗，德惠塞而耆欲眾，君奢侈而上求多，民困於下，怠
於公事，是以有履畝之稅，《碩鼠》之詩是也。」〔註 15〕應該說，毛詩與三家
詩對《碩鼠》主旨的解釋以及鄭玄的箋注點明了作品的寫作背景，揭櫫了作品本身蘊
含的「刺」的思想主題，這的確有助於讀者對這首詩的思想蘊涵作深入的理
解。從這個意義上看，漢儒以「美」、「刺」說詩自有其存在的意義和價值。
但是問題的另一面在於，《毛詩》和三家詩及鄭玄等漢儒在理解和解釋古《詩》
的時候往往不顧作品本文內容的實際，完全按照儒家正統的思想觀念去肆意
曲解作品以滿足當時統治階級的政治需要，這就勢必使「美」與「刺」最終
淪為闡發儒家倫理道德思想的一種固定的思路和模式。著名的文學史家鄭振
鐸先生對此就作過一針見血的批評：「大概作《詩序》的人，誤認《詩經》是
一部諫書，誤認《詩經》裡許多詩都是對帝王而發的，所以他所解說的詩意，
不是美某王便是刺某公。又誤認詩歌是貴族的專有品，所以他便把許多詩都

〔註 12〕鄭玄箋、孔穎達等正義《毛詩正義》卷一，《十三經注疏》本，第 271～272
　　　　頁，上海古籍出版社 1997 年影印本。
〔註 13〕據《毛傳》，《國風》160 首，標美詩 19，刺詩 78；《小雅》74，標美詩 7，刺
　　　　詩 44；《大雅》31，標美詩 9，刺詩 9。又據王先謙《詩三家義集疏》，《詩‧
　　　　鄭風》21 首，毛詩標美詩 1，刺詩 15。而在所標的 16 首中，僅《清人》、《洧》
　　　　兩篇齊說、韓說和毛詩略有差異，餘則「無異義」。
〔註 14〕鄭玄箋、孔穎達等正義《毛詩正義》卷一，《十三經注疏》本，第 359 頁，上
　　　　海古籍出版社 1997 年影印本。
〔註 15〕王先謙《詩三家義集疏》第 412 頁，中華書局 1987 年版。

歸到某夫人或某公、某大夫作的，又誤認一國的風俗美惡與王公的舉動極有關係，所以他又把許多詩都解說是受某王之化、是受某公之化。因為他有了這個成見在心，於是一部很好的搜集古代詩歌很完備的《詩經》，被他一解釋便變成一部毫無意義而艱深若《盤》、《誥》的懸戒之書了。」〔註16〕誠如鄭振鐸先生所指出的，只要翻開《毛詩》就可以清楚地看到，《小序》對許多詩篇主題和內容的曲解，就是在「美」與「刺」這種先在的固定的理解模式之下進行的。茲舉兩例：

例一，《詩·周南·漢廣》：

南有喬木，不可休思。漢有遊女，不可求思。

漢之廣矣，不可泳思。江之永矣，不可方思。

翹翹錯薪，言刈其楚。之子于歸，言秣其馬。

漢之廣矣，不可泳思。江之永矣，不可方思。

翹翹錯薪，言刈其蔞。之子于歸，言秣其駒。

漢之廣矣，不可泳思。江之永矣，不可方思。

這是流傳於江漢流域的一首民間情歌，此詩以喬木下無法休歇以及江、漢之水的難以逾越作比，抒寫了一位男子愛慕追求一女子卻苦於不能如願的深摯而複雜的感情。整首詩委婉曲折，情真意切，特別是詩的每章末尾的「漢之廣矣，不可泳思。江之水矣，不可方思」這四句疊詠，將遊女朦朧恍惚的形象、江上迷茫浩淼的景色，以及抒情主人公對女子的癡迷之情，都融於長歌浩歡之中。吟詠此詩，會給讀者一種煙波滿眼、樵唱在耳、情致深婉、餘音嫋嫋的感覺。然而，《小序》卻說：「《漢廣》，德廣所及也。文王之道被於南國，美化行乎江漢之域，無思犯禮，求而不可得也。」〔註17〕《鄭箋》也說：「紂時淫風遍於天下，維江漢之域先受文王之教化。」明明是一首與道德教化了無干涉的民間情歌，卻被比附為「美」了文王之德政教化，「美」、「刺」的理解模式對漢儒說詩的思維方式的馨控於此可見一斑。

例二，《詩·唐風·綢繆》：

綢繆束薪，三星在天。今夕何夕，見此良人？

〔註16〕鄭振鐸《讀毛詩序》，顧頡剛編《古史辨》第三冊下編第 389～390 頁，上海書店 1979 年版影印本。

〔註17〕鄭玄箋、孔穎達等正義《毛詩正義》卷一，《十三經注疏》本，第 281 頁，上海古籍出版社 1997 年影印本。

子兮子兮，如此良人何？

綢繆束芻，三星在隅。今夕何夕，見此邂逅？

子兮子兮，如此邂逅何？

綢繆束楚，三星在戶。今夕何夕，見此粲者？

子兮子兮，如此粲者何？

《小序》謂此詩：「《綢繆》刺晉亂也。國亂婚姻不得其時焉。」〔註18〕其實，《綢繆》本是一首描摹男女新婚之夜喜悅之情的詩歌。作品先以「束薪」和「三星在天」暗示婚嫁之時的到來，然後以諧謔新婦新郎的呼告、設問作結，把婚禮上的喜慶場面、來賓豔羨的神態描繪得如在目前。特別是詩中「今夕何夕」的設問，將一對新人羞怯的儀容和欣喜的心理刻劃得栩栩如生，簡直令人難以忘懷。對這樣一首描寫日常生活中極為常見的男女婚姻的詩歌，《小序》仍然以「美」、「刺」的道德教化的框子來進行圈定，其牽強附會之處是顯而易見的。難怪後來方玉潤對《毛序》的解說提出了的尖銳的批評：「此賀新婚詩耳。『今夕何夕』等詩，男女初婚之時夕，自有此倘情形景象。不必添出『國亂民貧，男女失時』之言，始見其為欣慶詞也。唯此詩無甚深義，只描摹男女初遇，神情逼真，自是絕作。不可廢也。若必篇篇有為而作，恐自然天籟反難索已。」〔註19〕

必須再次強調的是，不僅僅是《毛詩序》，魯、齊、韓三家詩以及鄭玄等漢儒對古《詩》的理解和闡釋都沒有擺脫這種「美」、「刺」的模式。如《關雎》篇，據馮國翰《玉函山房輯佚書》所輯，申培《魯詩故》云：「后夫人雞鳴佩玉去君所，周康后不然，詩人歎而傷之。」后蒼《齊詩傳》云：「周室將衰，康王宴起，畢公喟然，深思古道，感彼關雎，德不雙侶，願得周公妃，以窈窕防微漸，諷喻君父。」薛漢《韓詩章句》云：「詩人言關雎貞潔慎匹，以聲相求，必於河之洲，隱蔽於無人之處。故人君退朝，入於私宮，后妃御見，去留有度，應門擊柝，鼓人上堂，退反宴處，體安志明。今時大人內傾於色，賢人見其盟，故詠關雎，說淑女，正容儀，以刺時也。」儘管三家詩對《關雎》篇的理解與毛詩略異，但以「美」、「刺」說詩的路數卻如出一轍。又如鄭玄《詩譜序》云：「論功頌德，所以將順其美；刺過譏失，

〔註18〕鄭玄箋、孔穎達等正義《毛詩正義》卷一，《十三經注疏》本，第 364 頁，上海古籍出版社 1997 年影印本。

〔註19〕方玉潤《詩經原始》第 257 頁，中華書局 1986 年版。

所以匡救其惡。各於其黨,則為法者彰顯,為戒者著明。」〔註20〕他以「美」、「刺」說詩的意圖是再明顯不過的。而且鄭玄作《詩譜》,一律將《詩經》中的篇章繫之於時,再根據其時的或盛或衰來判別詩意的或正或變,最後再確定詩的或美或刺,這種先入為主的思維方式和闡釋方式與《毛詩序》也是一脈相承的。

三、漢儒說《詩》的「比」、「興」釋義方法

在漢儒的心目中,《詩三百》作為儒家的經典包含有人倫教化的重要內容,因此他們解釋《詩三百》的唯一任務就是把這些有關政教風化的重大主題挖掘出來。也正是由於這一點,漢儒們在說《詩》的過程中才那樣固守政治教化的闡釋取向和「美」、「刺」的理解模式,才那樣牽強附會地把詩的內容和主題往忠君治亂、人倫教化的狹窄巷子裏拉。但是,即便是這樣,漢儒們仍然留下了沒有解決的問題:這就是《詩三百》在每一篇的開頭,常常是對一些日常生活中極為常見的鳥獸、草木、蟲魚等形象的描繪。那麼,靠什麼把這些鳥獸、草木、蟲魚等形象與所謂政教風化掛上鉤呢?比如,雎鳩這種水鳥與「后妃之德」,卷耳這種野菜與「后妃之志」,葛藤這種植物與「后妃之本」,靠什麼把它們二者聯繫起來呢?這個問題在漢儒們看來其實很簡單,這就是「比」、「興」釋義的方法。

「比」與「興」的概念最早見於《周禮・春官・大師》:「大師……教六詩,曰風,曰賦,曰比,曰興,曰雅,曰頌。」〔註21〕但未對「六詩」作具體說明。後來《毛詩序》將「六詩」改為「六義」,也只解釋了風、雅、頌,而不及賦、比、興。真正將「比」、「興」作為一種對《詩三百》的接受和闡釋方法的是《毛詩訓故傳》,《毛傳》在一百一十六首詩下明確標示有「興」字。為什麼「毛公述傳,獨標興體」?劉勰的解釋是「比顯而興隱」(《文心雕龍・比興》),從藝術表現的直露和隱蔽來找原因,當然有一定的道理。但是,我們認為最根本的還是《毛傳》所標之「興」本身就是「比喻」的意思,因為在漢儒的心目中,「興」被普遍認為包含了「比」。如鄭眾釋「比」為「比

〔註20〕鄭玄箋、孔穎達等正義《毛詩正義》卷一,《十三經注疏》本,第 262 頁,上海古籍出版社 1997 年影印本。

〔註21〕鄭玄注、賈公彥疏《周禮注疏》卷二三,《十三經注疏》本,第 796 頁,上海古籍出版社 1997 年影印本。

方於物」，釋「興」爲「託事於物」。在他看來，「比」與「興」都是譬況，實質上完全一樣，只不過前者明顯，後者隱蔽罷了。又如鄭玄注《周禮》「六詩」云：「比，見今之失，不敢斥言，取比類以言之。興，見今之美，嫌於媚諛，取善事以喻勸之。」〔註 22〕他也認爲「比」和「興」都是比喻，而且二者並無顯隱之別，只有美、刺之分。清人陳奐《詩毛氏傳疏》在《葛藟》篇下注曰：「曰『若』，曰『如』，曰『喻』，曰『猶』，皆比也。《傳》則皆曰『興』。比者，比方於物。興者，託事於物。作詩者之意，先以託事於物，繼乃比方於物，蓋言興而比已寓焉矣。」〔註 23〕陳奐的注解可謂深得《毛傳》以「興」說詩的意旨。當然，更重要的還是《毛傳》、《鄭箋》在解說《詩三百》時明確地將「興」理解成「比」，所謂「興是譬喻之名，義有不盡，故題曰興。」〔註 24〕下面，我們就以《毛傳》和《鄭箋》爲例，來看一看漢儒是如何以這種「比」、「興」（即譬喻）的釋義的方法來把《詩三百》中的草木、鳥獸蟲魚與政教風化的大道理掛上鈎的。

　　漢儒所謂「比」、「興」釋義的方法具體地說，就是根據鳥獸、草木、蟲魚在習性、形體、性狀等方面的特徵來進行解釋和發揮，從而把它們與《詩序》中所闡述的政教風化的大道理緊緊地聯繫起來。茲舉數例，以爲說明。如《關雎》篇，《小序》以爲是「后妃之德也。」其實《關雎》是一首表現男女戀情的詩歌，它與所謂「后妃之德」沒有任何關係，但《毛傳》卻將該詩的開頭兩句「關關雎鳩，在河之洲」標爲「興也」，以雎鳩的「摯而有別」（即雌雄不雜居）、退居河洲來譬喻后妃的「慎固猶深」、「幽閒貞專」、居於深宮和「夫婦有別」等等，〔註 25〕這顯然是抓住雎鳩這種水鳥的習性特徵來比附政教風化的大道理的。又如《草蟲》篇，《小序》以爲是「大夫妻以禮自防也」，而實際上這是一首思婦詩，與封建倫理道德並無干係。然而《毛傳》、《鄭箋》卻從標爲「興也」的首二句「喓喓草蟲，趯趯阜螽」著手，以「草蟲鳴而阜螽躍而從之」來比喻「卿大夫之妻待禮而行，隨從君子」，這也還是以草蟲、

〔註 22〕 鄭玄注、賈公彥疏《周禮注疏》卷二三，《十三經注疏》本，第 796 頁，上海古籍出版社 1997 年影印本。

〔註 23〕 陳奐《詩毛氏傳疏》，中國書店 1984 年影印本。

〔註 24〕 鄭玄箋、孔穎達等正義《毛詩正義》卷一，《十三經注疏》本，第 271 頁，上海古籍出版社 1997 年影印本。

〔註 25〕 鄭玄箋、孔穎達等正義《毛詩正義》卷一，《十三經注疏》本，第 269 頁，上海古籍出版社 1997 年影印本。

阜螽在生活習性上的特點來比附儒家的教化道德主題。〔註 26〕再如《樛木》篇，《小序》以爲是「后妃逮下也。言能逮下而無嫉妒之心焉。」《樛木》本是一首祝福新郎福祿長隨的詩，與所謂「后妃逮下」的風教之旨同樣掛不上鈎。但是，《毛傳》和《鄭箋》卻抓住被標爲「興也」的首兩句「南有樛木，葛藟纍之」大做文章。他們認爲，「木下曲曰樛」，因爲「下曲」，故葛藤得以攀緣而上，這正好比喻后妃「能以意下逮眾妾使得其次序，則眾妾上附事之而禮義亦俱盛。」〔註 27〕在這裡，解詩者是以樛木、葛藟性狀上的特點來進行比附。總之，漢儒正是以這種「比」、「興」釋義的方式，將《詩三百》所描寫的一些日常生活中常見的鳥獸、草木、蟲魚等形象改造成了負載政治道德教條的代碼，而漢儒提出「比」、「興」的釋義方式也淪爲破譯隱藏在作品中的政教風化密碼的一種有效的解碼方式。

　　必須指出的是，漢儒運用「比」、「興」的釋義方式對將《詩三百》中的鳥獸、草木、蟲魚與政教風化的主題聯繫起來的時候，儘管他們也注意到了那些動、植物在形體、習性和性狀方面的特點，但由於從根本上說，那些鳥獸、草木、蟲魚在詩中僅僅是作爲一種藝術形象而存在的，它們與所謂政教風化的大道理並無關涉，因此，無論漢儒們怎樣費盡心機，強行扭合，他們的結論還是顯得穿鑿附會，迂腐可笑。如《周南·螽斯》，《小序》云：「《螽斯》，后妃子孫眾多也。言若螽斯不妒忌，則子孫眾多也。」〔註 28〕《小序》的意思是說，后妃由於像螽斯（蝗蟲一類生殖能力強的昆蟲）一樣無妒忌專寵之心，所以君王能夠子孫興旺。像這樣來理解和解釋《詩三百》，簡直令人啼笑皆非。而且更應該指出的是，從方法論上看，漢儒以「比」、「興」的方式把作品中的鳥獸、草木、蟲魚等一個個的藝術形象置換成一個個的政治道德的意念和思想，這不僅使詩學的解釋最終異化爲經學的解釋，而且也直接影響了後世以尋求政治上的微言大義爲目的的「索隱」闡釋方式的出現，在反思儒家思想對中國古代詩學解釋學帶來的深刻而複雜的影響的時候，我們尤其應該對此保持清醒的認識。

〔註 26〕鄭玄箋、孔穎達等正義《毛詩正義》卷一，《十三經注疏》本，第 286 頁，上海古籍出版社 1997 年影印本。

〔註 27〕鄭玄箋、孔穎達等正義《毛詩正義》卷一，《十三經注疏》本，第 278 頁，上海古籍出版社 1997 年影印本。

〔註 28〕鄭玄箋、孔穎達等正義《毛詩正義》卷一，《十三經注疏》本，第 279 頁，上海古籍出版社 1997 年影印本。

第二節 「得意忘言」論──道家思想對中國古代詩學解釋學的影響

　　在作爲中國傳統思想文化組成部分的儒、道、釋三家思想中，儒家思想無疑居於主導和正統地位，但是如果沒有道家，中國的傳統思想文化就絕不會如此豐富多彩，同時也就不會有在中國後期封建社會文化中起了重要作用的中國式佛學──禪宗思想的出現，從這個意義上我完全贊同劉綱紀先生的觀點：「道家與儒家是中國傳統文化發展的兩大源頭」。〔註29〕

　　但以上僅僅是就一般的文化思想狀況而言，如果從藝術和審美的角度來看，以自然爲本位的高蹈出世的道家比起以社會功利性爲本位的積極入世的儒家來，更富於超越的精神和審美的氣質，更注重人與自然的審美關係，對文學藝術的特點和審美心理規律有著更爲深刻的理解。特別是道家基於哲學本體論問題以及人生意義與價值問題思考之上的對於人類能否運用理性去把握形上本體的問題──也即人類的語言能否把握「道」的問題的思考，更是引發了歷代關於語言與意義的關係的深入持久的討論，從而對中國古代詩學解釋學發生直接的影響。下面，我們就沿著這一思路來具體考察道家思想對中國古代詩學解釋學的影響。

一、老、莊的「言不盡意」論

　　道家的代表人物是老子和莊子，而老莊哲學的基本觀念則是「道」。什麼是老莊心目中的「道」呢？老子說：「道沖，而用之或不盈。淵兮，似萬物之宗。」（《老子》第四章），又說「道生一，一生二，二生三，三生萬物。」（《老子》第四十二章）老子把「道」看作是萬物賴以存在的根據和派生萬物的本原。同時，「道」又是認識的對象，並且是認識的最高目的，因此人們對於萬事萬物的觀照都要都要進入到對其本原「道」的觀照。然而，在老子看來，作爲宇宙本體的「道」是「無狀之狀，無象之象」，具有「恍惚」的特徵（《老子》第二十一章），一般人對它「視之不見，聽之不聞」，「搏之不得」，把握起來自然十分困難（《老子》十四章）。莊子對「道」的這種「恍惚」的存在樣態也作過相似的描述：「夫道，有情有信，無爲無形，可傳而不可受，可得而不可見；自本自根，未有天地，自古以固存；神鬼神帝，生天生地；在太

〔註29〕劉綱紀《傳統文化、哲學與美學》第 27 頁，廣西師範大學出版社 1997 年版。

極之先而不爲高，在六極之下而不爲深，先天地生而不爲久，長於上古而不爲老」（《莊子・大宗師》），他同樣強調了作爲宇宙本體的「道」的「可傳而不可受，可得而不可見」的難把握性。正是基於這種對人的理性能力不能夠把握宇宙自然本體的「道」的哲學觀念，老莊順理成章地推衍出言與道隔即語言不能把握「道」的觀點。如老子明確指出：「道可道，非常道；名可名，非常名」（《老子》第一章）。莊子也認爲眞正的大道「淵乎其不可測」（《莊子・天道》，是「不可言之言」，因而是無法言說的（《莊子・知北遊》）。既然憑藉語言難以把握作爲宇宙本體的「道」，那麼語言的意義就是十分有限的了，語言作爲工具的局限性也就是不可避免的了。也正是在這樣一種哲學背景之下，老莊對語言和意義的關係（即語言同思想能否達到同一）這一有關解釋學的基本問題作了比較深入的思考。

　　在語言和意義的關係問題上，老莊首先從哲學本體論的高度對理解的主體和客體兩方面都進行了探索，從而提出了「言不盡意」論。﹝註30﹞我們先看《莊子・天道》篇從理解的客體的意義方面對言意關係所作的考察：

　　　　世之所貴道者書也，書不過語，語有貴也。語之所貴者意也，意有所隨；意之所隨者不可以言傳也，而世因貴言傳書。世雖貴之，我猶不足貴也，爲其貴非其貴也。故視而可見者，形與色也；聽而可聞者，名與聲也。悲夫！世人以形色名聲爲足以得彼之情。夫形色名聲，果不足以得彼之情，則知者不言，言者不知，而世豈識之哉！（《莊子・天道》）

從上引這段話可以明顯看出，在語言和意義二者之間，莊子是把作爲理解的客體的意義擺在第一位的，因爲在莊子的心目中，惟有作爲理解的客體和理解的終極目的的「意」才是「所貴者」；同時莊子也不像有的論者所認爲的那樣完全否認語言的作用，而是認爲「語之所貴者意也」，即語言是表達意義的一種工具。但是莊子對語言和意義的關係的探討又始終是和他對「道」的認識聯繫在一起的，所以莊子這段話實際上就提出了一個有關理解的客體的意義的多層級的表達模式：「言」──「意」──「道」的模式。按照莊子對這個表達模式的理解，他所主張的「言不盡意」，並不應該被簡單地理解爲語言不能傳達意義，而是說語言不能傳達「道」，因爲「意之所隨者」（即「道」）

────────────────────

﹝註30﹞此處採用余敦康先生的觀點，參見余敦康《魏晉玄學史》第 114 頁，北京大學出版社 2004 年版。

隱藏在「形色名聲」之下，它奧妙無窮，無迹可尋，因而「不可言傳」。所以從根本上看，莊子認爲首先是因爲「言不盡道」，所以才「言不盡意」。這樣一來，莊子實際上就把他理解的客體的意義提升到了哲學本體論的高度，這比與他同時代的一些理論家如孟子等人只是一般性地討論言意關係問題無疑要深刻得多。

不僅如此，莊子在還把理解的主體也提升到本體論的高度進行探討，我們看他在《天道》篇中所講的輪扁斫輪的寓言故事：

> 桓公讀書於堂上，輪扁斫輪於堂下，釋椎鑿而上，問桓公曰：「敢問，公之所讀者何言邪？」公曰：「聖人之言也。」曰：「聖人在乎？」公曰：「已死矣。」曰：「然則君之所讀者，古人之糟魄已夫！」桓公曰：「寡人讀書，輪人安得議乎！有說則可，無說則死。」輪扁曰：「臣也以臣之事觀之。斫輪，徐則甘而不固，疾則苦而不入。不徐不疾，得之於手而應於心，口不能言，有數存焉於其間。臣不能以喻臣之子，臣之子亦不能受之於臣，是以行年七十而老斫輪。古之人與其不可傳也死矣，然則君之所讀者，古人之糟魄已夫！」（《莊子‧天道》）

在莊子看來，輪扁儘管對自己積數十年功力才掌握的斫輪的精湛技藝「得之於手而應之於心」，但卻「口不能言」，一個根本的原因就是有「數」即有關斫輪的奧妙也即斫輪之「道」存於其間。既然輪扁對斫輪之「道」不可言說，同樣聖人之「意」和聖人之「道」也是不可言說的；如果誰要硬性地說出來，那就只能是糟粕而已。需要指出的是，莊子這個寓言故事除了表達「言不盡意」的觀點之外，還隱含有更深的解釋學意蘊，那就是莊子儘管認爲這種有數存焉的技藝不可言傳，但也並非絕對不可理解，這種理解的方式就是像輪扁所做的那樣，通過理解主體對理解客體的切身感受和體驗來實現與不可言傳的客體意義的親切融會和交流。莊子的這一思想對於中國古代詩學解釋學產生了極爲深遠的影響，後世的詩論家、文論家把對作品意味的品鑒始終看得高於對作品的意義的闡釋，就與莊子的這一思想密切相關。

莊子還進一步在「言不盡意」論的基礎上，提出了「得意忘言」的解釋學命題：「筌者所以在魚，得魚而忘筌；蹄者所以在兔，得兔所以忘蹄；言者所以在意，得意而忘言。吾安得夫忘言之人而與之言哉。」（《莊子‧外物》）在這裡，莊子把語言和意義的關係作了相當本質的概括：正如筌和蹄是捕捉

魚和兔的工具一樣，語言也只是得意的工具和手段；工具是爲目的服務的，而目的的達到與否才是衡量工具的價值所在。正是由於莊子對語言作爲工具的局限性有著深刻的認識，所以他才提出「得意忘言」論，主張用「忘言」的方式以捕捉其言外之意，從而眞正得到「意」。儘管莊子對「得意忘言」的這一解釋學命題還沒有充分的展開，但它直接啓發了魏晉玄學特別是王弼對相同命題的更爲深入的理論探索。

二、王弼的「得意忘言」論

　　王弼是在討論《周易》中的言、象、意關係問題時提出「得意忘象」論的，由於王弼是「以老莊解易」，所以他的思想明顯受到老莊的語言觀的影響，但又在理論上大大地發展了老莊的「得意忘言」論。王弼的「得意忘言」論出自他的《周易略例・明象》：

> 夫象者，出意者也。言者，明象者也。盡意莫若象，盡象莫若言。言生於象，故可尋言以觀象。象生於意，故可尋象以觀意。意以象盡，象以言著。故言者所以明象，得象而忘言。象者所以存意，得意而忘象。猶蹄者所以在兔，得兔而忘蹄；筌者所以在魚，得魚而忘筌也。然則言者象之蹄也，象者意義之筌也。是故存言者，非得象者也。存象者，非得意者也。象生於意而存象焉，則所存者乃非其象也。言生於象而存言焉，則所存者乃非其言也。然則忘象者乃得意者也，忘言者乃得象者也。得意在忘象，得象在忘言。故立象以盡意，而象可忘也。重畫以盡情，而畫可忘也。〔註31〕

王弼這裡所說的「象」指卦象和爻象，「言」指解釋卦象、爻象的卦辭和爻辭，「意」則指卦象和爻象隱含的意義，王弼這段討論言、象、意關係的著名的話，其本義講的是如何理解《周易》的問題，但它又不限於對《周易》的理解，此正如湯用彤先生所指出的：「王弼首唱得意忘言，雖以解《易》，然實則無論天道人事之任何方面，悉以爲之權衡，故能建樹有系統之玄學。」〔註32〕因此它具有一般解釋學方法論的意義。

　　那麼，我們應該怎樣來理解王弼「得意忘言」論的一般解釋學方法論意

〔註31〕王弼《周易略例・明象》，《王弼集校釋》下第 609 頁，中華書局 1980 年版。
〔註32〕湯用彤《魏晉玄學論稿》第 20 頁，上海世紀出版集團、上海古籍出版社 2005 年出版。

義呢？儘管目前國內學者對此眾說紛紜，但我以爲周光慶先生的概括最爲簡明扼要：「所謂『得意忘言』，是就解釋者一方立論的，主要有三層意思：一是言以出意，故可尋言以觀意；二是言以存意，得意之時往往忘言；三是意在言外，要眞正得意就必須忘言。」〔註33〕下面，我們就參照周光慶先生的概括再結合自己的理解從以下三個方面來具體分析和闡述王弼「得意忘言」論所蘊涵的解釋學思想。

首先，王弼是在肯定言、象是由意產生的這一前提下來探討言（象）意關係問題的。王弼所謂「言生於象」和「象生於意」，實際上是說，先有意的存在，才有象對意的象徵；先有象的存在，才有言對象的解說。簡括地說就是言、象是由意產生的。他在另外的地方也說：「夫易者，象也。象之所生，生於義也。有斯義，然後明之以其物，故以龍敘乾，以馬明坤，隨其事義而取象焉」，〔註34〕可見王弼的這種認識是一貫性的。弄清楚王弼關於言、象是由意產生的這個理論前提非常重要，因爲王弼正是基於這一發生學意義上的理論假定，他才合乎邏輯地推導出意義的表達必須通過言和象：「夫象者，出意者也。言者，明象者也。盡意莫若象，盡象莫若言」，對言、象在表達意義方面的工具性質作了充分的肯定。同時也正是基於這一理論假定，王弼才提出「尋言以觀象」和「尋象以觀意」的解釋學命題。

其次，王弼雖然在承認言、象是由意產生的前提下對言、象在表達意義方面的工具性質作了充分的肯定，同時也提出了「尋言以觀象」和「尋象以觀意」的解釋學命題，但是在如何通過言、象來理解和把握意義這個問題上，卻沒有犯簡單化的毛病，而是有著相當辯證的理解。一方面，王弼強調對意義的理解離不開言和象：「言生於象，故可尋言以觀象。象生於意，故可尋象以觀意。」另一方面，王弼又認爲對意義的理解和把握不應該執著於言和象，而應該超越言和象。他借助《莊子・外物》篇著名的筌蹄之喻來說明這一點：「故言者所以明象，得象而忘言。象者所以存意，得意而忘象。猶蹄者所以在兔，得兔而忘蹄；筌者所以在魚，得魚而忘筌也。」爲什麼要這樣呢？在王弼看來道理很簡單，就因爲「存言者，非得象者也。存象者，非得意者也。象生於意而存象焉，則所存者乃非其象也。言生於象而存言焉，則所存者乃

〔註33〕周光慶《中國古典解釋學導論》第 400 頁，中華書局 2002 年版。
〔註34〕王弼《周易注・乾卦・文言》，《王弼集校釋》下第 215 頁，中華書局 1980 年版。

非其言也。」這也就是說，言和象僅僅只是表達意義的工具，而非意義本身。而在王弼的心目中，所謂「意」並非一般的外部世界的知識，而是對於玄學所追求的形上本體「道」亦即無限的理解，而這種「意」既非某一單個的「象」所能代表，亦非某一固定的「言」所能述說，所以王弼才主張對意義的理解和把握只能超越言、象而採取「得象忘言」和「得意忘象」的方法。〔註 35〕總之，王弼在言（象）意關係的問題上，既承認對意義的理解和把握要以言、象為中介，即他所說的「尋言以觀象」和「尋象以觀意」，又強調必須擺脫言、象的牢籠和陷阱，即他所說的「得意而忘象」和「得象而忘言」，這的確是富有辯證意味的。

　　再次，王弼在強調對於意義的理解和把握必須擺脫言、象的牢籠和陷阱之後，在強調「得意而忘象」、「得象而忘言」之後，又提出「忘象乃得意」、「忘言乃得象」或「得意在忘象」、「得象在忘言」，前後兩種提法之間明顯存在一種理論上的遞進關係。周裕鍇先生對王弼這種理論上的遞進關係有很精當的概括：「前面是說達到了目的之後可以忘掉曾借助過的工具，而這裡變為只有不注意工具才能達到目的。前面把言、象看成達到『所指』彼岸後可以隨意拆除的『能指』之橋，在這裡則指出只有不在乎『能指』之橋才能到達『所指』之岸。」〔註 36〕現在我們要進一步追問的是：王弼這種理論上的前後遞進關係有無深意寄於其中呢？我以為是有的，這就是王弼認為對於意義的理解和把握不僅要擺脫言、象的牢籠和陷阱，而且還要訴諸於「忘言」、「忘象」的內心體驗。為什麼說王弼所謂「得意在忘象，得象在忘言」的「忘象」、「忘言」就一定是一種內心體驗呢？因為在王弼看來，玄學之「道」是「無名」、「無形」的，因而不可能用名言概念和具體形象來加以表述的：「名必有所分，稱必有所由；有分則有不兼，有由則有不盡；不兼則大殊其真，不盡則不可以名」，「名之不能當，稱之不能既」，「言之者失其常，名之者離其真」。〔註 37〕既然有限有分的言、象不能把無名無形的「道」傳達出來，那麼合乎邏輯的結論就是：對「道」的認識和把握只能訴諸這種「忘言」、「忘象」的內心體驗。王弼所看重的這種「忘言」、「忘象」的依靠內心來體驗「道」方

〔註 35〕此處採用劉綱紀先生的說法，參見李澤厚、劉綱紀《中國美學史》第二卷上第 127 頁，中國社會科學出版社 1987 年版。
〔註 36〕周裕鍇《中國古代闡釋學研究》第 126 頁，上海人民出版社 2003 年出版。
〔註 37〕王弼《老子指略》，《王弼集校釋》上第 196 頁，中華書局 1980 年版。

式，恰好與詩學解釋學發生了某種貫通，因爲作爲解釋對象的詩性作品，其詩意和韻味並不就是語言或形象直接描述出來的東西，而恰恰在「言外」或「象外」，因此對這種言外或象外的東西的理解和把握只能是像王弼所說的那樣採用「忘言」和「忘象」的內心體驗的方式，這也就是王弼的「忘言」、「忘象」說所以受到後世的詩論家們追捧的根本原因之所在。

三、「得意忘言」的詩性闡釋方式

　　如前所言，老莊的「言不盡意」論和王弼的「得意忘言」論雖然涉及的並不是藝術和審美問題而是哲學問題，但由於在精神上和審美和藝術相通，所以對後世的文藝家和美學家發生了很大的影響。就中國古代詩學解釋學而言，這種影響的直接結果就是「得意忘言」的詩性闡釋方式的形成。中國古代詩論家所普遍倡導和實踐的「得意忘言」的詩性闡釋方式主要包含有以下兩個方面的理論內容：

　　「得意忘言」的詩性闡釋方式首先強調的是解釋者對詩性作品的語言外殼的破除和超越，這與老莊和王弼對「得意忘言」的理解是完全一致的。魏晉以後的許多詩論家普遍持這種看法，如唐代詩僧皎然就說過：「兩重意以上，皆文外之旨。若遇高手如康樂公，覽而查之，但見性情，不睹文字，蓋詩道之極也」；〔註38〕宋代的蘇軾說：「夫詩者，不可以言語求而得，必將深觀其意焉」（《既醉備五福論》）；楊時說：「學詩不在語言文字，當想其氣味，則詩之意得矣」（《龜山語錄》）；明人方以智說：「必超浮言者，始得其意；超文字者，乃解其宗」（《文章薪火》）；朱承爵說：「出聲音之外，乃得眞味」（《存餘堂詩話》）；清人薛雪說：「格律聲調，字法句法，固不可不講，而詩卻在字句之外」（《一瓢詩話》）；吳喬說：「詩不可以言語求，當觀其意」（《圍爐詩話》）。

　　「得意忘言」的詩性闡釋方式往往還指解釋者在獲得對詩性作品的理解和領悟時的一種只能意會難以言宣的高峰體驗狀態。如陶淵明「好讀書不求甚解，每有會意，輒欣然忘食」（《五柳先生傳》）；皎然《詩式》：「至如天眞挺拔之句，與造化爭衡，可以意冥，難以言壯」；歐陽修《六一詩話》引梅堯臣語：「作者得於心，覽者會以意，殆難指陳以言也」；游潛《夢蕉詩話》：「學詩渾似學參禪，妙處難于口舌傳」；黃子雲《野鴻詩的》：「學古人詩，不在乎

〔註38〕皎然《重意詩例》，見何文煥輯《歷代詩話》第31頁，中華書局1981年版。

字句，而在乎臭味。字句，魄也，可記誦而得；臭味，魂也，不可以言宣」；
這些言論正是對「得意忘言」這種高峰體驗狀態的描述。

第三節　「妙悟」、「活參」論——佛教禪宗思想對中國古代詩學解釋學的影響

　　禪宗是佛教傳入中國以後形成的一個佛教宗派，大約在唐代正式確立。
到了宋代，禪宗思想已直接滲入社會生活和思想文化的各個領域，其中也包
括文學領域。當時的一些詩人熱衷於談禪、參禪，其詩歌創作也就有意無意
地去表現禪理和禪趣。專業的禪師也和詩人一起酬唱、吟和，在詩中表現他
們對世界和人生的富有禪意的觀照和理解，於是詩和禪就這樣建立起了聯
繫。而這種聯繫反映到理論上，就是一些詩論家們往往借助佛教禪宗的概念、
術語來探討如何理解和解釋詩性文學作品的問題，「妙悟」與「活參」的詩歌
讀解方式正是在這種「以禪喻詩」的風氣下形成的。

一、「妙悟」的佛禪本義與「妙悟」的詩學解釋學意蘊

　　「悟」本是一個佛教術語，佛學中所謂「悟」是指修行過程中對佛教眞
如本體即諸法實相和最高眞理的領悟和把握。僧肇《肇論・涅槃無名論第四・
妙存第七》云：「玄道在於妙悟，妙悟在於即眞。」〔註39〕在這裡，所謂「即
眞」，就是對眞如佛性也即佛教所認爲的最高眞理的領悟和把握，而所謂「悟」
和「妙悟」則是領會和把握佛教終極眞理的一種特殊的思維方式和思維過程。

　　在佛教發展史上，又長期存在著「漸悟」和「頓悟」之爭。起初，以安
世高爲代表的小乘佛學是主張「漸悟」的，他們認爲對佛教終極眞理的把握
是可以分階段一步一步地進行的，因而成佛的過程就是一個刻苦修行、不斷
積累的過程。而以支讖、支謙爲代表的大乘・般若學派則認爲經過一段時間
的修行，當漸悟積累到一定的階段就會出現一個飛躍，獲得「徹悟」而成佛，
這在當時被稱爲「小頓悟」。到了劉宋時期，著名高僧竺道生則提出「善不受
報，頓悟成佛」的學說，〔註40〕認爲佛性本體是完整圓滿不可分割的實體，
不可能逐漸地一步步地領悟它，而只能靠「頓悟」，即一次性地把握它，這種

〔註39〕許抗生《僧肇集略注》，《僧肇評傳》第 320 頁，南京大學出版社 1998 年版。
〔註40〕慧皎著、湯用彤校注《高僧傳》第 256 頁，中華書局 1992 年版。

學說又被稱爲「大頓悟」。所以後來慧達在《肇論疏》裏解釋說:「竺道生法師大頓悟云:夫稱頓者,明理不可分,悟語照極。以不二之悟,符不分之理,理智恚釋,謂之頓悟。」這裡的「極」就是終極,也即佛教的最高眞理;「照極」就是觀照到、領悟到、把握到最高眞理。又「理」與「極」都指佛教的最高眞理,而這最高眞理是不可分的,所以對它的「悟」只能是一次性完成的。到了唐代,隨著慧能的出現以及他和神秀的對抗,開始了南北禪宗的分立,而這種分立的核心依然還是修行方式上的「頓漸」之爭。神秀主張漸修,他的修行理論被概括爲「拂塵看淨」,認爲「心性本淨,客塵所染」,故要求修行者應該長期堅持不懈地除去心靈上的塵垢。其具體的方法是:「專念以息想,極力以攝心」,「凝心入定,住心看淨,起心外照,攝心內證。」〔註 41〕要求修行者把紛繁複雜的心緒,一步步的集中,由動而靜,由染而淨。其過程性和過程的嚴格的層次性和階段性,是相當明顯的。而慧能則主張直指本心見性成佛單刀直入的頓悟,他在《壇經》裏說:「世人性本自淨,萬法在自性。思量一切惡事,即行於惡;思量一切善事,便修於善行。如是一切法,盡在自性。自性常清淨,日月常明。只爲雲覆蓋,上明下暗,不能了見日月星辰,忽遇惠風吹散,卷盡雲霧,萬象森羅,一時皆現。……自性變化甚多,迷人自不知見。一念善,智慧即生。一燈能出千年暗,一智慧滅萬年愚。莫思向前,常思於後。」〔註 42〕在慧能看來,佛性是人人本有的,因爲「一切法,盡在自性」,它不可能被污染,也用不著去拂拭,所以那些廣引經教的理論準備、迂迴曲折的誘導方法和分階段分層次的修行過程純屬多餘,因爲由迷到悟只在一瞬之間。對於眞正的修行者來說,他只須憑著強烈的成佛願望去尋求最高的眞理,一旦得到契機,便能湊泊悟解,直了見性,即瞬間一次性地把握了「自性」。這樣,在慧能等頓悟派手裏,作爲佛學禪宗術語的「悟」就成了修行者瞬間一次性地把握佛教終級眞理的一種特定的修行方式和思維方式。

在佛教禪宗那裡,「悟」和「妙悟」除了表示修行者對最高眞理進行領悟和把握的方式和過程以外,作爲一種特定的思維方式,它還有棄絕、超越語言文字和邏輯思維的特點。禪宗的根本宗旨之一就是「不立文字,教外別傳」。這一宗旨據說來自佛祖釋迦牟尼,當年釋迦牟尼在靈山會上說法,手拈一朵

〔註41〕慧能著、郭朋校釋《壇經校釋》第 79~80 頁,中華書局 1983 年版。
〔註42〕慧能著、郭朋校釋《壇經校釋》第 39~40 頁,中華書局 1983 年版。

金色的菠蘿花示眾，眾佛徒不解其意，都默默不敢做聲，唯有他的大弟子摩訶迦葉「妙悟於心」而破顏微笑。釋迦牟尼見迦葉對自己的佛法能夠心領神會，十分高興，當即宣佈：「吾有正法眼藏，涅槃妙心，實相無相，微妙法門，不立文字，教外別傳，付囑摩訶迦葉。」〔註43〕於是，禪宗「不立文字」、「妙悟於心」的得道方法便在拈花微笑中誕生了。後來慧能對禪宗「不立文字，教外別傳」的理論則有更深刻的闡發，《曹溪大師別傳》裏有一段記載：「大師遊行至曹溪，與村人劉志略結義爲兄弟，時春秋三十。略有姑，出家配山澗寺，名無盡藏。常誦涅槃經。大師晝與略役力，夜即聽經，至明，爲無盡藏尼解釋經義，尼將經與讀，大師曰：『不識文字。』尼曰：『既不識字，如何解釋其義？』大師曰：『佛性之理，非關文字；能解，今不識文字何怪？』眾人聞之，皆嗟歎曰：『見解如此，天機自悟，非人所及，堪可出家，住此寶林寺。」〔註44〕在慧能看來，佛教的教義，尤其是教義中最隱微精深的內容是不能用語言文字傳達的，因而對佛理的領會也是不能依賴語言文字來解說和邏輯推理來論證的。佛教的眞如之理在每個人的心中，因此要獲得佛法眞義，只能靠修行人的內心自悟，這也就是《壇經》所說的「自性迷，佛即眾山；自性悟，眾山即是佛。」〔註45〕

最後，「悟」或「妙悟」還特別指修行者在領會和把握佛教的眞如本性之後所達到的一種清澄明淨、圓融無礙、萬法皆空的境界。神會說過：「若遇眞善知識，以巧方便，直示眞如，用金剛斷諸位地煩惱，豁然曉悟，自見法性本來空寂，慧利明瞭，通達無礙。證此之時，萬緣俱絕；恒沙妄念，一時頓盡；無邊功德，應時籌備；金剛慧發，何得不成。」（《神會和尚禪語錄》）這正是對大徹大悟的禪悟境界的一種形象描繪。

在對佛教禪宗的「悟」和「妙悟」的基本理論內涵作了一個大致的梳理之後，我們就可以比較方便地對中國古代詩學解釋學提出的「悟」和「妙悟」的詩歌讀解方式進行分析了。古代論詩者常用「悟」、「悟入」等語來描述讀詩和學詩的過程和方法，如范溫《潛溪詩眼》云：「識文章者，當如禪家有悟門。夫法門百千差別，要須自一轉語悟入。如古人文章，直須先悟得一處，乃可通其他妙處。」〔註46〕曾季貍《艇齋詩話》云：「後山論詩，說『換骨』；

〔註43〕普濟著、蘇淵雷點校《五燈會元》（上）第 10 頁，中華書局 1984 年版。
〔註44〕慧能著、郭朋校釋《壇經校釋》第 122 頁，中華書局 1983 年版。
〔註45〕慧能著、郭朋校釋《壇經校釋》第 66 頁，中華書局 1983 年版。
〔註46〕郭紹虞輯《宋詩話輯佚》上冊，第 328 頁，中華書局 1980 年版。

東湖論詩，說『中的』；東萊論詩，說『活法』；子蒼論詩，說『飽參』。入處雖不同，然其實皆一關捩。要知非悟入不可。」〔註47〕吳可《藏海詩話》亦云：「凡作詩如參禪，須有悟門。」〔註48〕到了嚴羽，則明確提出「妙悟」的詩歌讀解方式，其《滄浪詩話・詩辨》云：「大抵禪道惟在妙悟，詩道亦在妙悟。且孟襄陽學力下韓退之遠甚，而其詩獨出退之之上者，一味妙悟而已。惟悟乃為當行，乃為本色。」〔註49〕必須指出的是，宋人用「悟」和「妙悟」來表示學詩者理解和領會詩歌要妙的過程和方式，與禪宗思想既有不可分割的聯繫，又存在某些差別：一方面，他們借用禪宗關於「悟」和「妙悟」的佛教本義來喻示讀詩、學詩、解詩活動的特點和規律；另一方面，他們又根據對詩歌特點和規律的認識，對禪宗有關「悟」與「妙悟」的理論作了某些修正，這是我們在探究古代詩論家提出的「妙悟」的詩歌闡釋方式的具體理論內容時應該首先予以注意的。

那麼，古代詩論家提出的「妙悟」的詩歌讀解方式到底包含有哪些重要的有價值的詩學解釋學思想呢？對此可以從三個方面作出理解：

第一，古代詩論家普遍認識到，「妙悟」的詩歌讀解方式從思維性質上看是一種藝術直覺，它具有直接性、整體性和非邏輯性的特點。

對「妙悟」的直接性特點，古代詩論家們經常用「頓悟」這一術語來表示。如呂本中《與曾吉甫論詩第一帖》云：「要之，此事須令有所悟入，則自然越度諸子。悟入之理，正在功夫勤惰間耳。如張長史見公孫大娘舞劍，頓悟筆法。」〔註50〕韓駒的《贈趙伯魚》云：「學詩當初如學禪，未悟切遍參諸方，一朝悟罷正法眼，信手拈出皆成章。」〔註51〕吳可《學詩詩》云：「學詩渾似學參禪，竹榻蒲團不計年。直待自家都了得，等閒拈出便超然。」〔註52〕其《藏海詩話》又云：「凡作詩如參禪，須有悟門。少從榮天和學，嘗不解其

〔註47〕曾季狸《艇齋詩話》，丁福保輯《歷代詩話續編》（一）第 175 頁，中華書局 1983 年版。
〔註48〕吳可《藏海詩話》，《景印文淵閣四庫全書》1479 冊第 10 頁，上海古籍出版社 1987 年影印本。
〔註49〕郭紹虞《滄浪詩話校釋》第 12 頁，人民文學出版社 1983 年版。
〔註50〕呂本中《與曾吉甫論詩第一帖》，胡仔《苕溪漁隱叢話》前集卷四九。
〔註51〕郭紹虞、王文生《中國歷代文論選》第二冊第 348 頁，上海古籍出版社 1979 年版。
〔註52〕魏慶之《詩人玉屑》卷一，《景印文淵閣四庫全書》1481 冊第 41 頁，上海古籍出版社 1987 年影印本。

詩云：『多謝喧喧雀，時來破寂寞。』一日於竹亭中坐，忽有群雀飛鳴而下，頓悟前語。自爾看詩，無不通者。」〔註53〕古代詩論家所說的「頓悟」明顯來自於佛教禪宗，但卻摒棄了禪宗的神秘色彩，它意在說明解讀者在讀詩和學詩的過程中，無須經過分析和推論就一下子獲得對詩歌的審美特徵和規律的透徹把握。像這樣結合自己讀詩解詩的親身體驗來解說「妙悟」的直接性思維特徵既給人以親切感也令人信服。

　　「妙悟」作爲讀詩解詩活動中的藝術直覺，它還具有整體性的特點。嚴羽對此亦有十分清醒的認識，其《滄浪詩話・詩辨》在提出「惟悟乃爲當行，乃爲本色」之後，接著論述道：「然悟有淺深，有分限，有透徹之悟，有但得一知半解之悟。漢魏尚矣，不假悟也。謝靈運至盛唐諸公，透徹之悟也；他雖有勿者，皆非第一義也。」〔註54〕嚴羽所謂「分限之悟」，「一知半解之悟」，是指未能對詩歌的審美特性和審美規律進行全方位的觀照和把握，藝術運思不能圓通無礙，悟後詩成之境界也未能達到混成自然的高度。而「不假悟」的漢魏詩歌，則是當時詩作者對描寫對象進行整體性的審美觀照的結果，所以「氣象混沌，難以句摘」，絲毫看不到人爲地進行分解的痕迹。

　　對於「妙悟」的非邏輯性的特點，古代詩論家亦有相當明確的認識。如方岳《深雪偶談》就稱蘇軾閱讀歷代作家之詩的方法是「潛窺沈玩，實領懸悟」，張擴也說：「說詩如說禪，妙處要懸解。」〔註55〕他們所說的「懸悟」、「懸解」，並不是指以單純的知解力和概念、判斷、推理的邏輯思維方式來分解作品，而是指依靠直覺的體驗來體悟和領會作品的精深微妙之處，這與禪宗提出的「不立文字」、「妙悟於心」的直覺思維方式顯然是一脈相承的。嚴羽對這個問題則有更爲深刻的認識，他在《滄浪詩話・詩辨》裏提出「妙悟」這個概念之後，緊接著對「悟」作了高低層次的劃分：「然悟有深淺，有分限，有透徹之悟，有但得一知半解之悟」。嚴羽所說的「透徹之悟」實際上就是指詩人創造出來的一種高級別的藝術境界，這種藝術境界用嚴羽《滄浪詩話・詩辨》裏的話來說有如「羚羊掛角，無迹可求。故其妙處透徹玲瓏，不可湊泊，如空中之音，相中之色，水中之月，鏡中之象，言有盡而意無窮。」這也就是說，眞正的好詩應

〔註53〕吳可《藏海詩話》，《景印文淵閣四庫全書》1479 冊第 10 頁，上海古籍出版社1987 年影印本。

〔註54〕郭紹虞《滄浪詩話校釋》第 12 頁，人民文學出版社 1983 年版。

〔註55〕張擴《東窗集》卷一《括蒼官舍夏日雜書》，《景印文淵閣四庫全書》1129 冊，第 9 頁，上海古籍出版社 1987 年影印本。

該渾融圓整、毫無湊合痕迹並且能夠給人以無窮的回味。顯然，「透徹之悟」這種審美境界的獲得靠以概念、判斷、推理的邏輯思維方式是無濟於事的，只有直覺和意象化的思維方式才能奏效，所以嚴羽十分肯定地說：「詩有別才，非關書也，詩有別趣，非關理也。……所謂不涉理路，不落言筌者，上也。」〔註56〕指出這一點，實際上就闡明了無論是讀詩還是作詩，需要的都是「妙悟」這種非邏輯性的直覺的思維方式。從理論淵源上看，嚴羽的「透徹之悟」同樣受到禪宗「不立文字」、「妙悟於心」的直覺思維方式的影響，但嚴羽的深刻之處在於：他並沒有完全否定讀詩、學詩和作詩過程中的理性因素，而是相反，他認為「非多讀書、多窮理，則不能極其至」。在他看來，要領會和把握詩歌的妙處，要達到詩歌創作的最高境界，讀書、窮理是學詩過程必經的修養途徑，嚴羽的這一思想就與禪宗的直覺理論有了根本的區別。

第二，古代詩論家提出「妙悟」的詩歌讀解方式，雖然也強調解讀者對詩歌審美特徵和創作規律及技巧的領悟和把握需要「頓悟」即直覺性的悟解，但沒有像禪宗那樣把「頓悟」與「漸悟」絕對的對立起來，而是認為解釋者只有經過長期的藝術實踐和審美實踐，即經過「漸悟」的過程，「頓悟」才有可能出現。如前引呂本中所說的「張長史見公孫大娘舞劍，頓悟筆法」一段話，很顯然是主張「頓悟」的。但他同時又說：「悟入之理，正在功夫勤惰間耳。」意思是說對藝術的審美特質和審美規律的把握離不開平時的學習和鍛鍊，可見他又沒有把頓悟與漸修完全對立起來，這是十分可貴的。當然，在這方面認識最為辯證的還是嚴羽，在《滄浪詩話‧詩辨》裏，他一方面要求讀者和學詩者以「直截根源」、「單刀直入」的「頓悟」方式來領悟和把握詩歌「透徹之悟」的審美境界；但另一方面，他又不忽視學力，反而極為重視為獲得「透徹之悟」必須進行的長期的學習和陶養。如他一再告誡讀詩者和學詩者都應該反覆「熟讀」那些上乘之作，甚至要「朝夕諷詠」、「枕藉觀之」；「熟讀」之外，還須「熟參」：「試取漢魏之詩而熟參之，次取晉宋之詩而熟參之，次取南北朝之詩而熟參之，次取沈宋王楊盧駱陳拾遺之詩而熟參之，次取開元天寶諸家之詩而熟參之，次獨取李杜二公之詩而熟參之，又取大曆十才子之詩而熟參之，又盡取晚唐諸家之詩而熟參之，又取本朝蘇黃以下諸家之詩而熟參之，其眞是非自有不能隱者。」〔註57〕通過「熟讀」與「熟參」

〔註56〕郭紹虞《滄浪詩話校釋》第 26 頁，人民文學出版社 1983 年版。
〔註57〕郭紹虞《滄浪詩話校釋》第 12 頁，人民文學出版社 1983 年版。

這樣一個「漸修」的過程，讀詩者和學詩者就會逐漸認識和把握詩歌的審美特徵和創作的藝術規律。錢鍾書先生曾經說過：「夫『悟』而曰『妙』，未必一蹴即至也；乃博採而有所通，力索而有所入也。學道學詩，非悟不進。」他還進一步引用陸桴亭的話來表明自己的看法：「人性中皆有悟，必工夫不斷，悟頭始出。如石中皆有火，必敲擊不已，火光始現。然得火不難，得火之後，須承之以艾，繼之以油，然後火可不滅。故悟亦必繼之以躬行力學。」〔註58〕錢鍾書先生對「頓悟」與「漸悟」二者之間辯證關係的理解與嚴羽對這個問題的看法應該說是完全一致的。

　　第三、在古代詩論家的心目中，「妙悟」還是讀詩解詩活動所達到的一種至境。這是學詩者和解詩者在經過艱苦的努力和探索之後而獲得的對詩歌審美特徵和藝術規律的一種透徹把握，是學詩者和解詩者在經歷漫漫長夜之後出現的一種頓見天光、豁然開朗、了然於心的全新境界。也只有在這個時候，學詩者和解詩者才最終實現向創作者的轉化，也才會進入詩思如泉、萬象在旁、左右逢源的創作佳境。前引吳可《學詩詩》所說的「直待自家多了得，等閒拈出便超然」，韓駒《贈趙伯魚》所說的「一朝悟罷正法眼，信手拈出皆成章」，嚴羽《滄浪詩話》所說的「透徹之悟」，以及胡應麟所說的「嚴羽以禪喻詩，旨哉！禪則一悟之後，萬法皆空，棒喝怒呵，無非至理。詩則一悟之後，萬象冥會，呻吟咳唾，動觸天眞」等等，〔註59〕無疑都是對這種讀詩解詩至境和創作至境的形象描繪。

二、「活參」的佛禪本義與「活參」的詩學解釋學意蘊

　　「參活句，不參死句」本是禪宗提出的一種把握眞如佛性的方式，對這種方式禪師們有許多解釋，如「但參活句，莫參死句。活句下薦得，永劫無滯。」〔註60〕「有法授人，死語也，死語其能活人乎？」〔註61〕從禪師們的解釋來看，所謂「參活句，不參死句」，其核心意思是提醒人們對眞如佛性的把握不要執著於佛典教義字面的意思，而應該自由無羈，任憑本心對之作隨機的體會和領悟。關於禪宗提出的這種「活參」的悟道方式，德山緣密禪師作過形象的說明：

〔註58〕錢鍾書《談藝錄》（補訂本）第98～99頁，中華書局1984年版。
〔註59〕胡應麟：《詩藪》（內編卷二）第25頁，上海古籍出版社1979年新1版。
〔註60〕普濟著、蘇淵雷點校《五燈會元》（下）第935頁，中華書局1984年版。
〔註61〕普濟著、蘇淵雷點校《五燈會元》（下）第1105頁，中華書局1984年版。

上堂：「但參活句，莫參死句。活句下薦得，永劫無滯。『一塵
一佛國，一葉一釋迦』，是死句。『揚眉瞬目，舉指豎佛』，是死句。
『山河大地，更無淆訛』，是死句。」時有僧問：「如何是活句？」
師曰：「波斯仰面看。」曰：「恁麼則不謬去也。」師便打。〔註62〕

為什麼要說「一塵一佛國」等語是「死句」呢？道理很簡單，就因為這些話
語符合佛教禪宗的經典教義，有其特定的、合乎邏輯的含義。而「波斯仰面
看」所以是「活句」，則是因為它打破了常規思維的邏輯，毫無道理可言。那
個問話的和尚卻用正常的邏輯思維去進行理解，去執著地追求佛教的教義，
他就不是參的「活句」，而是參的「死句」，所以最後注定要挨打。由此可見，
禪宗所謂「參活句」，是強調人們應該破除對佛教教義的僵死理解，應該進行
直覺的體驗、自由的理解和隨意的聯想，從而在這一「活參」的過程中自然
達到對於佛教真如本性的把握。

古代的詩歌理論家們正是在禪宗「參活句」的悟道方式的影響下，提出
了「活參」的詩歌讀解方式。如江西詩派詩人曾幾說：「學詩如學禪，慎無參
死句。縱橫無不可，乃在歡喜處。又如學仙子，辛苦終不遇。忽然毛骨換，
政用口訣故。」〔註63〕曾幾的學生陸游也說：「我得茶山一轉語，文章切忌參
死句。」〔註64〕那麼，宋人提出的「活參」的詩歌闡釋方式的基本內涵是怎
樣的呢？從曾幾等人的有關論述不難看出，他們所謂「活參」就是指解釋者
對作品的解讀不必拘泥於作品的本義，而應該充分發揮解釋者的主觀能動
性，對作品作出創造性的理解和發揮。為了說明問題，我們不妨看一看羅大
經《鶴林玉露》中的一段論述：

杜少陵絕句云：「遲日江山麗，春風花草香。泥融飛燕子，沙暖
睡鴛鴦。」或謂此與兒童之屬對何異。余曰：不然。上二句見兩間
莫非生意，下二句見萬物莫不適性。於此而涵詠之，體認之，豈不
足以感發吾心之真樂乎！大抵古人好詩，在人如何看，在人把做什
麼用。如「水流心不競，雲在意俱遲」，「野色更無山隔斷，天光直
與水相通」，「樂意相關禽對語，生香不斷樹交花」等句，只把做景

〔註62〕普濟著、蘇淵雷點校《五燈會元》（下）第1105頁，中華書局1984年版。

〔註63〕《南宋群賢小集·前賢小集拾遺》卷四《讀呂居仁舊詩有懷其人》。

〔註64〕陸游《贈應秀才》，《劍南詩稿》卷三十一，《景印文淵閣四庫全書》1162冊，
第501頁。

物看亦可，把做道理看，其中亦盡有可玩索處。大抵看詩要胸次玲
瓏活絡。〔註65〕

在羅大經看來，詩歌作品的意義並不完全就是作者所給定的，也並非只有一
種唯一正確的解釋，它實際上是一個開放性的結構，解釋者完全可以從不同
的角度來審視它，「把做景物看」、「把做道理看」均可。因此，任何作品都有
賴於解釋者的主動參與，只要解釋者「胸次玲瓏活絡」，就有對作品進行自由
理解和想像、聯想的權利。

　　有必要指出的是，羅大經等人所提倡的這種「活參」的詩歌讀解方式很
容易使我們想起江西詩派所倡導的「活法」說。「活法」說最早也是最完整的
理論表述見於呂本中所作的《夏均父集序》：

　　　學詩當學活法。所謂活法者，規矩備具，而能出於規矩之外；
　　變化不測，而亦不背於規矩也。是道也，蓋有定法而無定法，無定
　　法而有頂法。知是者，則可以與語活法矣。謝玄暉有言，「好詩流轉
　　圓美如彈丸」，此真活法也。近世惟豫章黃公，首變前作之弊，而後
　　學者知所趣向，畢精盡知，左規右矩，庶幾至於變化不測。然予區
　　區淺末之論，皆漢、魏以來有意於文者之法，而非無意於文者之法
　　也。〔註66〕

儘管呂本中的「活法」說是從詩歌創作的角度來立論，與羅大經等人提出的
「活參」說著眼於詩歌的理解和解釋不同，但他講「活法」教人不受詩法規
矩的束縛而有所自得，這種學詩的態度與「活參」的詩歌讀解方式要求讀詩
學詩者突破詩作字面義和文本原義的束縛，對作品進行自由的聯想和解讀，
在精神實質上則是完全一致的。很顯然，作為詩歌讀解方式的「活參」說與
作為詩歌創作理論的「活法」說都深深地浸潤於禪宗靈活透脫的思維方式。

　　古代詩論家提出的「活參」的詩歌讀解方式由於把作品本文視為開放性
結構，重視解讀者主觀能動性的發揮，強調解讀者的自證自悟，這就與西方
解構主義批評的「誤讀」理論產生了某種契合。試看南宋劉辰翁如下的一段
論述：

〔註65〕羅大經《鶴林玉露》卷八，《景印文淵閣四庫全書》865 冊第 325 頁，上海古
　　　　籍出版社 1987 年影印本。
〔註66〕劉克莊《後村先生大全集》卷九十五《江西詩派》引，《四部叢刊初編縮本》
　　　　第 826 頁，上海商務印書館 1936 年版。

　　　凡大人語不拘一義，亦其通脫透活自然。舊見初僚王履道跋坡
帖，頗病學蘇者橫肆逼人，因舉「不復知天大，空餘見佛尊」二語。
乍見極若有省，及尋上句，本意則不過樹密天少耳。「見」字亦宜作
「現」音，猶言現在佛即見。讀如字，則「空餘見」，殆何等語矣。
觀詩各隨所得，別自有用。因記往年福州登九日山，俯城中，培塿
不復辨。倚欄微諷杜句：「秦山忽破碎，涇渭不可求。」時彗見，求
言。楊平舟棟以爲蚩尤旗見，謂邪論，罷機政。偶與古心歎惜我輩
如此。古翁云：「適所誦兩言者得之矣。」同是此語本無交涉，而見
聞各異，但覺問者會意更佳。用此可見杜詩之妙，亦可爲讀杜詩之
法。從古斷章而賦皆然，又未可訾爲錯會也。〔註67〕

這裡劉辰翁舉了兩個解讀杜詩的例子來闡發他的理論觀點：第一個例子是「不
復知天大，空餘見佛尊」，按劉辰翁的理解，杜詩這兩句詩的本義是形容「樹
密天大」，但王履道卻用來批評學蘇者的「橫肆逼人」。第二個例子是「秦山
忽破碎，涇渭不可求」，杜詩本義是描述詩人登慈恩寺塔所見景象，但劉辰翁
卻用它來形容自己登福州九日山所見景象，古心則以這兩句詩來比喻當時動
亂的社會現實。像這樣解讀杜詩顯然都是對作品原義的一種有意的背離，所
以劉辰翁由此提出了他的極爲重要的詩學解釋學理論觀點：「觀詩各隨所得，
別自有用。」在劉辰翁看來，解讀者對詩作品的理解和解釋，與作品的原意
「本無交涉」，解讀者完全可以根據自己的感受、聯想和需要對之作創造性的
理解和發揮。這種不拘於作品原義，鼓勵解讀者對作品進行創造性閱讀的理
論觀點在當代西方也可以找到理論同調。例如美國解構主義文學批評家布魯
姆就提出「閱讀總是誤讀」的理論觀點，他認爲閱讀總是一種異延行爲，文
學本文的意義是在閱讀過程中通過能指之間無止境的意義轉換、撒播、異延
而不斷產生與消失的，所以尋找文本原始意義的閱讀根本不存在，也不可能
存在。正是基於這一解構主義的思路，布魯姆提出：「閱讀，如我在標題裏所
暗示的，是一種延遲的、幾乎不可能的行爲，如果更強調一下的話，那麼，
閱讀總是一種誤讀。」〔註68〕不僅如此，布魯姆還把他的上述觀點用於文學

〔註67〕劉辰翁《題劉玉田選杜詩》，《須溪集》卷六，《景印文淵閣四庫全書》1186
　　　冊，第543～544頁，上海古籍出版社1987年影印本。
〔註68〕〔美〕哈羅德‧布魯姆《誤讀圖示》，轉引自朱立元主編《現代西方美學史》
　　　第969頁，上海文藝出版社1996年版。

史的研究，認爲「詩的影響——當它涉及兩位強者詩人、兩位眞正的詩人時——總是以對前一位詩人的誤讀而進行的。這種誤讀是一種創造性的校正，實際上必然是一種誤譯。一部成果斐然的『詩的影響』的歷史——亦即文藝復興以來的西方詩歌的主要傳統——乃是一部焦慮和自我拯救的漫畫的歷史，是歪曲和誤解的歷史，是反常和隨心所欲的修正的歷史，而沒有所有這一切，現代詩歌本身是根本不可能生存的。」〔註 69〕這樣一來，布魯姆不僅把文學閱讀和解釋歸結爲創造性誤讀，而且把文學史也歸結爲不斷對前輩文學進行誤讀、誤解和「修正」的歷史。布魯姆的「閱讀即誤讀」的理論強調文學解讀和文學史研究中的自我創造和自我更新，這對打破傳統的文學批評和文學研究的格局的確提供了一種新的眼光和新的視野，因而具有相當的合理性。而劉辰翁提出的「觀詩各隨所得，別自有用」的詩學解釋學理論觀點，認爲解讀者可以根據自己的感受和體會對作品進行創造性的理解和闡釋，即使是「語本無交涉」，也「未可訾爲錯會」，這無疑與布魯姆一樣也是在倡導一種創造性的「誤讀」，其中所蘊含的詩學解釋學思想無疑具有重要的理論價值，應該引起我們的重視。

〔註 69〕〔美〕哈羅德‧布魯姆著、徐文博譯《影響的焦慮》第 31 頁，江蘇教育出版社 2005 年版。

結束語

　　中國古代美學與文論為我們留下了一份豐厚而珍貴的理論遺產，它同西方美學與文論相比毫不遜色。然而進入 20 世紀以來，我們的文學理論在西方種種文藝新潮的衝擊和影響之下，雖然也提出了一些頗有建樹的理論主張，但總體而言，在當今世界文論中幾乎沒有自己的聲音，我們患上了嚴重的「失語症」。在文化全球化愈演愈烈的時候，如何才能準確把握中國文論的民族特點和文化身份，自覺抵禦西方強勢文化霸權的侵襲，從而最終規避中國文論被殖民化的厄運？這是我們每一個有著自覺民族意識的研究者必須認真思考的問題。正是基於對這一問題的思考，本文選擇以西方闡釋學為理論參照，在中國傳統文化的大背景下對中國古代詩學解釋學理論進行了一番初步的也是極為膚淺的掃描。但即便如此，我們仍然可以欣喜地發現，中國古代詩學解釋學作為中國傳統文化土壤裏綻放的一朵奇葩，她所蘊涵的極為豐富極為深刻極富智慧極有價值的解釋學思想不僅具有鮮明的民族文化特色，而且完全可以同西方現代的解釋學理論相媲美。在目前國內文學理論批評界普遍不滿中國文論的「失語」而呼喚重建有民族特色的中國文論話語體系的時候，對包括中國古代詩學解釋學在內的傳統的文學理論批評進行認真的挖掘和總結，並且將其早日整合到富有鮮明民族特色的中國當代文論話語體系中去，進而對全球化進程中來自西方文化霸權的挑戰作出積極的應答，無疑具有重要的現實意義。

主要參考文獻

1. 《四庫全書總目》，永瑢、紀昀等撰，中華書局 1965 年版。

2. 《論語正義》，劉寶楠撰，諸子集成本。

3. 《孟子正義》，焦循撰，諸子集成本。

4. 《老子注釋及評價》，陳鼓應著，中華書局 1984 年版。

5. 《莊子集釋》，郭慶藩輯，中華書局 1982 年版。

6. 《周易正義》，王弼等注、孔穎達等正義，十三經注疏本，上海古籍出版社 1997 年版。

7. 《毛詩正義》，鄭玄箋、孔穎達等正義，十三經注疏本，上海古籍出版社 1997 年版。

8. 《春秋左傳注》，楊伯峻編著，中華書局 1990 年版。

9. 《詩三家義集疏》，王先謙撰，中華書局 1983 年版。

10. 《詩毛氏傳疏》，陳奐撰，中國書店 1984 年版。

11. 《王弼集校釋》，王弼撰，樓宇烈校釋，中華書局 1980 年版。

12. 《世說新語》，劉義慶撰，上海古籍出版社 1982 年版。

13. 《經學歷史》，皮錫瑞著，周予同注釋，中華書局 2004 年版。

14. 《經與經學》，蔣伯潛、蔣祖怡著，上海書店出版社 997 年版。

15. 《中國經學史》，（日）本田成之著，上海書店出版社 2001 年版。

16. 《文心雕龍注》，劉勰撰，范文瀾注，人民文學出版社 1958 年版。

17. 《詩品注》，鍾嶸撰，陳延傑注，人民文學出版社 1961 年版。

18. 《詩品集解》，司空圖撰，郭紹虞集解，人民文學出版社 1981 年版。

19. 《四書集注》，朱熹撰，嶽麓書社 1985 年版。

20. 《詩集傳》，朱熹撰，上海古籍出版社 1980 年版。

21.《朱子語類》，黎靖德編，中華書局 1986 年版。

22.《歷代詩話》，何文煥輯，中華書局 1981 年版。

23.《歷代詩話續編》，丁福保輯，中華書局 1983 年版。

24.《清詩話》，丁福保輯，中華書局 1963 年版。

25.《清詩話續編》，郭紹虞編，上海古籍出版社 1983 年版。

26.《宋詩話輯佚》，郭紹虞輯，中華書局 1980 年版。

27.《滄浪詩話校釋》，郭紹虞撰，人民文學出版社 1983 年版。

28.《杜甫戲爲六絕句集解》，郭紹虞撰，人民文學出版社 1978 年版。

29.《萬首論詩絕句》，郭紹虞等編撰，人民文學出版社 1991 年版。

30.《唐詩彙評》，陳伯海主編，浙江教育出版社 1995 年版。

31.《歷代唐詩論評選》，陳伯海主編，河北大學出版社 2002 年版。

32.《詩藪》，胡應麟撰，人民文學出版社 1962 年版。

33.《薑齋詩話》，王夫之撰，人民文學出版社 1961 年版。

34.《古詩評選》，王夫之撰，文化藝術出版社 1997 年版。

35.《唐詩評選》，王夫之撰，文化藝術出版社 1997 年版。

36.《明詩評選》，王夫之撰，文化藝術出版社 1997 年版。

37.《原詩》，葉燮撰，人民文學出版社 1979 年版。

38.《四溟詩話》，謝榛撰，人民文學出版社 1961 年版。

39.《帶經堂詩話》，王士禛撰，人民文學出版社 1962 年版。

40.《隨園詩話》，袁枚撰，人民文學出版社 1982 年版。

41.《白雨齋詞話》，陳廷焯撰，人民文學出版社 1959 年版。

42.《蕙風詞話‧人間詞話》，況周頤、王國維撰，人民文學出版社 1960 年版。

43.《杜詩詳注》，仇兆鰲注，中華書局 1979 年版。

44.《讀杜心解》，浦起龍撰，中華書局 1961 年版。

45.《詩經通論》，姚際恒撰，中華書局 1958 年版。

46.《詩經原始》，方玉潤撰，中華書局 1986 年版。

47.《中國歷代文論選》四卷本，郭紹虞、王文生主編，上海古籍出版社 1979 年版。

48.《中國美學史資料選編》上、下冊，北京大學哲學系美學教研室編，中華書局 1980、1981 年版。

49.《中國歷代美學文庫》，葉朗主編，高等教育出版社 1998 年版。

50.《現代中國學術論衡》，錢穆著，嶽麓書社 1986 年版。

51.《中國哲學史》，馮友蘭撰著，北京大學出版社 1996 年版。

52. 《魏晉玄學論稿》,湯用彤著,世紀出版集團,上海古籍出版社 2005 年版。

53. 《中國古代思想史論》,李澤厚著,人民出版社 1986 年版。

54. 《魏晉玄學史》,余敦康著,北京大學出版社 2004 年版。

55. 《中國佛教簡史》,郭朋著,福建人民出版社 1990 年版。

56. 《中國禪宗通史》,杜繼文,魏道儒著,江蘇古籍出版社 1993 年版。

57. 《五燈會元》,普濟撰,中華書局 1984 年版。

58. 《高僧傳》,釋慧皎撰,湯用彤校注,中華書局 1992 年版。

59. 《美學散步》,宗白華著,上海人民出版社 1981 年版。

60. 《管錐編》,錢鍾書著,中華書局 1986 年版。

61. 《談藝錄》,錢鍾書著,中華書局 1984 年版。

62. 《中國美學史》(一、二卷),李澤厚、劉綱紀著,中國社會科學出版社 1984 年、1987 年版。

63. 《傳統文化‧哲學與美學》,劉綱紀著,廣西師範大學出版社 1997 年版。

64. 《中國美學史大綱》,葉朗著,上海人民出版社 1985 年版。

65. 《中國美學思想史》(三卷本),敏澤著,齊魯書社 1987 年版。

66. 《中西比較詩學體系》,黃藥眠、童慶炳主編,人民文學出版社 1991 年版。

67. 《中西美學與文化精神》,張法著,北京大學出版社 1994 年版。

68. 《中國美學思想史》,陳望衡著,湖南教育出版社 1998 年版。

69. 《中外比較文論史》,曹順慶著,山東教育出版社 1998 年版。

70. 《東方美學史》(上、下冊),邱紫華著,商務印書館 2003 年版。

71. 《文心雕龍札記》,黃侃著,華東師範大學出版社 1998 年版。

72. 《文心雕龍校注拾遺》,楊明照著,上海古籍出版社 1982 年版。

73. 《中國文學批評史》(一、二、三冊),羅根澤著,上海古籍出版社 1983 年版。

74. 《照隅室古典文學論集》,郭紹虞著,上海古籍出版社 1983 年版。

75. 《中國文學批評通史》(七卷本),王運熙、顧易生主編,上海古籍出版社 1996 年版。

76. 《中國文學批評史》,郭紹虞著,百花文藝出版社 1999 年版。

77. 《隋唐五代文學思想史》,羅宗強著,上海古籍出版社 1986 年版,

78. 《王國維及其文學批評》,葉嘉瑩著,河北教育出版社 1997 年版。

79. 《中國詞學的現代觀》,葉嘉瑩著,嶽麓書社 1992 年版。

80. 《迦陵論詞叢稿》,葉嘉瑩著,上海古籍出版社 1980 年版。

81. 《迦陵論詩叢稿》,葉嘉瑩著,中華書局 1984 年版。

82.《中國詩學》，葉維廉著，三聯書店 1992 年版。

83.《中國的文學理論》，（美）劉若愚著，田守眞、饒曙光譯，四川人民出版社 1987 年版。

84.《心理學與文學》，（瑞士）容格著，馮川譯，三聯書店 1987 年版。

85.《現代西方心理學主要派別》，楊清著，遼寧人民出版社 1986 年版。

86.《普通心理學》，（俄）彼得羅夫斯基著，人民教育出版社 1981 年版。

87.《現代心理美學》，童慶炳主編，中國社會科學出版社 1993 年版。

88.《文學心理學》，王先霈著，華中師範大學出版社 1988 年版。

89.《圓形批評論》，王先霈著，華中師範大學出版社 1994 年版。

90.《佛語哲思》，王先霈著，湖北教育出版社 1997 年版。

91.《中國文學批評學》，賴力行著，華中師範大學出版社 1991 年版。

92.《中國詩學批評史》，陳良運著，江西人民出版社 1995 年版。

93.《中國詩學思想史》，蕭華榮著，華東師範大學出版社 1996 年版。

94.《詩話學》，蔡鎭楚著，湖南教育出版社 1997 年版。

95.《中國古代文學理論體系——方法論》，劉明今著，復旦大學出版社 2000 年版，

96.《中國文學批評方法研究》，張伯偉著，中華書局 2002 年版。

97.《美學原理 美學綱要》，（意）克羅齊著，外國文學出版社 1983 年版。

98.《美學與哲學》，（法）杜夫海勒著，孫非譯，中國社會科學出版社 1985 年版。

99.《審美經驗現象學》，（法）杜夫海勒著，韓樹站譯，文化藝術出版社 1996 年版。

100.《存在與時間》，（德）海德格爾著，三聯書店 1987 年版。

101.《新科學》，（意）維科著，商務印書館 1997 年版。

102.《藝術問題》，（美）蘇珊·朗格著，中國社會科學出版社 1986 年版。

103.《接受美學與接受理論》，（德）堯斯、（美）霍拉勃著，遼寧人民出版社 1987 年版。

104.《眞理與方法》，（德）加達默爾著，洪漢鼎譯，時報文化出版企業有限公司 1993 年版。

105.《解釋學與人文科學》，（法）保羅·利科爾著，河北人民出版社 1987 年版。

106.《解釋的有效性》，（美）赫施著，王才勇譯，三聯書店 1991 年版。

107.《解釋——文學批評的哲學》，（美）卻爾著，吳啓之、顧洪潔譯，文化藝術出版社 1991 年版。

108.《影響的焦慮》，（美）布魯姆著，徐文博譯，江蘇教育出版社 2005 年版。

109.《當代美學》，（美）李普曼編，鄧鵬譯，光明日報出版社 1986 年版。

110.《結構主義符號學》，（英）特倫斯·霍克斯著，上海譯文出版社 1987 年版。

111.《詮釋與過度詮釋》，（意）艾柯等著，三聯書店 1997 年版。

112.《二十世紀西方美學名著選》，蔣孔陽主編，復旦大學出版社 1987 年版。

113.《現代西方美學史》，朱立元主編，上海文藝出版社 1996 年版。

114.《20 世紀西方美學史》，張法著，四川人民出版社 2003 年版。

115.《二十世紀西方文論研究》，郭宏安、章國鋒、王逢振著，中國社會科學出版社 1997 年版。

116.《文學批評術語詞典》，王先霈、王又平主編，上海文藝出版社 1999 年版。

117.《西方當代文學批評在中國》，陳厚誠，王寧主編，百花文藝出版社 2000 年版。

118.《西方二十世紀文論述評》，張隆溪著，三聯書店 1986 年版。

119.《理解的命運》，殷鼎著，三聯書店 1988 年版。

120.《道與邏格斯》，張隆溪著，四川人民出版社 1998 年版。

121.《文學解釋學》，金元浦著，東北師範大學出版社 1997 年版。

122.《中國闡釋學》，李清良著，湖南師大出版社 2001 年版。

123.《中國古典解釋學導論》，周光慶著，中華書局 2002 年版。

124.《中國古代闡釋學研究》，周裕鍇著，上海人民出版社 2003 年版。

125.《詮釋學與先秦儒家之意義生成》，劉耘華著，上海譯文出版社 2003 年版。

126.《文字·詮釋·傳統——中國詮釋傳統的現代轉化》，潘德榮著，上海譯文出版社 2003 年版。

127.《現代學術視野中的中華古代文論》，童慶炳等著，北京出版社 2002 年版。

128.《古代文論的詩性空間》，李建中著，湖北人民出版社 2005 年版。

後　記

　　本文是我 2006 年完成並通過答辯的博士論文。我之所以選擇「中國古代
詩學解釋學研究」這個博士論文題目，是由於自己近些年在承擔國家社科基
金課題「中國古代接受詩學史」的過程中，逐步形成了這樣一種認識：這就
是中國古代的理論家們在面對如何理解和解釋文學作品（特別是詩歌作品）
這一有關詩學解釋學的根本性問題的時候，已經提出了一整套我們民族自己
的詩學解釋學理論。但與西方文學解釋學偏於抽象思辨和形而上分析的理論
形態不同，中國古代詩學解釋學本質上是一種詩性的解釋學，這種解釋學理
論與解釋對象有著深層的契合，它更加符合文學（特別是詩歌）理解和解釋
活動的特點和規律。而中國古代詩學解釋學作為一種詩性的解釋學理論，主
要又是通過一系列有關文學（主要是詩歌）理解和解釋的理論原則、理論命
題和方式方法來體現的。基於這一認識，我給我的博士論文確定了如下的研
究目標：以西方現代闡釋學為理論參照，在中國傳統文化的大背景下對中國
古代詩學解釋學提出的一系列有關文學理解和解釋的重要理論命題、理論原
則和方式方法進行深入的研究和闡發，以求揭示中國古代詩學解釋學獨特的
理論內容和理論特徵，為實現傳統文論的現代轉換和建構有民族特色的當代
形態的文藝學體系提供有益的理論借鑒。現在博士論文已經完成並正式出
版，我早先確定的研究目標是否實現或者實現了多少，還要請同行專家和廣
大讀者評判。

　　這篇博士論文傾注了我的導師邱紫華教授無私的關懷和幫助，從選題的
確定到提綱的構思再到章節的安排，幾乎博士論文寫作的每一個環節都有紫
華師的嚴格把關。特別是在論文初稿完成後，紫華師放下手頭正忙於撰寫的

出版社早就約定的書稿，連續幾個晝夜對我的論文進行逐字逐句的審閱，並提出許多重要的修改意見，尤其是其中有關中國古代詩學解釋學的詩性思維方式和中國古代詩學解釋學與佛教禪宗思想關係的修改意見，對我的博士論文理論水準的提升，起了至關重要的作用。師母趙老師也熱情關注我的學業的進展情況。紫華師和師母對我的這種特別的關心和愛護我將永誌不忘。

論文開題和寫作過程中，還得到華中師範大學文學院文藝學博士生指導組王先霈教授、張玉能教授、胡亞敏教授、孫文憲教授的熱情指導和幫助，他們的意見和建議使我的論文避免了一些失誤而向真理更加靠近一步。此外，國內的解釋學專家周光慶教授、周裕鍇教授和李清良教授還熱情贈送他們的著作供我參考，學術界、期刊界的龍協濤教授、吳友法教授、薛勤研究員、李靜研究員、范軍教授、暢引婷教授、熊元義研究員、劉保昌研究員、尹選波編審、代迅教授、毛宣國教授、樊寶英教授等也為我的研究成果的發表和評論提供了幫助，在此謹向這些老師和朋友一併表示最誠摯的謝意。

我的這篇博士論文完成後，由教育部長江學者、美學家張法教授主持了論文答辯。張法教授、彭立勳教授、張玉能教授、王杰教授、胡亞敏教授、彭修銀教授、李建中教授、李中華教授和導師邱紫華教授都對我這篇論文給予了很高的評價，在此也向這些專家和學者表示最衷心的感謝。

我還要感謝我的母校三峽大學，是三峽大學合併組建後狠抓學科建設和人才培養的學術導向和政策導向，才促使我在已評上教授數年之後還要去攻讀博士學位——儘管論文寫作時那一個個不眠之夜是那樣的痛苦難熬，但論文完成後的那種精神的愉悅卻是世上任何物資的東西都無法替代的。特別還要說明的是，本博士論文這次能夠在臺灣出版，得到了花木蘭文化出版社總編輯杜潔祥先生及該社北京聯絡處楊嘉樂女士的鼎力相助，也藉此機會向他們致以崇高的敬意。

在我攻讀博士學位的過程中，我的妻子楊宏玉女士承擔了全部的家務包括服侍我年邁的母親，沒有她的無私的支持和幫助，我要在三年規定的時間內完成學業和博士學位論文的寫作幾乎是不可能的，所以在此也向她表示最真心的感謝。我還要感謝我的父親，儘管他在十多年前就因病去世，但我永遠不會忘記我敬愛的父親是怎樣一步步地把我引上學術之路……家父在三十多年前親自為我購買的中國文論名著《文心雕龍》至今還擺放在我的案頭，並時時催我在學術研究的道路上永不停步。所以最後，我要將我的博士論文

敬獻給我的父親，願家父的在天之靈能夠與我分享這份學術成功的喜悅！

鄧新華

2013 年 12 月 2 日於三峽大學專家樓